DIANA

Das Buch

Bis auf einen angeblichen Caravaggio hat das Kloster San Giovanni auf dem Aventin in Rom keine nennenswerten Kunstschätze vorzuweisen. Und doch dringen eines Tages Kunsträuber in das Kloster ein. Ihre Beute ist jedoch nicht der falsche Caravaggio, sondern ein Madonnenbild, das hoch in der Gunst der Bevölkerung steht, weil es wundertätige Kräfte haben soll. Wenig später treibt im Tiber die Leiche eines französischen Kunsthändlers, der, wie sich herausstellt, ebenfalls hinter der Madonna her war. Jonathan Argyll und Flavia di Stefano, die bei der römischen Polizei für die Aufklärung von Kunstdiebstählen zuständig sind, stehen vor einem Rätsel. Und die seltsamen Verwicklungen, die dieser Fall nach sich zieht, enden schließlich für alle Beteiligten in einem höchst überraschenden Finale.

Der Autor

Iain Pears, geboren 1955, studierte in Oxford und war in Rom und Paris Korrespondent einer Nachrichtenagentur. Heute lebt er als Schriftsteller, Journalist und Kunsthistoriker in Oxford. Neben seinen hochgelobten Kunstkrimis hat er ein Sachbuch zur Kunstgeschichte verfaßt und den Roman *Das Urteil am Kreuzweg* (62/71). Außerdem liegt als Diana Taschenbuch vor: *Giottos Handschrift* (62/70).

Iain Pears

Caravaggios Erben

Roman

Aus dem Englischen von
Peter Meier

DIANA VERLAG
München Zürich

Diana Taschenbuch Nr. 62/0152

Die Originalausgabe
»Death and Restoration«
erschien 1996 bei Collins Crime

Deutsche Erstausgabe 4/2001

Der Diana Verlag ist ein Unternehmen der
Heyne Verlagsgruppe GmbH, München
Printed in Germany 2001

Umschlagillustration: Archiv für Kunst und Geschichte, Berlin
Umschlaggestaltung: Hauptmann und Kampa
Werbeagentur, CH-Zug
Satz: Schaber Satz- und Datentechnik, Wels
Druck und Bindung: Elsnerdruck, Berlin
Gedruckt auf chlor- und säurefreiem Papier

ISBN: 3-453-17714-2

http://www.heyne.de

Für Ruth

1

Besprechungen verlaufen auf der ganzen Welt mehr oder weniger gleich, und so ist das wohl schon seit Anbeginn. Einer hat die Zügel in der Hand, ein anderer müsste sie eigentlich in die Hand nehmen, ein dritter möchte sie unbedingt in der Hand haben. Und jeder von ihnen hat seine Parteigänger und seine Gegner. Dann gibt es noch die Unentschlossenen, die sich treiben lassen und darauf hoffen, dass die Wellen nicht zu hoch gehen. Es wird immer eine Kontroverse ausgetragen, in der die latenten Gegensätze in Erscheinung treten können. Manchmal geht es dabei um eine wichtige Streitfrage, die den Kraftaufwand rechtfertigt. Aber nicht oft.

So war es auch bei der Besprechung, die an einem Nachmittag im September in Rom stattfand, in einem weitläufigen Gebäudekomplex auf dem Aventin. Zwanzig Leute saßen in dem großen, eher kahlen Raum, zwanzig Männer zwischen fünfunddreißig und fünfundsiebzig. Es lag eine Tagesordnung mit vierzehn Punkten vor und es gab zwei Lager, die sich in allem durchzusetzen gedachten, galt es doch (für die eine Seite) die Verfechter gefährlicher und reichlich kindischer Neuerungen zu stoppen oder aber (für die andere Seite) einen engstirnigen Traditionalismus zu überwinden, der die Erfordernisse der heutigen Welt völlig außer Acht ließ. Das wird ein langer Nachmittag, dachte der Mann, der den Vorsitz führte. Er konnte nur hoffen, dass man die Diskussion nicht allzu erbittert führen würde, man hatte schließlich die letzten zwei Stunden gebetet, damit die göttliche Weisheit in die Entscheidung einfließen möge.

Dennoch war er nicht sehr zuversichtlich. Obwohl er fürchtete, sich damit am Rande der Häresie zu bewegen, wünschte er sich doch manchmal, dass Gott etwas deutlicher zum Ausdruck bringen würde, was er wollte. Dann wäre es nicht dahin gekommen, dass er, Pater Xavier Münster, befürchten musste, nicht nur der neununddreißigste, sondern womöglich auch der letzte Superior des Ordens des Johannes Battista zu sein. Er wurde ganz mutlos, als er das kampflustige Glitzern in den Augen der Mönche sah, die ihm doch theoretisch unbedingten Gehorsam schuldeten. Pater Jean hatte seine Unterlagen wie Panzerdivisionen vor sich aufgereiht und war offenbar wild entschlossen, sich ihm zu widersetzen – ohne zu wissen, mit welchen Schwierigkeiten sich sein Superior konfrontiert sah. Was unter den gegebenen Umständen aber auch besser war.

»Vielleicht sollten wir beginnen«, sagte Pater Xavier mit fester Stimme zur Versammlung der derzeit in Rom weilenden Ordensbrüder.

Nach fünf Stunden war man fertig, die Patres wankten erschöpft aus dem Raum. Während man sonst nach solchen Besprechungen auf der Terrasse einen Aperitif nahm, fanden sich diesmal nur die paar Leute ein, die nicht allzu sehr in den unziemlichen Zank verwickelt gewesen waren. Die anderen verschwanden gleich in ihren Zellen (die trotz ihres Namens eher den Zimmern in Studentenwohnheimen glichen), um dort zu beten oder zu meditieren oder einfach vor Zorn nur zu kochen.

»Das hätten wir hinter uns«, seufzte einer der jüngsten Mönche, Pater Paul, ein großer, gutaussehender Mann aus Kamerun. Es zeugte von Selbstlosigkeit, dass er so milde gestimmt war, hatte er doch gehofft, man würde sich auch mit seinem Anliegen befassen. Aber auch diesmal hatte sein unbedeutendes Problem so weit unten auf der Tagesordnung gestanden, dass man nicht mehr dazu gekommen war.

Obwohl er nur leise vor sich hingesprochen hatte, hörte ihn der alte Pater Jean, der beim Pernod am Tisch stand. Er nickte erschöpft und blickte zu Pater Paul auf, der ihn um mehr als vierzig Zentimeter überragte. Pater Jean fühlte sich wie gerädert, solche Kämpfe kosteten viel Kraft, und manchmal wunderte und ängstigte es ihn selber, was für eine wilde Wut Pater Xaviers Reformbestrebungen in ihm aufsteigen ließen. Auf die Terrasse war er nicht etwa gekommen, weil er Gesellschaft suchte, sondern weil er dringend einen Drink brauchte, was so gar nicht seiner Art entsprach.

Da er sich in der Vergangenheit stets aus solchen Streitigkeiten herausgehalten hatte, konnte er es noch nicht so recht glauben, dass er auf einmal die Opposition anführte. Das hatte er sich nicht gewünscht. Er konnte sich einen schöneren Lebensabend vorstellen und war ja eigentlich von Natur aus ein loyaler Mensch. Seit ein Priester seine Begabung erkannt und ihn als zwölfjährigen Jungen aus der Dorfschule herausgeholt hatte, war er immer treu und ergeben gewesen.

Jetzt war auf einmal alles anders. Er war entsetzt über die Schärfe seiner Auseinandersetzungen mit Xavier. Nicht einmal auf dem Höhepunkt des Zweiten Vatikanischen Konzils, als man mit schlimmen Zweifeln und Ängsten zu kämpfen hatte, war es zu einer dermaßen unangenehmen Besprechung gekommen wie heute Nachmittag. Aber das war nicht zu ändern, denn der geistige Mittelpunkt des Ordens stand auf dem Spiel, da war er sich absolut sicher. Xavier war zweifellos ein guter Mensch und bewies Mut. Und auch unter den Heiligen hatte es viele gegeben, die ihre Absichten nicht weniger entschlossen und rücksichtslos verfolgt hatten. Zum Beispiel der heilige Bernhard und auch der heilige Ignatius, die beide nicht unbedingt dafür bekannt waren, dass sie ein Thema von allen Seiten beleuchtet hätten. Aber man lebte doch nicht mehr im Mittelalter und auch nicht im 17. Jahrhundert. Heutzutage brauchte man andere Eigenschaften. Geduld, Takt, Überzeugungskraft. Und daran fehlte es Xavier.

Pater Jean nickte traurig vor sich hin. »Fürs Erste haben wir es hinter uns«, sagte er. »Aber die Sache ist wohl leider noch längst nicht ausgestanden.«

Pater Paul zog die Augenbrauen hoch. »Warum nicht? Die Entscheidung ist gefallen. Und zwar ganz in deinem Sinne. Du müsstest eigentlich vollauf zufrieden sein.«

Paul brauchte sich nicht zu ereifern, weil er fast als Einziger auf keiner der beiden Seiten stand. Es war ihm gar nicht so ganz klar, worum es ging. Er wusste durchaus, was Anlass zu dem Streit gegeben hatte, aber mit der Ursache, die ihm zu Grunde lag, konnte er nicht viel anfangen. Und die Kraft, die man für diesen Konflikt aufbot, ließe sich doch ganz bestimmt anderswo nutzbringender verwenden.

»Die Entscheidung fiel mit einer Mehrheit von einer Stimme«, sagte Pater Jean. »Letztes Jahr – was wollte er da noch gleich durchsetzen? Ich komme jetzt nicht drauf, aber da haben ihm jedenfalls noch fünf Stimmen gefehlt. Folglich wird er das heutige Ergebnis als Fortschritt werten und nicht als Niederlage.«

Pater Paul schenkte sich Orangensaft ein und nippte an dem Glas. »O je. Wenn ich doch nur in meine Heimat zurückkehren könnte. Ich habe nicht den Eindruck, dass ich hier im Sinne des Herrn tätig bin.«

»Tja«, sagte Pater Jean mitfühlend und fragte sich, ob ein zweiter Pernod vertretbar wäre. »Du findest uns sicher ganz furchtbar, und vermutlich hast du sogar Recht. Dass dein Antrag auf Rückkehr in die Heimat wieder nicht behandelt worden ist, tut mir wirklich Leid. Vielleicht nächstes Mal. Sofern sich die Gemüter beruhigt haben. Ich werde mich dafür einsetzen.«

Ein paar Kilometer entfernt, direkt im Stadtzentrum, widmete sich eine weltliche Einrichtung ganz unaufgeregt, aber durchaus effizient der Wiederbeschaffung gestohlener Kunstschätze. Die Türflügel am Haupteingang (erst vor kurzem unnötigerweise für furchtbar viel Geld automatisiert) sausten auf und zu, weil ständig eilige Polizisten ein und aus gingen. In den fensterlosen Räumen der Registratur und des technischen Dienstes war man konzentriert bei der Sache, in den Büros der Stockwerke darüber wurden eifrig Akten studiert, Telefongespräche geführt und Schriftsätze verfasst, und aus dem Büro im obersten Stock, das in der freundlicher gesinnten Presse oft als Schaltzentrale der Abteilung Kunstraub bezeichnet wurde, drang ein leises Sägen, das nur vom hartnäckigen Brummen einer dicken Schmeißfliege gestört wurde.

Der effiziente Apparat steuerte sich selber, die Schaltzentrale war außer Betrieb. Es war ein heißer Nachmittag, und General Taddeo Bottando schlief fest.

Aber das war eigentlich kein Problem. Bottando war schon relativ weit in den Sechzigern und zählte jugendlichen Elan nicht mehr zu seinen hervorstechendsten Eigenschaften; seine reiche Erfahrung machte diesen Mangel mehr als wett. Wen störte es schon, wenn er mit seinen Kräften ein wenig haushalten musste? Er behielt den großen Überblick, und sein Organisationstalent hatte die Jahre unbeschadet überstanden. Alle wussten, was er von ihnen erwartete, und alle hielten sich daran, auch wenn er sie nicht Tag und Nacht beaufsichtigte. Und falls etwas vorfiel, während er nicht zu sprechen war, konnte er sich darauf verlassen, dass jemand aus seinem Team, jemand wie Flavia di Stefano, die Situation meisterte.

So etwa hatte er seine Funktion auch zwei hohen Beamten beschrieben, von denen er heute zum Mittagessen eingeladen worden war, in ein sehr gutes, sündhaft teures Restaurant. Er war sich nicht ganz im Klaren darüber gewesen, warum er auf einmal so beliebt war, musste er doch seit Jahren nicht nur ständig um Finanzmittel kämpfen, sondern sogar um den Fortbestand der Abteilung. Aber auf einmal – vermutlich dank eines großen Erfolgs vor ein paar Monaten – mochten ihn jetzt alle unheimlich gern, und hatten schon immer große Stücke auf ihn gehalten und ihn insgeheim unterstützt in seinem Kampf gegen die Intrigen anderer. Schon komisch, dass ihm das die ganzen Jahre nicht aufgefallen war. Dennoch trug er nicht wenig dazu bei, dass eine zweite und auch noch eine dritte Flasche Chianti geleert wurde, suhlte sich dabei förmlich in Selbstzufriedenheit und hätte beinahe wie eine Katze geschnurrt vor Wohlbehagen.

Er hätte es eigentlich wissen müssen, schließlich war er ein alter Hase. Diese Umgänglichkeit! Diese Liebenswürdigkeit! Diese Hochschätzung! Aber er ließ sich einlullen von der Wärme und dem Wein. Und setzte offenbar immer noch Vertrauen in seine Mitmenschen, auch nach so vielen Jahren des Kampfes gegen Kriminelle und – was noch schlimmer war – gegen Vorgesetzte. Und so gab er sich dieses eine Mal dem törichten Glauben hin, dass sie alle auf der gleichen Seite stünden, und redete sich ein, dass seine Leistungen jetzt endlich Anerkennung finden würden.

Er war schon in einer richtig gelösten Stimmung, als der höhere der beiden Beamten – den Bottando vor vielen Jahren, sozusagen in einem früheren Leben in Mailand, per Versetzung aus seinem Umfeld entfernt hatte – sich ein wenig vorbeugte und mit einem verbindlichen Lächeln fragte: »Wie sehen Sie die Entwicklung Ihrer Abteilung, Taddeo? Auf längere Sicht, meine ich.«

Sofort hielt Bottando einen Vortrag über internationale Zusammenarbeit und regionale Einsatzkommandos, über neue Computer und neue Ermittlungstechniken und neue Gesetze.

»Und Sie selber? Wo sehen Sie Ihren Platz?«

Dass ihm bisher nichts aufgefallen war, mochte noch irgendwie angehen, aber spätestens jetzt hätten sämtliche Alarmglocken schrillen müssen. Aber er blieb völlig arglos und sprach in dem modischen Jargon, der ihm zwar geläufig geworden, aber im Grunde fremd geblieben war, von Teamarbeit und Leitungsfunktionen und Koordinierungsaufgaben.

»Ganz meine Meinung! Wie schön, dass wir uns einig sind. Das macht die Sache viel einfacher.«

Jetzt merkte er endlich, dass Vorsicht geboten war, ein Jucken im Nacken warnte ihn. Er straffte sich und sagte kein Wort.

»In allen Abteilungen werden nämlich Umorganisationen vorgenommen«, fuhr der Beamte fort, »und es werden auch neue Richtlinien für die Beförderung erlassen.«

»Ach ja? Ist mir da mal wieder was entgangen?«

Ein nervöses Glucksen. »Nein, nein. Das ist alles noch unter Verschluss. Sie sind der Erste, der davon erfährt. Weil es sein könnte, dass Sie der Erste sind, den es betrifft.«

Vorsichtiges Schweigen und hochgezogene Augenbrauen.

»Eine Strukturreform. Ich bin übrigens nicht sehr glücklich darüber.«

Und ob du darüber glücklich bist, dachte Bottando. Vermutlich hast du sie selber ausgeheckt.

»Aber zahllose Beamte haben keinerlei Aussicht auf

Beförderung. In allen Bereichen kündigen die klügsten Köpfe, weil sie einfach nicht weiterkommen. Und dann muss man ja auch an Europa denken. Wir treten in eine neue Ära ein, Taddeo. Und wir sind noch nicht dafür gerüstet. Deshalb sind verschiedene Maßnahmen eingeleitet worden.«

»Was für Maßnahmen?«

»Eine Koordinierungsgruppe wird alle Abteilungen durchleuchten und sämtliche Polizeiaufgaben aufeinander abstimmen.«

Bottando nickte. Von solchen Plänen hörte er nicht zum ersten Mal. Jedes halbe Jahr meinte ein Schlauberger in irgendeinem Ministerium, er müsste seiner Karriere mit einem neuen Koordinierungskonzept auf die Sprünge helfen. Es kam aber nie viel dabei heraus.

»Und dann muss auch noch geklärt werden, wie die neuen europäischen Schutzmaßnahmen gegen Kunstdiebstahl umgesetzt und mit ihrer Abteilung verzahnt werden sollen.«

»Schutzmaßnahmen?«

»Es handelt sich dabei um ein Projekt, das zu hundert Prozent von Brüssel finanziert wird. Und unser Minister hat erreicht, dass man mit seiner Leitung einen Italiener betraut. Nämlich Sie.«

»Dann sitze ich doch nur noch am Schreibtisch und verfasse Denkschriften, die kein Mensch liest!«

»Das hängt davon ab, wie Sie die Sache anpacken. Ohne Zweifel werden Sie auf Widerstand stoßen. Bestimmt blocken viele erst mal ab. Machen Sie trotzdem etwas aus diesem Projekt!«

»Mit Leuten aus vielen verschiedenen Länder?«, fragte Bottando argwöhnisch.

Die beiden Beamten zuckten die Schultern. »Es wird Ihre Aufgabe sein, ein Konzept auszuarbeiten, einen Haushaltsplan aufzustellen und sich Ihre Mitarbeiter auszusuchen. Aber die Zusammensetzung Ihres Teams muss natürlich ausgewogen sein.«

»Also doch Leute aus allen möglichen Ländern?«

»Ja.«

»Und wo soll dieses Musterbeispiel für europäischen Unsinn angesiedelt werden?«

»Im Grunde wäre es in Brüssel am besten aufgehoben. Es gibt ...«

»Da geh ich nicht hin«, knurrte Bottando. »Da regnet es doch ununterbrochen.«

»Es gibt aber auch gute Gründe«, fuhr der Beamte fort, »die gegen Brüssel sprechen.«

»Welche?«

»Wenn man dort Geld ausgibt, kommt es Belgien zugute, wenn man es hier ausgibt, kommt es uns zugute. Außerdem gibt es bei uns die meisten Kunstschätze. Und die meisten Kunstdiebstähle. Wir dringen also sehr darauf, dass das Projekt hier angesiedelt wird.«

»Und meine Abteilung?«

»Sie behalten die Leitung, delegieren die tägliche Arbeit aber natürlich an jemand anderen.«

Bottando ließ sich gegen die Lehne fallen. Seine Heiterkeit hatte sich längst verflüchtigt.

»Darf ich um Bedenkzeit bitten?«

»Das ist viel zu wichtig, als dass Rücksicht auf private Vorlieben genommen werden könnte. Sie müssen es machen, sonst wird ein anderer ausgesucht. Und in einer Woche sollten Sie in Brüssel darlegen können, wie Sie dieses Projekt realisieren wollen. Sie haben also keine Zeit zu verlieren.«

Bottando wusste nicht recht, ob er sich geschmeichelt oder gekränkt fühlen sollte. Als er wieder in seinem Büro war, versuchte er das Problem zu durchdenken, beschlief es dann aber erst einmal, wie üblich.

Nicht der beste Zeitpunkt für einen anonymen Hinweis auf einen bevorstehenden Kunstdiebstahl.

Jonathan Argyll schlenderte am Abend um halb sieben quer durch die Innenstadt nach Hause. Trotz seiner Müdigkeit fand er ein gewisses Vergnügen an dem hektischen Treiben der Leute, die es eilig hatten, zum Abendessen nach Hause zu kommen. Am Vormittag hatte er seine Vorlesung gehalten, was nicht mehr so aufregend war, seitdem ihn kein Lampenfieber mehr plagte und er wusste, wie niedrig die Erwartungen der Hörer waren. Dann hatte er sich in seinem Büro, einem Raum von der Größe einer Besenkammer, zwei Stunden lang seiner Studenten erwehrt, die mehr oder weniger verzweifelt bei ihm auftauchten und ihm die Zeit stahlen. Ob sie auch noch später abgeben durften? Ob er Kopien austeilen würde, damit sie sich nicht in die Bibliothek setzen mussten?

Er wies alle ihre Bitten zurück. Vor neun Monaten hatte er den Kunsthandel an den Nagel gehängt und aufs Geratewohl einen Zeitvertrag als Dozent für die Kunst des Barock unterschrieben. Und war dann doch einigermaßen überrascht gewesen, als er Charakterzüge an sich entdeckte, von denen er gar nichts geahnt hatte: Er war auf einmal sehr autoritär und schimpfte auf die heutigen Studenten. Wer den Fehler beging, seine Vorlesungen zur römischen Kunst und Architektur von 1600 bis 1750 zu belegen, hatte nichts zu lachen.

Der Barock. Die Gegenreformation. Bernini und Borromini, Maderno und Pozzo. Sehr bedeutende Künstler. Und er sah gar nicht ein, warum er bei der Vorlesung Dias vorführen sollte. Doch nicht in Rom! Er ließ die Faulpelze lieber Fußwanderungen machen. Montags schickte er sie allein los, Mittwochs ging er mit. Das diente der geistigen und der körperlichen Ertüchtigung. *Mens sana in corpore sano.*

Noch mehr überraschte es ihn, dass er seine Sache gut machte. Die törichten Eltern berappten ja viel Geld, um ihrem Nachwuchs eine gewisse Kultiviertheit angedeihen zu lassen. Und einige Studenten konnte er tatsächlich mit seiner Begeisterung für die ausgefalleneren Aspekte der Ikonographie des Barock anstecken. Einige wenige, wohlgemerkt. Angesichts der bunt zusammengewürfelten Studentenschar fanden das seine Kollegen aber schon sehr beachtlich.

Und das Schönste an der Sache war, dass er sich eigentlich auf nichts vorzubereiten brauchte. Schwierigkeiten bereitete ihm nur die Frage, was er weglassen sollte. Und das Korrigieren. Das war allerdings deprimierend.

»Die mittelalterlichen Mönche haben sich gegeißelt, wir korrigieren Aufsätze.« So der Dekan, ein Renaissance-Spezialist, als er einmal ins Philosophieren gekommen war. »Es tut weh und es ist demütigend, aber es gehört nun einmal dazu. Und es dient in gewisser Weise der Läuterung – man wird dabei mit der Sinnlosigkeit seines Daseins konfrontiert.«

Wenn man davon einmal absah, hatte seine Tätigkeit nur einen Haken: Sein akademischer Ehrgeiz, der sich längst geschlagen gegeben hatte, wurde wieder wach. Dabei hatte er eigentlich nur in die Lehre ausweichen wollen, bis die Flaute auf dem Kunstmarkt vorbei war. Aber jetzt war er eben doch sehr angetan von seiner neuen Arbeit, wenn auch nicht unbedingt wegen der Studenten. Er hatte sogar seine Dissertation, die während seiner Zeit als Kunsthändler ganz in Vergessenheit geraten war, unter einer dicken Staubschicht hervorgeholt. Es reizte ihn auf einmal wieder sehr, als Autor in Erscheinung zu treten. Er hatte nichts Großartiges im Sinn. Ein kleiner Artikel mit einer stattlichen Anzahl von Fußnoten, vielleicht eher zu einem etwas abgelegenen Thema. Das wäre doch für den Anfang genau das Richtige und ein guter Grund, mal wieder in den Archiven zu stöbern. Zumal alle anderen ohnehin an einer Publikation arbeiteten. Wenn er mit einem Kollegen zum Mittagessen ging, kam irgendwann unweigerlich die Frage: »Woran arbeiten Sie?« Er hätte gern eine vernünftige Antwort darauf gehabt.

Aber woher nehmen? Schon seit mehreren Monaten war er jetzt auf der Suche, hatte sich bisher aber für kein Thema begeistern können. Zu allgemein oder zu speziell oder bereits untersucht. So war das eben in der heutigen akademischen Welt. Trotzdem bemühte er sich eifrig weiter.

Wenn er keine Arbeiten korrigieren musste. Er konnte, als er über den Ponte Garibaldi ging, den Blick auf die Isola Tiburtina gar nicht richtig genießen, weil er in Gedanken schon bei den fünfzehn abgegebenen

Aufsätzen über jesuitische Bauprojekte war. Aber es hätte schlimmer kommen können. Zum Beispiel wenn sich alle zu einem Aufsatz aufgerafft hätten. Und einige der abgegebenen Arbeiten waren offenbar sehr kurz ausgefallen. Theoretisch waren ihm die fleißigen Studenten natürlich lieber, aber wenn ihre Fleißarbeiten dann vor ihm lagen, ärgerte er sich nur noch über die blöden Streber, die unbedingt ganze Bände schreiben mussten. Aber das war nicht zu ändern. Er würde heute Abend ein paar Stunden opfern müssen, um ihre Elaborate zu lesen, und er würde versuchen, ganz ruhig zu bleiben, wenn jemand Raffael zum Papst machte oder Bernini zu Michelangelos Lehrer in der Bildhauerkunst.

Dabei wäre es heute möglich, einen richtig netten Abend mit Flavia zu verbringen, die hoch und heilig versprochen hatte, ganz früh nach Hause zu kommen und zu kochen, wozu sie schon seit Wochen keine Zeit gefunden hatte. Seit sie zu der Einsicht gelangt waren, dass sie eigentlich auch heiraten könnten, da sie ja ohnehin wie ein Ehepaar lebten, und seit er dank seiner neuen Stelle nicht mehr ständig von beruflichen Sorgen geplagt wurde, war das Leben richtig schön. So schön, wie es eben sein konnte, wenn die Lebensgefährtin nie wusste, wann sie nach Hause kommen würde.

Aber es war ja nicht ihre Schuld. So war das eben bei der Polizei. Manchmal fand er es dennoch sehr ärgerlich, dass beispielsweise ein gestohlener Kelch wichtiger war als er, selbst wenn es sich um ein Wunder der toskanischen Handwerkskunst aus dem 16. Jahrhundert handelte. Und so ging das doch ständig! Die Diebe ruhten sich offenbar nie aus. Hatten sie nie das Bedürfnis, sich einen ruhigen Abend zu machen und die Beine hochzulegen?

Aber heute kam sie nach Hause, sie hatte es ihm vor weniger als einer halben Stunde gesagt. Er freute sich darauf und hatte unterwegs schon alles eingekauft, was sie zu einem gepflegten Essen brauchten. Mit einem kleinen Freudensprung bog er in den Vicolo di Cedro ein.

Und begegnete Flavia. Die ihm einen flüchtigen Kuss gab. Und unfroh lächelte.

»Du gehst noch mal ins Büro, stimmt's?«, sagte er vorwurfsvoll. »Diesen Blick kenne ich doch.«

»Ja, leider. Aber es dauert nicht lange. Ich bin bald wieder zu Hause.«

»Mensch, Flavia! Du hast doch versprochen ...«

»Es kann nicht lange dauern.«

»Es dauert doch immer lange.«

»Ich kann nichts dafür, Jonathan. Da ist plötzlich ein kleines Problem aufgetaucht. Aber das ist schnell gelöst.«

Seine Fröhlichkeit hatte sich verflüchtigt.

»Dann korrigiere ich eben erst mal die Aufsätze.«

»Gute Idee. Wenn du das hinter dir hast, bin ich längst wieder zu Hause. Dann machen wir es uns gemütlich.«

Als er die Treppen hinaufstieg, sagte er im ersten Stock guten Abend zu der alten Signora und nickte im zweiten Stock kühl, aber höflich einem jungen Burschen namens Bruno zu, der eine Vorliebe dafür hatte, die Abendluft mit schrecklich lauter und furchtbar schlechter Musik zu verpesten. Auf dem Weg zum dritten Stock tastete er nach dem Schlüsselbund. Schon komisch, dachte er. In der Musik verhielt sich Lautstärke und Qualität offenbar umgekehrt proportional zueinander. In seiner Jugend war ihm das gar nicht aufgefallen.

Zwei Stunden später, als er das Korrigieren hinter sich hatte, war Flavia noch nicht aufgetaucht. Drei Stunden später, als er gegessen hatte, war sie immer noch nicht da. Vier Stunden später ging er ins Bett.

2

*W*ann ist der Anruf gekommen?«, fragte Flavia entgeistert. Sie war gerade erst in ihrem Büro eingetroffen und überflog die kurze Zusammenfassung des anonymen Anrufs.

Der Trainee, ein junges Mädchen, das Giulia hieß und aussah, als sollte es eigentlich noch Schulaufgaben machen und der Mutter beim Abwasch helfen, lief rot an. War es etwa ihre Schuld, wenn ein Anruf kam und niemand da war, dem sie es melden konnte?

»Ungefähr um fünf«, sagte sie. »Sie waren nicht da, ich bin also ins Büro des Generals gegangen.«

»Was hat er gesagt?«

»Gar nichts«, entgegnete sie zögernd. »Er hat geschlafen.«

»Und Sie wollten ihn nicht wecken. Sie hätten ihn ruhig anstupsen können. Aber woher sollen Sie das wissen? Sie sind ja noch ganz neu hier. Regen Sie sich nicht auf. Es ist nicht Ihre Schuld.«

Flavia seufzte. Manchmal musste man sich schon einen Ruck geben, um fair zu bleiben. Sie hatte gute Lust gehabt, das Mädchen anzuschreien.

»Okay. Lassen wir das. Demnach haben Sie den Anruf entgegengenommen?«

Das Mädchen nickte. Es hatte den Eindruck, dass

das Schlimmste überstanden war. »Es war alles sehr unpräzise.«

»Keiner unserer Informanten? Kein Kennwort?«

»Nein. Nur die Mitteilung, dass für die nächsten Tage ein Einbruch geplant ist. Im Kloster San Giovanni.«

»Was ist da zu holen? Steht San Giovanni auf unserer Liste? Haben Sie im Computer nachgesehen?«

Giulia nickte erleichtert. Gottseidank hatte sie daran gedacht. »Da ist vor ein paar Jahren schon mal eingebrochen worden.« Sie nahm ein Blatt Papier, das der Computer vor einer Stunde ausgedruckt hatte.

»Aber da ist eigentlich nur sehr wenig zu holen. Das Kloster besitzt zwar viel goldenes und silbernes Kirchengerät, aber das liegt zum größten Teil in einem Banktresor. General Bottando hat das nach dem letzten Einbruch angeregt. In unserer Liste ist nur ein einziges Objekt verzeichnet, das einiges wert sein dürfte. Ein Gemälde von Caravaggio. Es gilt als eines seiner bedeutenden Werke, wenn auch nicht als eines seiner besten. Andererseits wird aber auch die Ansicht vertreten, dass es gar nicht von Caravaggio stammt.«

»Ist es versichert?«

»Hier steht nichts von einer Versicherung.«

»Haben Sie in dem Kloster angerufen?«

»Da meldet sich niemand.«

»Wo liegt das denn eigentlich?«

»Auf dem Aventin.«

Flavia sah auf ihre Uhr. Verflixt. Das würde Jonathan gar nicht gefallen. Er hatte ja Recht, wenn er sich beschwerte.

»Dann sollte ich da wohl auf dem Heimweg vorbeigehen«, sagte sie lustlos. »Damit wenigstens darauf geachtet wird, dass überall abgeschlossen ist. Haben wir hier noch jemanden, der das Kloster im Auge behalten kann?«

Giulia schüttelten den Kopf. »Niemand. Außer mir.«

»Sie müssen hier die Stellung halten. Aber vielleicht kann heute Nacht in regelmäßigen Abständen ein Streifenwagen am Kloster vorbeifahren. Und da Sie sowieso die ganze Nacht hier rumsitzen, könnten Sie eigentlich auch diese ganzen Listen mit verdächtigen Personen durchgehen ..., diese Listen mit Leuten eben, die auf dem Flughafen, in Hotels oder sonstwo aufgefallen sind. Vielleicht ist etwas Interessantes dabei. Okay?«

Pater Xavier saß noch über den Schreibarbeiten, die nach Besprechungen nun einmal anfallen. Er empfing Flavia in seinem Büro und hörte ihr aufmerksam zu.

»Gehen bei Ihnen nicht ständig solche Anrufe ein?«

Sie zuckte die Schultern. »Ziemlich oft, aber selten mit so genauen Angaben. Daher wäre es töricht, den Anruf einfach zu ignorieren. Ich hielt es jedenfalls für besser, Sie davon zu unterrichten, damit Sie auf der Hut sind. Es kann natürlich gut sein, dass gar nichts passiert, aber wenn Sie den Caravaggio für eine Weile an einen sicheren Ort bringen lassen könnten ...«

»Ich glaube nicht, dass das nötig ist«, sagte Pater Xavier lächelnd. »Zurzeit dürfte jeder potenzielle Dieb sich eines Besseren besinnen, sobald er einen Blick auf das Gemälde geworfen hat.«

»Warum?«

»Es wird gerade restauriert. Von Daniel Menzies, einem amerikanischen Gentleman. Er leistet sehr gründliche Arbeit. Und im gegenwärtigen Stadium, sagt er, ist es ganz normal, dass Leute, die nichts vom Restaurieren verstehen, einen Schreck bekommen. Ohne Zweifel weiß er, was er tut, aber das Bild ist momentan wirklich in einem erbärmlichen Zustand. Er hat die Leinwand aus dem Rahmen genommen und nicht nur den Schmutz entfernt, sondern auch sehr viel Farbe, weil die offenbar aus dem 19. Jahrhundert stammt. Es scheint zurzeit eigentlich gar nichts zu geben, was man stehlen könnte.«

»Und sonst?«

Der Priester dachte eine Weile nach und schüttelte dann den Kopf. »Uns ist hier vieles lieb und teuer, aber für jemand Fremden ist das alles nicht viel wert. Wissen Sie, dass es hier schon einmal einen Einbruch gegeben hat?«

Flavia nickte.

»Eine schmerzliche Erfahrung«, fuhr er fort. »Wir hatten stets Wert darauf gelegt, dass die Kirchentür zur Straße hin unverschlossen blieb. Manche Leute aus dem Viertel ziehen die Klosterkirche der hiesigen Pfarrkirche vor. Aber seit dem Einbruch bleibt die Tür verschlossen. Das war einer der ersten Streitfälle, die ich als Superior zu lösen hatte. Die zweite Tür, zum Klosterhof hin, ist ebenfalls abgeschlossen.«

»Haben Sie eine Alarmanlage?«

»Nein. Zu so trivialen Mitteln zu greifen, wurde als unziemlich abgelehnt. Ich war anderer Ansicht, aber in solchen Angelegenheiten hat der Konvent das letzte Wort.«

Sie stand auf. »Vielleicht hat sich nur jemand einen Spaß erlaubt, aber ich hielt es für besser …«

Er nickte und stand auf, um sie hinauszubegleiten. »Das war sehr liebenswürdig von Ihnen, Signorina. Zu so später Stunde! Ich sorge dafür, dass alle nötigen Vorkehrungen getroffen werden.«

Flavia war froh, dass ihr Arbeitstag zu Ende ging. Auf dem Heimweg rief sie noch schnell bei Giulia an, um zu erfahren, ob noch etwas vorgefallen war. Dabei wusste sie genau, dass sie das eigentlich nicht tun sollte. Es gab nichts Schlimmeres als Vorgesetzte, die sich in alles einmischten und einem ständig über die Schulter sahen. Das brachte einen nicht weiter und verunsicherte einen nur. Ihr selber war es als Jugendlicher doch auch nicht anders gegangen. Trotzdem gab sie einem unguten Gefühl nach.

»Gibt es etwas Neues?«

»Nein. Ich bin die ganzen Listen durchgegangen. Und auch die Hinweise von Händlern. Es ist nichts Wichtiges dabei.«

»Und was gibt es Unwichtiges?«

»Auch nicht viel. Mir ist eigentlich nur aufgefallen, dass gestern Abend eine Frau in Rom angekommen ist, die etwas mit einem Ihrer Fälle im letzten Jahr zu tun hatte. Sie war aber in nichts Illegales verwickelt. Ganz im Gegenteil. Sie hat als Zeugin ausgesagt.«

»Wie heißt sie?«

»Mary Verney.«

Flavia drehte sich regelrecht der Magen um, wie immer, wenn sie merkte, dass ein Debakel drohte, das eher noch ein glücklicher Zufall abwenden könnte als polizeilicher Sachverstand.

»Irgendwie muss ihr Name in den Grenzschutz-Computer geraten sein. Warum, weiß ich nicht.«

»Wissen Sie, wo sie ist?«

»Nein. Aber ich kann ja mal versuchen, ob ich es herausfinde, wenn es wichtig ist.«

»Und ob es wichtig ist. Betrachten Sie es als nächtlichen Zeitvertreib. Rufen Sie alle Hotels in Rom an, wenn es sein muss. Je früher Sie fündig werden, desto besser.«

»Wer ist das denn?«

»Eine alte Bekannte von mir. Und eine ganz raffinierte Frau. Sie wird Ihnen gefallen.«

»Ach ja, Mary Verney«, sagte Bottando, als Flavia am nächsten Morgen mit ihm sprach. »Die englische Landadlige. Was finden Sie daran so interessant? Sie hat uns letztes Jahr doch nur Beweismaterial gegen Forster geliefert. So sagten Sie doch, nicht wahr? Oder war das doch nicht alles?«

»Als wir mit ihrer Hilfe achtzehn Gemälde sichergestellt hatten, war ich gerne dazu bereit, die Ermittlungen einzustellen.« Flavia fühlte sich nicht sehr wohl in ihrer Haut. »Nachdem denn alle Berichte geschrieben waren, bin ich allerdings zu der Überzeugung gelangt, dass sie selber die meisten dieser Bilder gestohlen hatte.«

»Darüber haben Sie nie ein Wort verloren«, sagte Bottando und ließ mithilfe der hochgezogenen linken Augenbraue eine gewisse Verwunderung erkennen.

»Da konnte ich ihr schon nichts mehr beweisen. Und wenn ich es früher versucht hätte, wären wir nicht an die Bilder herangekommen. Beides war nicht zu haben.«

Bottando nickte. Er hätte sich auch nicht anders entschieden, konnte ihr jetzt also schlecht Vorhaltungen machen.«

»Aber hätte man ihr nicht doch irgendwie das Handwerk legen müssen? Jetzt ist sie ja offenbar wieder auf Tour.«

»Das war nicht zu erwarten. Sie ist ja nicht mehr die Jüngste und müsste eigentlich einen Haufen Geld haben.«

Bottando nickte erneut. Flavia hatte den Eindruck, dass er nur mit halbem Ohr zuhörte.

»Jetzt ist sie jedenfalls in Rom«, bemerkte Bottando. »Wollen Sie ein Verhör mit ihr anstellen?«

Flavia schüttelte den Kopf. »Nein. Es käme ja doch nichts dabei heraus. Und es ist ja auch nicht auszuschließen, dass sie nur eine harmlose Urlaubsreise macht. Außerdem brauchen wir nicht zu erklären, was gegen sie vorliegt, solange wir nicht offiziell tätig werden. Aber es gefällt mir nicht, dass sie sich in Rom aufhält. Und ich finde, sie sollte ruhig wissen, dass sie nicht unerkannt geblieben ist. Ich könnte mich einfach nur auf einen Drink mit ihr treffen. Das hätte die gleiche Wirkung wie ein Verhör. Sie wohnt im Hotel Borgognoni. Wenn Sie damit einverstanden sind, rufe ich sie heute Morgen noch an. Und lasse sie beschatten.«

Jetzt wurde Bottando hellhörig und runzelte die Stirn. »Das können wir uns nicht leisten, dazu haben wir zu wenig Leute. Und wenn wir jemanden hätten, wäre diese Geschichte in San Giovanni schon noch wichtiger.«

»Aber …«

»Nichts zu machen. Das heißt, Sie können Giulia haben. Es wird Zeit, dass sie aus dem Büro herauskommt. Außerdem können wir bei ihr die Kosten dem Ministerium in Rechnung stellen. Als Aufwendung für ihre Ausbildung. Ein bisschen Praxis wird ihr gut tun. Sie soll ruhig den ganzen Tag vor San Giovanni Posten stehen ...«

»Sie ist schon dort.«

Bottando sah sie an. »Aha«, sagte er. »Nun gut. Und Sie soll ruhig auch mal Mrs. Verney beschatten. Dann wird ihr nach ein paar Tagen so langsam dämmern, was es mit der Polizeiarbeit auf sich hat. Aber sonst wird niemand eingesetzt.«

Es stimmte ja, sie konnten nicht gleich zwei Leute entbehren. Schon dadurch, dass Giulia im Büro fehlte, hatten alle anderen viel Papierkram zu erledigen. Sie erklärte sich also mit einem Kopfnicken einverstanden, obwohl es sie sehr nervös machte, dass Mrs. Verney in Rom war.

»Gut«, brummte Bottando. »Gibt es sonst noch was?« Seine Sekretärin schob sich zur Tür herein und legte ihm eine dicke Akte auf den Schreibtisch. »Danke«, sagte er, schob die Akte in ein Schubfach und knallte es zu. »Wenn nichts mehr anliegt, geh ich jetzt einen Kaffee trinken.«

Flavia blieb in der Tür stehen und sah ihn forschend an. »Alles in Ordnung?«, fragte sie. »Sie scheinen heute Morgen nicht in bester Verfassung zu sein. Liegt Ihnen das Essen von gestern Abend noch schwer im Magen?«

Er schnitt eine Grimasse und gab nach kurzem Zögern der Versuchung nach. »Kommen Sie wieder rein und nehmen Sie Platz«, sagte er seufzend. »Ich will es Ihnen erzählen.«

»Scheint nichts Gutes zu sein«, meinte sie und setzte sich in den Sessel.

»Darüber bin ich mir noch nicht im Klaren. Man wird mich wohl befördern.«

Flavia sah ihn fragend an. »Eine Beförderung ist doch in der Regel eindeutig positiv. In diesem Fall nicht? Halten Sie es für wahrscheinlicher, dass man Ihnen gratulieren kann oder dass man Sie bedauern muss?«

»Ich weiß es nicht. Man stellt mich offenbar vor die Alternative, Beförderung oder Rausschmiss – mit all den Konsequenzen für meine Bezüge und meine Pension. Man will mich zum Direktor einer neuen Behörde machen, deren Sinn und Zweck wohl nur darin besteht, dem europäischen Steuerzahler Geld aus der Tasche zu ziehen. Ich habe schon ein bisschen herumtelefoniert, es zeichnet sich kein Ausweg ab.«

Sie lehnte sich zurück, dachte nach und biss dabei auf ihren Daumennagel. »Aber Sie bleiben uns als Leiter der Abteilung erhalten?«

»Er nickte. »Jedenfalls nominell. Und damit wären wir bei Ihnen.«

»Ach ja?«, fragte sie wachsam.

»Sie haben zwei Möglichkeiten. Entweder bleiben Sie hier und leiten für mich die Abteilung. Oder Sie helfen mir, diesen neuen europäischen Unsinn aufzubauen. Dann sind Sie die Untergebene eines Engländers oder Holländers oder was weiß ich. Und haben noch viel mehr Verwaltungskram zu erledigen als bisher. Aber natürlich verdienen Sie enorm viel. Steuerfrei, versteht sich. Und haben klarer geregelte Arbeitszeiten.«

»Wozu raten Sie mir?«

Er zuckte die Schultern. »Das müssen Sie sich selber überlegen. Ich hoffe, dass Sie mir so oder so erhalten bleiben.«

»Wann muss ich mich entscheiden?«

Er machte eine ausladende Geste, als hätte sie alle Zeit der Welt, und sagte dann: »Am Wochenende? Ich muss Sie leider drängen, sonst kann ich nicht planen. Während der Woche können Sie schon mal üben. Ich muss Denkschriften verfassen. Sie sollten davon ausgehen, dass Sie auf sich gestellt sein werden. Und bis diese Sache über die Bühne ist, beobachtet uns das Ministerium mit Argusaugen. Wenn Sie alle Einbrüche in die Nationalgalerie und die Kunstsammlung des Staatspräsidenten vereiteln könnten, wäre ich Ihnen dankbar. Und dasselbe gilt natürlich für Einbrüche, von denen wir im Voraus in Kenntnis gesetzt wurden.«

3

Dan Menzies arbeitete auf eine sehr überlegte und peinlich genaue Art, die sich weder mit seiner massigen Gestalt noch mit seinem Ruf zu vertragen schien. Er hatte zwar eine Vorliebe für theatralische Gebärden und übertriebene Metaphern, aber wenn er an einem Bild saß, machte er sich ganz ruhig und vorsichtig ans Werk. Normalerweise hatte er natürlich viele Leute unter sich, dann bediente er sich einer militärischen Ausdrucksweise und trat als Befehlshaber auf, also durchaus nicht, wie seine feinsinnigeren Kollegen, als Leiter eines Teams. Bei Großprojekten, in die man viel Geld steckte, war er so etwas wie ein General Patton der Kunst, lief von einem zum anderen und bedachte alle mit Befehlen, Ratschlägen und Anfeuerungen. Hier, in dieser Kirche, war er dagegen allein. Er empfand es als eine Wohltat und hatte den Eindruck, dass er nicht nur das Bild restaurierte. Zum ersten Mal seit vielen Jahren arbeitete er wieder ganz auf sich gestellt, nur er und die Farben, und versuchte sich mit dem Skalpell und seinen chemischen Substanzen an eine instinktive Vorstellung dessen heranzutasten, was der Künstler im Sinn gehabt hatte. Während er über das Bild gebeugt saß, gar nicht merkte, wie die Stunden vergingen und kaum spürte, wie sein Rücken zu schmerzen begann, war er auf einmal unsagbar glücklich. Das muss ich unbedingt öfter tun, sagte er sich, als er Schluss machte, weil das Licht zu schlecht geworden war. Jedes Jahr ein Bild ganz für mich allein. Er reckte sich und wusch die Hände. Oder wenigstens jedes zweite Jahr.

Hätten seine Kollegen ihn so erlebt, hätte es ihnen wohl die Sprache verschlagen. Diese in sich gekehrte Gelassenheit passte so gar nicht zu seinem normalen Auftreten. Man kannte ihn als Showman, der unbedingt bei jeder Gelegenheit im Rampenlicht stehen musste. Es hatte ihm in gleichem Maße Beifall und Kritik eingebracht, dass er sich so publikumswirksam – oder, wie manche sagten, so großspurig – daran machte, Bilder wieder zum Leben zu erwecken. Damit konnte er existieren. Auf einem Markt mit starker Konkurrenz gehörte die Show nun einmal zum Geschäft. Und bei der eigentlichen Arbeit gab er sein Bestes, ganz unabhängig davon, wie er sich in Szene setzte, um dem Publikum zu gefallen. Es war ihm aber auch ein echtes Bedürfnis, dass man ihn gern hatte, und da er sich eigentlich für einen ganz sympathischen Kerl hielt, konnte er es nie ganz begreifen, warum seine Kollegen und Konkurrenten sich so unfair verhielten. Ihm ging die Kunst zur Verstellung eben völlig ab. Wenn er nach seiner Ansicht gefragt wurde, hielt er nie mit seiner Meinung hinter dem Berg und in sehr vielen Dingen hatte er sehr äußerst dezidierte Ansichten. Was konnte er dafür, dass unter seinen Gegenspielern ein paar Dummköpfe waren?

Er hielt sich in Rom auf, weil er nicht daran glaubte, dass Qualität sich von allein durchsetzte. Auch der Beste ging leer aus, wenn er sich nicht mächtig ins

Zeug legte. Stets war er fest entschlossen, einen wichtigen Auftrag an Land zu ziehen, und deshalb war er sogar schon ein halbes Jahr früher angereist, um präsent zu sein. Soviel Zeit musste er eben investieren. Diesen dubiosen Caravaggio restaurierte er, damit er etwas zu tun hatte. Außerdem war es ein gutes Werk, das genau für die richtige Publicity sorgte, und es lieferte eine plausible Erklärung für seinen Aufenthalt in Rom, der es ihm erlaubte, mit den richtigen Leuten zu reden, während sie sich ihre Meinung bildeten. Wenn er diesen Auftrag bekam, stellte das einen Höhensprung seiner Karriere dar. Er gedachte sich von niemandem aufhalten zu lassen.

Plötzlich merkte er, dass jemand hinter ihm stand und ihm zusah. Diese verdammten Touristen, dachte er irritiert. Er versuchte konzentriert weiterzuarbeiten und schaffte es auch eine Weile, aber dann arbeitete er wohl doch so verbissen, dass er schließlich sogar einen kleinen Fehler machte. Jetzt reichte es ihm.

»Mensch, hau ab!«, rief er wütend, fuhr herum und starrte mit zusammengekniffenen Augen einen kleinen Mann an, der ganz schön dumm aus der Wäsche guckte. Was für ein stupider Blick. Mein Gott!

»Es tut mir Leid …«

»Davon hab' ich nichts! Verschwinden Sie! Wie sind Sie überhaupt reingekommen?«

»Ich bin …«

»Sie haben hier nichts zu suchen! Gibt es in Rom etwa nicht genug Sehenswürdigkeiten, die der Öffentlichkeit zugänglich sind? Müssen Sie unbedingt hier eindringen?«

»Ich bin doch gar nicht …«

»Jetzt gehen Sie endlich!«

Als der Bursche einfach stehen blieb, verlor Menzies die Beherrschung. Er sprang auf, packte den kleinen Mann, der kaum halb soviel wog wie er, am Arm, schleppte ihn zum Hauptportal und nahm auf dem Weg dorthin einen riesigen Schlüssel vom Haken. Er schloss auf, öffnete die Tür ein Stück weit und schob den Mann hinaus.

»Auf Wiedersehen«, sagte er mit sarkastischem Unterton, als der lächerliche Wicht in das helle Sonnenlicht blinzelte. »Aber lieber erst im nächsten Jahrhundert.«

Giulia, die schon den ganzen Tag auf den Stufen vor der Kirche saß, machte ganz unauffällig ein Foto von Menzies, der einem Mann freundlich nachzuwinken schien. Notwendig wäre das nicht gewesen, aber sie langweilte sich zu Tode. Es hatte sich sonst nämlich rein gar nichts getan. Schon seit Stunden konnte sie ungestört darüber nachdenken, ob die Polizei wirklich das Richtige für sie war. Jetzt notierte sie sich so präzise wie möglich, was vorgefallen war, und ließ kein Detail aus.

Genau wie gestern machte sich Argyll auch heute wieder Hoffnungen auf einen ruhigen Abend mit Flavia. Da sie sich aus Zeitmangel schon seit Wochen nicht mehr richtig miteinander unterhalten hatten, fürchtete er allmählich, dass sie es ganz verlernten, wenn sie sich nicht endlich wieder einmal darin übten. Er hatte sich ein wenig verspätet und hoffte, sie schon zu Hause anzutreffen. Nein, sie war noch nicht da. Dafür war jemand anders in der Wohnung.

»O Gott«, sagte er voller Verzweiflung. »Was machen *Sie* denn hier?«

Eine kleine, elegante Dame, Mitte bis Ende fünfzig, saß ganz gelassen auf dem Sofa beim Fenster. Sie hatte ein hübsches Gesicht, dem man ansah, dass sie gern lachte, und wirkte sehr liebenswürdig. Eine Frau, die es verstand, mit Anmut älter zu werden. Ein seltenes Talent. Sie mochte ein wenig reserviert wirken, aber ihre Gesellschaft war angenehm. Eine Frau, der man Vertrauen entgegenbrachte.

Woran man wieder einmal sehen konnte, dass es reiner Unsinn war, wenn man von der Physiognomie auf den Charakter schloss. Er durfte nicht vergessen, seine Studenten darauf hinzuweisen. In der Kunsttheorie des 17. Jahrhunderts wurde der Physiognomik große Bedeutung beigemessen, aber er hatte die Erfahrung gemacht, dass das eine falsche Einschätzung war. Und Mary Verney, eine Kriminelle mit grundgütigem Gesicht, lieferte sozusagen den Beweis.

»Jonathan!«, rief sie und stand vom Sofa auf, um mit einem warmherzigen Lächeln und ausgestreckter Hand auf ihn zuzueilen. »Wie schön, Sie wiederzusehen!«

Argyll blickte ihr finster entgegen. »Da bin ich anderer Ansicht, Mrs. Verney«, antwortete er kühl. »Wie können Sie es wagen …«

»Ach je«, sagte sie und wischte mit einer Geste seinen heftigen Protest beiseite. »Aber ich konnte wohl nicht erwarten, dass sie mich herzlich willkommen heißen würden. Dabei gehört das doch alles längst der Vergangenheit an.«

»Das hätten Sie wohl gern.«

»Ach, Jonathan. Plustern Sie sich doch nicht so auf.«

»Sie sind eine Lügnerin, eine Diebin und eine Mörderin, Mrs. Verney. Und haben es so gedeichselt, dass ich nichts gegen Sie unternehmen konnte. Nun gut. Aber Sie erwarten doch nicht im Ernst, dass ich mich darüber freue, Sie wiederzusehen?«

»Hm«, machte sie. »Wenn Sie das so betrachten …«

»Wie sollte ich es denn sonst sehen? Machen Sie sich doch nicht lächerlich.«

»Sie werden Flavia doch nichts von dieser Sache erzählt haben?«

»Nicht direkt.«

»Ich frage mich, warum Sie sich unbedingt mit mir treffen will«, sagte Mrs. Verney und runzelte die Stirn. »Ich bin doch nur eine harmlose alte Frau.«

Argyll schnaubte verächtlich.

»Es ist aber wirklich so. Ich widme mich nur noch guten Werken und renoviere mein Haus.«

»Mit dem Gewinn aus Ihren verbrecherischen Umtrieben.«

»Also wirklich, Jonathan! Manchmal hören Sie sich an wie eine Figur aus einem viktorianischen Melodram. Ja, mit dem Gewinn aus meinen verbrecherischen Umtrieben, wenn Sie so wollen. Und das nimmt meine ganze Zeit in Anspruch.«

»Was wollen Sie dann hier?«, fragte er spöttisch.

»Einen Gin, bitte. Haben Sie auch Tonic im Haus?«

»Wie bitte?«

»Ich dachte, Sie hätten mich gefragt, was ich trinken will.«

»Nein.«

Sie sah ihn mit einem freundlichen Lächeln an. Ich kann gut verstehen, schien sie ihm damit sagen zu wollen, dass das jetzt nicht so einfach für Sie ist, mein lieber Jonathan. Und da er sie eben doch ziemlich sympathisch fand, obwohl er wusste, was für ein verworfener Mensch sie war, wurde er weich und geradezu beflissen.

»Ein Gin Tonic. Mit Eis?«

»Ja, bitte.«

Er mixte den Drink und reichte ihn ihr.

»Wissen Sie, ich hatte wirklich nicht im Sinn, mich mit Ihnen oder Flavia zu treffen«, stellte sie fest. »Und mir war klar, dass ich auch gar nicht willkommen gewesen wäre, jedenfalls bei Ihnen.« Sie hob die Hand, um ihn von einer Entgegnung abzuhalten. »Ich mache Ihnen das überhaupt nicht zum Vorwurf. Aber dann hat Flavia angerufen und mich zu einem Drink eingeladen. Da konnte ich schlecht nein sagen.«

»Warum nicht?«

»Wenn meine Ankunft in Rom registriert worden ist, muss ich auf einer Schwarzen Liste stehen. Und ich fände es schade, wenn die Polizei ihre Zeit mit mir vertut. Deshalb dachte ich mir, ich beweise ihr, dass ich hier einfach nur Urlaub mache – damit sie echte Diebe dingfest machen kann.«

»Sie sind doch eine echte Diebin.«

»Gewesen, Jonathan. Wie schon gesagt, ich habe mich zur Ruhe gesetzt.«

»Irgendwie fällt es mir schwer, das zu glauben …«

»Aber es ist so«, meinte sie geduldig. »Ich mache hier Urlaub. Ich schmiede keine finsteren Pläne. Hoffentlich kann ich Ihnen das doch noch klarmachen, damit Sie sich nicht mehr so pharisäerhaft benehmen müssen.«

»Pharisäerhaft? Ich? Sie kreuzen einfach hier auf und ...«

»Ja, ich weiß, Sie stehen noch unter Schock ...«

»Warum denn?«, rief Flavia vergnügt und stand auch schon mit einem Päckchen Pasta und zwei Flaschen Wein im Zimmer.

»Vor lauter Freude über unser Wiedersehen«, antwortete Mrs. Verney leichthin.

»Ja«, sagte Flavia. »Ich habe erfahren, dass Sie in Rom sind, und da dachte ich mir, wäre es nicht schön ...«

Mrs. Verney lächelte. »Und hier bin ich. Ich freue mich sehr, Sie beide wiederzusehen. Wie geht es Ihnen? Was gibt es Neues? Sind Sie vielleicht sogar verheiratet?«

»Noch nicht«, sagte Flavia. »Aber im Herbst ist es wahrscheinlich so weit.«

»Herzlichen Glückwunsch! Ich schicke Ihnen natürlich ein Hochzeitsgeschenk – und ich wünsche Ihnen, dass Sie sehr glücklich werden!«

»Vielen Dank. Sie bleiben doch zum Abendessen? Oder haben Sie schon etwas anderes vor?«

»Ich bleibe sehr gern. Nur wollte ich eigentlich Sie beide zum Essen einladen. Wenn es in der Nähe ein ordentliches Restaurant gibt ...«

»Wie nett von Ihnen! Warum eigentlich nicht?«

Sie sahen sich an und lächelten falsch. Argyll blickte finster von der einen zur anderen.

Dann sagte er: »Ich kann leider nicht mitkommen.« Mit geheucheltem Bedauern tippte er auf den Stapel

Aufsätze, der neben ihm lag. »Ich habe noch viel zu tun.«

Ohne sich übermäßig anzustrengen, versuchten sie ihn umzustimmen; unter anderem bekam er zu hören, dass er ein alter Miesepeter sei. Dennoch blieb er standhaft und konnte die beiden Frauen fünf Minuten später verabschieden. Sie gingen in ein Restaurant gleich in der nächsten Straße, in dem er und Flavia zu essen pflegten, wenn sie sich nicht zum Kochen aufraffen konnten. Er selbst begnügte sich mit einem etwas trostlosen Nudelgericht und korrigierte anschließend zwei Stunden lang Aufsätze. So hatte er sich den heutigen Abend wirklich nicht vorgestellt. Aber wenn er an die Alternative dachte, fand er ihn geradezu himmlisch.

Die beiden Frauen saßen in der hübschen kleinen Trattoria bei einem einfachen, aber köstlichen Mahl, in einer Atmosphäre ungezwungener Behaglichkeit, wie sie nur italienische Restaurants zu vermitteln verstehen. Sie unterhielten sich angeregt und erzählten einander auch allerhand Klatsch und Tratsch, wie zwei alte Freundinnen eben, die sich aus den Augen verloren und nach langer Zeit wiedergefunden hatten. Für Flavia war es wirklich ein netter Abend. Bei Mrs. Verney war das anders.

Sie war tief beunruhigt. Zwar hatte sie nicht davon ausgehen können, dass sie der italienischen Polizei gar nicht auffallen würde, aber sie hatte darauf vertraut, dass Kompetenzstreitigkeiten, bürokratische Bestimmungen und unterbesetzte Dienststellen für eine schleppende Bearbeitung sorgen würden. Und sie hatte getan, was sie konnte, um nicht aufzufallen. Sie war zum Beispiel mit der Bahn angereist, weil die Kontrollen im Zug laxer waren als auf dem Flughafen, und hatte auch keinen Gebrauch von ihrer Kreditkarte gemacht. Es konnte eigentlich nur die Hotelanmeldung gewesen sein. Schon komisch. Sie war davon ausgegangen, dass sich kein Mensch mehr mit Meldezetteln herumschlug. Offenbar hatte sie sich getäuscht. Vielleicht war das jetzt alles computerisiert. Daran konnte sie wieder mal sehen, wie alt sie geworden war.

Gleich am ersten Tag war die Polizei auf sie aufmerksam geworden und hatte es ihr auch gleich klargemacht. Warum sie in Rom war, wusste Flavia bestimmt nicht, aber man würde sie wohl dennoch im Auge behalten. Und das könnte sie unheimlich hemmen.

Als sie wieder in ihrem Hotelzimmer war, schenkte sie sich einen Whisky ein und ließ sich alles noch einmal durch den Kopf gehen. Sie hatte schon einmal im Borgognoni gewohnt. Das war 1973 gewesen. Es war genau das richtige Hotel für sie und sie fand, dass es sogar noch schöner geworden war seit dem Besitzerwechsel und der Renovierung. Auch damals war es schon sehr komfortabel gewesen und hatte sich auch dadurch empfohlen, dass man zu Fuß nur ein paar Minuten zum Barberini brauchte. Schließlich war sie in Rom gewesen, um ebendort ein Bild zu stehlen – einen kleinen, aber ganz entzückenden Martini, den sie am liebsten gar nicht mehr hergegeben hätte. Damals wie heute hatte es bei der Wahl des Hotels den Ausschlag gegeben, dass das Borgognoni über viele Ausgänge verfügte. (An der Vorder- und der Rückfront und auf beiden Seiten, für die Gäste, für das Personal, für die Lieferanten). Darauf hatte sie stets Wert gelegt, wenn sie einen Auftrag zu erledigen hatte. Man konnte nie wissen, ob es einem nicht irgendwann sehr zupass kommen würde, wenn es einem möglich war, sich ungesehen zu entfernen. So wie jetzt. Sie vereinbarte also telefonisch ein Treffen, zog sich um, leerte ihren Drink und schlüpfte zum Hintereingang hinaus,um sich auf den Weg zum Hotel Hassler zu machen.

Es war ihr Ernst mit ihrem Vorsatz gewesen, sich zur Ruhe zu setzen. Mehr als fünfundzwanzig Jahre lang hatte sie Bilder gestohlen und war nie gefasst worden. Dann war sie ein Mal beinahe erwischt worden. Und hatte danach sofort aufgehört. Diese Regel hatte sie schon als junge Frau aufgestellt, und sie war fest entschlossen gewesen, sich daran zu halten. Sie hatte Bilanz gezogen und sich von den letzten paar Sachen getrennt, die sie noch in eine peinliche Lage hätten bringen können, und dann war sie bereit gewesen, sich auf einen sorgenfreien Lebensabend einzustellen.

Vor ein paar Wochen hatte dann, noch hysterischer als sonst, ihre Schwiegertochter angerufen. Sie hatte nie viel übrig gehabt für diese einfältige Person. Warum ihr Sohn, der ansonsten doch ein ganz vernünftiger Mensch war, so eine kleinkarierte Frau geheiratet hatte, war ihr ein Rätsel. Diese Frau hatte doch kein Fünkchen Verstand. Dafür war sie, das musste Mary Verney zugeben, ihrer achtjährigen Tochter eine liebevolle Mutter. Und Louise war im Grunde die Einzige in der Familie, für die Mary viel übrig hatte. Ihre Enkeltochter war ein Mädchen, das Temperament hatte. Das sah man schon an den Augen. Ein entzückendes

Kind. Mary Verney war eigentlich völlig unsentimental, aber wenn sie an Louise dachte, wurde ihr immer gleich ganz warm ums Herz.

Wie Kostas Charanis das erraten hatte, war ihr schleierhaft. Sie hatte einmal, vor über dreißig Jahren, in seinem Auftrag gearbeitet, und nur dieses eine Mal war sie einem Geschäftspartner auch privat nähergekommen. Er gab ihr das Geld, sie besorgte das Gemälde, das er haben wollte, und dann traf sie sich ein Jahr lang oft mit ihm, in Griechenland und auch anderswo. Ein liebenswürdiger Mensch. Mit einem eisernen Willen, wenn er sich etwas in den Kopf gesetzt hatte. Da es ihm damals darum gegangen war, sie zu gewinnen, hatte sie es faszinierend und nicht beängstigend gefunden.

Dennoch hatte sie dankend abgelehnt, als vor vier oder fünf Wochen sein Sohn Mikis völlig überraschend mit einem neuen Angebot bei ihr aufgetaucht war. Man soll nie alte Liebschaften wieder aufleben lassen, nie aus emotionalen Gründen einen Auftrag annehmen und nie nach dem Ausscheiden aus dem Arbeitsleben wieder einsteigen. Sie war ihrer Arbeit aus Notwendigkeit nachgegangen und nicht aus Übermut. Jetzt hatte sie genug Geld und sah also gar keinen Grund, ein Risiko einzugehen.

Und außerdem mochte sie Mikis Charanis nicht. Überhaupt nicht. Er hatte nichts von der Intelligenz, Feinsinnigkeit und Kraft seines Vaters. Sie hatte ihn als verzogenen Balg in Erinnerung, der an Größenwahn litt. Als sie zum letzten Mal bei Kostas gewesen war und ihm gerade endgültig Lebewohl gesagt hatte, stand der sechsjährige Mikis auf der Straße und stritt sich mit einem Freund. Plötzlich nahm er seelenruhig die Hand seines Freundes und brach ihm sämtliche Finger. Um ihm eine Lektion zu erteilen, wie er nachher sagte. Allein schon weil Mikis im Spiel war, hätte sie, selbst wenn sie knapp bei Kasse gewesen wäre, den Auftrag abgelehnt, so sehr sie seinen Vater in zärtlicher Erinnerung behalten hatte.

Er schien es ihr nicht übel zu nehmen, machte jedoch nach ein paar Wochen einen weiteren, viel energischeren Vorstoß. Es fiel ihr dennoch nicht schwer, nein zu sagen: »Dafür bin ich zu alt, sagen Sie das ihrem Vater. Suchen Sie sich jemanden, der agiler ist.«

Dann entführte er ihre Enkelin. Die Mutter hatte sie in die Schule gefahren und vor dem Tor abgesetzt. Zwei Stunden später rief ein Lehrer an und erkundigte sich nach dem Kind. Und bevor sie die Polizei verständigen konnte, meldete sich auch schon Mikis und verbot ihr, die Behörden einzuschalten. Sie musste an die gebrochenen Finger denken. Und an das Gesicht, das der Junge gemacht hatte.

»Es geht ihr gut«, hatte er betont. »Sie wird sogar richtig verwöhnt. Man hat ihr gesagt, dass sie auf Überraschungsurlaub fahren darf, und sie hat ja wirklich so in etwa vier herrliche Wochen vor sich. Wenn alles funktioniert. Was ganz von Ihnen abhängt, Mrs. Verney. Ist doch ein einfacher Auftrag.«

Sie war wie gelähmt vor Entsetzen und Zorn, begriff aber bald, dass sie gar keine andere Wahl hatte. Vorher versuchte sie noch Mikis' Vater in Athen anzurufen, erreichte ihn aber nicht. Immer wieder hinterließ sie eine Nachricht für ihn, aber er antwortete nicht. Schließlich musste sie einsehen, dass er nicht reagieren würde. Er hatte sich etwas in den Kopf gesetzt und würde mit eisernem Willen dafür sorgen, dass er es bekam.

Und diesmal fand sie es überhaupt nicht faszinierend.

Für ihre Person konnte sie Risiken eingehen, aber Louise durfte sie auf keinen Fall gefährden. Noch am selben Tag erklärte sie sich bereit, nach Rom zu fahren und das Gemälde zu beschaffen, an dem Charanis einen Narren gefressen hatte. Je früher sie es liefern konnte, desto früher kam Louise frei.

Es war ihr noch nicht klar, warum ihm das Bild so wichtig war. Sie hatte schon nachdem Mikis zum ersten Mal bei ihr aufgetaucht war ein wenig recherchiert, aber nichts zu Tage gefördert. Das Bild war in keinem der Führer, Kataloge und Lexika aufgeführt, die sie konsultierte. Und Mikis hatte sich bedeckt gehalten. Ein paar Angaben zu dem Kloster hatte sie natürlich gefunden, aber das ersetzte keine genaue Sachkenntnis.

Das größte Problem lag darin, dass es so schnell gehen musste. Sie wollte ihre Enkelin so bald wie möglich wiederhaben, und Charanis wollte auch nicht warten. Normalerweise hätte sie in so einem Fall mindestens sechs Monate für die Planung veranschlagt, damit auch wirklich alles glatt ging, aber jetzt musste sie es in wenigen Wochen schaffen. Und dann bestand er auch noch darauf, dass sie allein arbeitete und in keiner Form irgendjemand einbezog.

»Wenn ich ein halbes Jahr Zeit hätte, wäre das gar kein Problem«, hatte sie gesagt. »Aber wenn es so schnell gehen muss, empfehlen sich vielleicht doch rauere Methoden. Man könnte mit einem Laster durch die Kirchentür brettern, sich das Bild schnappen und das Weite suchen. Keine Methode nach meinem Geschmack, aber Ihnen macht das doch bestimmt nichts aus. Ich kenne da ein paar Leute ...«

Mikis schüttelte den Kopf. »Kommt gar nicht infrage. Ich will nicht, dass mehrere Personen in die Sache verwickelt sind. Darum habe ich mich ja für Sie entschieden. Ein paar schwere Jungs hätte ich auch ohne Sie auftreiben können.«

Das glaubte sie ihm aufs Wort. Sie kochte vor Wut, aber sie fügte sich und arbeitete einen möglichst sicheren Plan aus, so gut sie das auf die Schnelle konnte. In fünf Tagen würden Pilger aus Minnesota in Rom eintreffen, und dank guter Beziehungen sollten sie im Kloster San Giovanni untergebracht und verköstigt werden. Mary Verney, alias Juliet Simpson, hatte sich bereits einen Platz in dieser Gruppe gesichert, über einen alten Bekannten in Amerika. Jetzt brauchte sie nur noch in den paar Tagen, die ihr bis dahin noch blieben, ihren Plan an Ort und Stelle zu überprüfen, um mögliche Schwachstellen aufzuspüren. Im Prinzip müsste es eigentlich ganz einfach sein, solange das Glück ihr gewogen blieb.

Aber weniger als vierundzwanzig Stunden nach ihrer Ankunft in Rom hatte es sich schon von ihr verabschiedet. Flavia war auf sie aufmerksam geworden und mit ihr essen gegangen. Sie hatte sich zuvorkommend verhalten und ihr nicht gedroht, aber keinen Zweifel daran gelassen, dass man sie im Auge behalten würde. Jetzt stand Mary mit einem Drink am Fenster und sah, dass es Flavia ernst gemeint hatte. In dem

Café auf der anderen Straßenseite, an einem Tisch direkt gegenüber vom Hoteleingang, saß die junge Frau, die ihr auf dem Rückweg gefolgt war. Eine ziemlich auffällige Beschattung, aber vielleicht sollte sie gar nicht unauffällig sein.

Und so verschwand Mary, als sie sich umgezogen hatte, durch die Hintertür – mehr als eine Person konnte die Polizei im Moment doch sicher nicht für sie erübrigen. Sie ging auf Umwegen zum Hotel Hassler, das viel luxuriöser war als ihr eigenes, und dann schnurstracks hinein und die Treppe hinauf zum Zimmer 327. Wie immer legte sie Wert darauf, pünktlich zu sein.

»Guten Abend, Mikis«, sagte sie ruhig.

Mikis war in den Dreißigern, aber schon ziemlich dick. Er hatte getrunken und war nervös, was ihr sehr recht war.

»Es sieht schlecht aus«, sagte sie ohne Umschweife.

Er runzelte die Stirn.

»Sehr schlecht sogar«, fuhr sie fort. »Ich musste zur Polizei. Man hat erfahren, dass ich hier bin. Da geht es zu, als hätte man in ein Wespennest gestochen. Das ist bestimmt Ihre Schuld.«

Er sah sie finster an. »Wieso soll das meine Schuld sein?«

»Weil sie ein Dilettant sind. Haben Sie mit anderen über diese Sache gesprochen? Wollten Sie womöglich einen Ersatzmann in Reserve halten? Oder einfach nur bei Ihren Freunden prahlen? Wenn Sie denn welche haben sollten.«

Er starrte sie an. »Ich habe nichts Dergleichen getan«, sagte er.

»Sind Sie sich da ganz sicher? Jemand muss es nämlich ausgeplaudert haben. Es gibt keine andere Erklärung. Und ich war's nicht.«

»Ich bin mir absolut sicher.«

»Jedenfalls ist die Sache damit hinfällig«, sagte sie. »Wir müssen den Plan aufgeben.«

Er schüttelte energisch den Kopf. »Da muss ich Sie enttäuschen.«

»Sie haben leicht reden! Und ich komme ins Gefängnis! Was Ihnen aber auch nicht zu dem Bild verhilft.«

Da er ihr nicht einmal eine Antwort gab, stieß sie gleich nach, um ihn vielleicht doch noch zur Vernunft zu bringen.

»Ich habe Ihnen erklärt, wie ich arbeite. Da darf man auf keinen Fall in so eine Situation wie jetzt geraten. Bestimmt haben sie mit anderen darüber gesprochen! Sie sollten überhaupt nicht in Rom sein!«

»Das alles ist bedauerlich«, sagte er ganz ruhig, »aber es ändert nichts an dem Plan.«

»Und ich will, dass Sie die ganze Sache abblasen oder wenigstens verschieben! Und zwar jetzt gleich!«

Er schüttelte den Kopf, öffnete seine Brieftasche und gab ihr ein kleines Foto von einem Kind. »Das ist heute Morgen gekommen. Eine gute Aufnahme, finden Sie nicht?«

Sie nahm das Foto und starrte eine ganze Weile auf das Bild ihrer lächelnden Enkelin. Wie üblich bei dieser schauerlichsten Form der modernen Kunstfotografie, war im Vordergrund eine Zeitung von gestern zu sehen, das Datum gut lesbar. Damit erst gar keine Missverständnisse aufkamen. Es war ihr nicht gelungen, ihn aus dem Gleichgewicht zu bringen. Sie musste sich eine neue Strategie ausdenken.

»Was soll das?«, fragte sie.

»Oh, ich wollte nur noch einmal klarstellen, dass ich das Gemälde schnell brauche.«

»Wieso kauft es Ihr Vater nicht einfach? Er hat doch das Geld dazu. Das Bild kann eigentlich gar nicht so viel wert sein.«

Er lächelte nachsichtig. »Wenn es in die richtigen Hände kommt, ist es unheimlich viel wert. Und es ist unverkäuflich. Es gibt also keinen anderen Weg.«

»Warum liegt Ihnen so viel daran? Es ist kein großartiges Bild.«

»Das geht Sie nichts an. Sie haben den Auftrag, das Gemälde zu besorgen. Dazu brauchen Sie nicht zu wissen, warum ich es haben will. Aber Sie schaffen das schon! Ich habe volles Vertrauen zu Ihnen. Wir sollten gar nicht lange darüber reden. Sie haben eine Aufgabe zu erfüllen und packen die Sache am besten gleich an.«

Als sie nach fünf Minuten ging, überkam sie ohnmächtige Wut. Sie kam sich alt vor und sogar einsam, weil sie ganz auf ihr eigenes Können angewiesen war und diesmal nicht das Gefühl hatte, dass es genügen würde.

Und sie verspürte eine Rachsucht, mit der sie nichts anzufangen wusste. Wäre sie ein Mann, würde sie jetzt vielleicht ausgehen und sich betrinken und bei einer Schlägerei mitmischen. Stattdessen konzentrierte sie sich auf die einzige Person in der Nähe, die ihr in gewisser Weise bekannt war. Sie betrat das Hotel durch den Hintereingang, durchquerte die Halle, verließ es gleich wieder durch den Vorderausgang und ging über die Straße.

»Verzeihen Sie«, sagte sie zu der jungen Frau, die nach wie vor geduldig in dem Café saß und ein Buch las. Mit Befriedigung stellte sie fest, dass das Mädchen ganz verdattert war, als es begriffen hatte, was vor sich ging.

»Ja?«

»Sie sind doch eine Kollegin von Flavia, nicht wahr?«

»Wie bitte?«

»Sie beschatten mich doch schon den ganzen Abend und scheinen sich schrecklich zu langweilen an ihrem Tisch mit ihrem Buch. Möchten Sie nicht vielleicht auf einen Drink in mein Hotelzimmer kommen? Da können Sie mich ganz bequem beobachten.«

»Ah ...«

»Ich will Sie nicht bedrängen. Aber da wir offenbar eine Zeit lang miteinander zurechtkommen müssen, dachte ich mir, ich stelle mich lieber gleich richtig vor. Dann können wir uns morgen wenigstens einen guten Tag wünschen und brauchen nicht so zu tun, als hätten wir uns noch nie gesehen.«

»Ich glaube kaum ...«

»Oder soll ich Ihnen sagen, was bei mir morgen auf dem Programm steht? Dann wissen Sie, wo Sie suchen müssen, falls sie mich aus den Augen verlieren. Es ist doch lächerlich, dass Sie mir unbemerkt folgen wollen.«

»Hören Sie ...«

»Was haben Sie denn? Wie heißen Sie eigentlich?«

»Giulia Contestanti.«

»Was für ein schöner Name.«

»Vielen Dank. Aber so geht das nicht.«

»Warum denn nicht?«

»Es geht einfach nicht.«

»Ah! Ich dürfte gar nicht wissen, dass Sie mir folgen?« Sie beugte sich vor und flüsterte mit Verschwörermiene: »Keine Sorge, ich sag's niemand. Wollen Sie wirklich nicht auf einen Drink vorbeischauen?«

»Nein.«

»Das ist schade. Na, dann geh ich jetzt schlafen. Und morgen früh stehe ich gegen sieben auf. Wenn die Läden öffnen, verlasse ich das Hotel, und dann finden Sie mich den größten Teil des Vormittags in der Via Condotti, wo ich durch die Geschäfte bummeln werde. Ich brauche nämlich ein Paar Schuhe. Und ich verspreche Ihnen, dass ich nicht winke, wenn ich Sie sehe. Das bleibt unser kleines Geheimnis, ja? Gute Nacht!«

Mary Verney ging schlafen und ließ das Mädchen mit rotem Kopf zurück.

4

Als Flavia nach dem Duschen in die kleine Küche kam, saß Argyll mürrisch am Tisch und aß seinen Toast. Sie musterte ihn, machte sich einen Kaffee und setzte sich zu ihm.

Es herrschte Schweigen.

»Was hast du denn?«, fragte sie schließlich.

»Nichts.«

»Irgendwas hat dir doch die Laune verdorben.«

Er kaute auf einem Bissen Toast herum, dann nickte er und fragte: »Warum hast du diese Frau auf einen Drink zu uns eingeladen?«

»Mary Verney? Ich dachte, du findest sie nett.«

»Nein.«

»Die Einladung hatte einen dienstlichen Grund.«

»Was für einen?«

»Es war so etwas wie ein Warnschuss. Sie soll wissen, dass sie nicht unerkannt geblieben ist. Ich wollte dich sowieso noch nach ihr fragen.«

Argyll zog ein wenig Luft durch die Nase und sah sie wachsam an.

»War sie bei den Giotto-Diebstählen vielleicht doch nicht so schuldlos, wie es in meinem Bericht steht?«

Argyll nickte unfroh. »Da wir schon mal bei dem Thema sind«, begann er zögernd, »sollte ich dir wohl erzählen …«

Doch sie hob die Hand und unterbrach ihn: »Vielleicht erzählst du es mir lieber doch nicht. Wir haben die Bilder sichergestellt und sind zu einem zufriedenstellenden Ergebnis gelangt. Sollte sie selber in die Sache verwickelt gewesen sein, behältst du es besser für dich. Wenn ich davon erfahre, muss ich es melden.«

Er nickte wortlos.

»Aber wenn ich sie als Erzgaunerin bezeichnen würde, hättest du nicht das Bedürfnis, sie in Schutz zu nehmen?«

Er schüttelte den Kopf.

»Das dachte ich mir. Sie konnte mich mit ihrer Geschichte nie so recht überzeugen.«

»Nein?«

»Nein. Aber wir sind an die Bilder rangekommen und nur das hat für mich gezählt. Mehr will ich von dieser Geschichte auch gar nicht wissen. Fragt sich nur, ob sie hier wirklich nur Urlaub macht.«

Argyll zuckte die Schultern. »Da bin ich überfragt«, sagte er vorsichtig. »Sie müsste an sich mehr als genug Geld haben. Und wenn sie darüber geklagt hat, dass sie alt wird, klang das irgendwie echt. Was unternimmst du denn jetzt?«

»Nichts. Mal abgesehen davon, dass ich sie auf Schritt und Tritt überwachen lasse und ihr Telefon anzapfe und ihre Post lese.«

»Das wird ihr wohl nicht verborgen bleiben.«

»Soll es auch gar nicht … Sie behauptet ja, dass sie hier nur Urlaub macht, und vielleicht stimmt das sogar. Aber ich gehe lieber kein Risiko ein.«

»Bist du vorgestern auch schon wegen ihr so spät nach Hause gekommen?«

Sie seufzte. Deshalb hatte er also schlechte Laune. Eigentlich konnte sie ihn durchaus verstehen, aber sie wünschte, er hätte auch ein bisschen mehr Verständnis für sie. Was erwartete er von ihr? Dass sie zu Hause blieb und sich nicht darum scherte, wo überall eingebrochen wurde?

»Nein«, sagte sie geduldig. »Da haben wir einen anonymen Hinweis auf einen geplanten Einbruch in ein Kloster bekommen. Ich musste hinfahren und die Mönche warnen. Weißt du, ich fand das auch nicht so toll. Aber wir haben eben viel zu wenig Leute seit ...«

»Ja, ich weiß, man hat euch den Etat gekürzt.«

»So ist es. Ich stehe nicht zu meinem Vergnügen an Straßenecken herum, das kannst du mir glauben.«

»Na, da bin ich aber froh. Ach ja, ich bin's ja gewöhnt.«

»Mach nicht so eine leidende Miene.«

»Aber ich leide tatsächlich darunter.«

»Und sei nicht so brummig. So ist das eben in meinem Beruf. Ich hab im Moment auch die Nase voll.«

»Tatsächlich? Wieso denn?«

»Bottando geht weg.«

»Wohin?«

Er wird befördert. Es geht ihm gegen den Strich, aber wenn er sich sperrt, wird er zurückgestuft.«

Argyll legte rasch seinen Toast auf den Teller. »Wie kommt denn das jetzt plötzlich?«

»Es muss wohl eine Art Putsch gegeben haben. Jedenfalls wird er in zwei Monaten Direktor irgendso einer unsinnigen europäischen Behörde.«

»Du sagst das so, als wäre es schon sicher. Will er sich gar nicht dagegen wehren?«

»Er sagt, dass er nichts machen kann.«

»Und wer wird dann Leiter eurer Abteilung?«

»Nominell bleibt er es. Und die Leitung der Ermittlungen hat er mir angeboten. Ich kann aber auch mit ihm in diese neue Behörde wechseln.«

»Und möchtest du bei euch die Leitung übernehmen?«

»Das weiß ich noch nicht. Ich glaube eigentlich nicht, dass ich für alles verantwortlich sein will. Aber ich will auch nicht unter Paolo arbeiten oder unter einem Chef von außerhalb.«

»Du möchtest, dass alles so bleibt, wie es ist?«

Sie nickte.

»So bleibt es aber nicht. Du wirst dich entscheiden müssen.«

Sie zuckte die Schultern. »Ich hab's mir noch nicht richtig überlegt.«

»Und was kommt auf dich zu, wenn du mit ihm gehst?«

»Dann sitze ich von neun bis fünf im Büro und habe nur noch organisatorische Aufgaben zu erledigen, bin jeden Abend um sechs zu Hause und hetze nicht mehr spätnachts irgendwohin. Und ich verdiene jede Menge Geld. Steuerfrei.«

Er nickte und sagte: »Der Traum eines jeden vernünftigen Menschen.«

»Ja.«

»Hmm.« Er dachte eine Weile darüber nach und nickte noch einmal. »Bist du daran interessiert?«

»Dann könnte ich mehr Zeit mit dir verbringen.«

»Danach habe ich nicht gefragt.«

»Ich weiß es nicht, Jonathan. Dir wäre es sicher lieber, wenn ich mich für ein ruhiges Leben entscheiden würde.«

»Das habe ich nicht gesagt. Aber es wäre mir schon recht, wenn ich dich ab und zu mal sehen könnte.«

»Das dachte ich mir.«

»Andererseits landest du dann womöglich bei einer stupiden Arbeit, die dich zum Wahnsinn treibt, selbst wenn du noch so viel verdienst. Wann musst du dich entscheiden?«

»Er lässt mir eine Woche Zeit.«

»Dann denkst du am besten erst mal gründlich darüber nach. Und ich auch. Ach ja, dieser Einbruch! Konntest du ihn vereiteln? Was ist denn das für ein Kloster?«

»San Giovanni. Auf dem Aventin.«

»Das kenne ich.«

»Ja?« Es verblüffte sie immer wieder, wie gut er die Stadt kannte. Sie hatte vorher nie von diesem Kloster gehört.

»Da hängt ein Caravaggio – wenn es denn einer ist.«

»Zurzeit sitzt ein Restaurator an dem Bild.«

»Wie heißt er?«

»Dan Menzies. Schon mal von ihm gehört?«

»O ja. Der Rottweiler unter den Restauratoren.«

»Dann ist das Bild wohl viel wert?«

»Sofern es wirklich von Caravaggio ist und Menzies es nicht in der Manier von Monet übermalt. Allerdings dürfte für den typischen Käufer gestohlener Kunstwerke das Thema ein bisschen zu düster sein.«

»Warum?«

»Man sieht, wie der heiligen Katharina mit dem Rad die Gliedmaßen zerschmettert werden. Es ist schon ein bisschen morbide. Und solche Privatsammler wollen ja meistens was Heiteres. Einen Impressionisten. Sonnenblumen und solche Sachen. So ein religiöses Bild aus der Barockzeit eignet sich doch nicht fürs Esszimmer. Womöglich verdirbt es den Leuten sogar den Appetit. Und dann ist es auch noch ziemlich groß. Für den Abtransport bräuchte man wohl einen Möbelwagen.«

»Und was hat Menzies auf dem Kerbholz?«

»Gar nichts, so weit ich weiß. Er soll ein sehr lautes Organ haben, aber er ist wohl nicht so schlimm, wie er sich anhört. Mehr kann ich dir über ihn nicht sagen. Glaubst du, dass er sich mit Ganoven zusammengetan hat und das Bild stehlen lassen will, solange man es zusammenrollen kann?«

Sie zuckte die Schultern. »Nein, eigentlich nicht. Aber ein Dieb, der es stehlen möchte, bevor es wieder auf den Keilrahmen gespannt wird, muss den günstigsten Zeitpunkt in Erfahrung bringen.«

»Dann solltest du Menzies beschatten lassen und sein Telefon anzapfen, und was man da sonst noch so macht.«

»Dazu haben wir nicht genug Leute.«

Flavia musste sich zuerst um Giulia kümmern, die mit großen Selbstzweifeln ins Büro kam. »Jetzt machen Sie doch nicht so ein Theater«, sagte sie ungehalten, als das Mädchen in Tränen ausbrach, nachdem es von Mrs. Verneys Besuch im Café berichtet hatte. »So was kann passieren. Und zum Teil ist es meine Schuld, weil ich Ihnen nicht gesagt habe, dass sie ein etwas komplizierteres Wesen hat, als man annehmen könnte. Jetzt hören Sie schon auf.« Dann hielt sie inne, weil sie merkte, dass sie sich für Giulia wohl ganz ähnlich angehört hatte wie Bottando. Der hätte allerdings etwas Onkelhaftes mitschwingen lassen, aber das konnte sie nun wirklich nicht. Es brauchte einen nicht zu wundern, dass Giulia ganz verzagt war. Sie war gleich nach der Grundausbildung zu ihnen gekommen, und jetzt hatte man ihr zum ersten Mal erlaubt, außerhalb des Büros in Aktion zu treten. Dass man sie dabei gleich so unsanft mit der Nase darauf gestoßen hatte, wie wenig sie noch konnte, tat natürlich weh.

»Jetzt schreiben Sie erst mal zur Erholung einen Tag lang die Polizeiberichte. Vielleicht können Sie dann noch einen Versuch machen. Man muss einfach nur den Dreh rauskriegen. Keine Sorge, das kommt schon. Wer beschattet sie jetzt?«

»Niemand.«

»O je.« Sie stand auf und langte nach ihrer Handtasche. »Und wo ist sie? Im Hotel?«

Giulia sah auf ihre Uhr. »Sie hat gesagt, dass sie einkaufen geht und dass man sie den größten Teil des Vormittags in der Via Condotti finden könne.«

Flavia schimpfte leise über die absurden Zustände bei der Polizei und machte sich auf den Weg. »Sagen Sie Bottando, dass er jemand suchen soll, der mich am Mittag ablösen kann – wenn er überhaupt ins Büro kommt. Ich rufe vorher noch an und gebe durch, wo ich bin.«

Sie fand Mary Verney in einem Schuhgeschäft, wo sie gerade in ziemlich teure Schuhe schlüpfte, die offenbar drückten, denn sie verzog ein wenig das Gesicht.

Dann winkte sie Flavia zu. »Haben Sie heute Morgen meine Überwachung übernommen?«

»Notgedrungen.«

»Sie wollen aber doch sicher nicht so tun, als würden sie mich gar nicht kennen?«

»Also, was Sie da gestern Abend gemacht haben, war nicht sehr nett von Ihnen«, sagte Flavia streng. »Das arme Mädchen hat heute Morgen geweint. Giulia ist doch noch so jung.«

»Tut mir Leid«, sagte Mary Verney, und sie schien es ernst zu meinen. »Ich hatte schlechte Laune und wollte meinen Ärger an jemand auslassen. Ich werde mich bei ihr entschuldigen. Aber es war auch nicht sehr nett von Ihnen, mich einfach beschatten zu lassen. Womit habe ich das verdient?«

»Nicht sehr nett wäre es gewesen, wenn ich Sie verhaftet hätte. Sie im Auge zu behalten, ist einfach nur vernünftig.«

»Na, wenigstens brauchen wir nicht den ganzen Morgen Verstecken zu spielen. Und wo Sie schon mal da sind, können Sie mich beraten. Sie wissen sich ja viel besser zu kleiden als ich. Ich brauche nämlich einen hübschen Mantel. Aber nichts Ausgefallenes. Er sollte meinem Alter entsprechen und nicht zu teuer sein und ins ländliche Norfolk passen. Man will ja nicht allzu sehr auffallen.«

Flavia schlug ein Modegeschäft vor, in dem sich ihre Mutter bei ihren seltenen Besuchen in Rom umzusehen pflegte. Das war bestimmt ein guter Ausgangspunkt, da ihre Mutter zwar etwas beleibter und älter war als Mrs. Verney, dafür aber viel eitler. Bevor sie sich auf den Weg machen konnten, probierte Mrs. Verney allerdings noch einmal mehrere Paar Schuhe, fand aber keine, die bequem *und* elegant genug waren.

»Was für eine teure Stadt«, sagte sie, als sie wieder auf der Straße standen. »Wie machen Sie das nur? Sie werden doch bestimmt nicht besonders gut bezahlt?«

»Wir kommen schon irgendwie über die Runden.«

»Es hat mich sehr gefreut, dass Sie und Jonathan noch zusammen sind. Wann, sagten Sie, wollen Sie heiraten?«

»Wir haben den Herbst ins Auge gefasst.«

»Das ist schön! Auf eine Einladung darf ich wohl nicht hoffen?«

»Wohl kaum.«

Sie seufzte traurig. »Das habe ich mir fast gedacht. Sind Sie schrecklich böse mit mir?«

»Nein. Allerdings nur, weil ich gar nicht so genau wissen wollte, warum ich eigentlich böse auf Sie sein müsste. Sonst wäre ich es bestimmt.«

»Sie trauen mir also wirklich nicht.«

Flavia musste grinsen. Man konnte Mary Verney einfach nicht lange böse sein. »Nein, ich traue Ihnen überhaupt nicht. Ich weiß nicht, was sie in Rom wollen. Vielleicht haben Sie mir sogar die Wahrheit gesagt. Auch Diebe müssen schließlich mal Urlaub machen. Aber ich bin skeptisch.«

»Das hab' ich mir wohl selbst zuzuschreiben. Aber ich kann Ihnen versichern, dass diesmal alles in Ordnung ist.«

Den restlichen Vormittag bummelten sie durch die Geschäfte. Mary Verney kaufte einen Mantel, von dem sie sehr angetan war, ein Paar Schuhe, das sie zwar nicht brauchte, aber so bequem fand, dass sie nicht widerstehen konnte, und eine Handtasche, die irrsinnig teuer, aber einfach himmlisch war. Dann steuerte sie ein Restaurant an. Dort aßen sie, wie Flavia fand, ein bisschen zu üppig, aber zugegebenermaßen sehr gut. Und nach dem Essen trank Mrs. Verney einen Brandy, während Flavia zum Telefon ging, um ihre Ablösung herzubeordern. Da an die diskrete Überwachung, die sie ursprünglich im Sinn gehabt hatte, ohnehin nicht mehr zu denken war, wollte sie sich keine zusätzlichen Schwierigkeiten bei der Personalplanung einhandeln und zog lieber Giulia von ihren Schreibarbeiten ab.

Giulia wollte wissen, wo sie die Spur aufnehmen sollte.

»Das können wir uns schenken«, sagte Flavia lustlos. »Wir sind im Al Moro. Kommen Sie einfach rein.«

Als sie zu ihrem Tisch zurückging, blickte Mary Verney sie schelmisch an. Sie hatte für Flavia mitbezahlt.

»Sagen Sie mal, wollen Sie, dass man mich wegen Bestechlichkeit hopsnimmt? Bei uns wimmelt es neuerdings nur so von Schnüfflern. Ich habe Ihnen doch gesagt ...«

»Das war doch nur ein Mittagessen, wenn auch ein ziemlich teures. Ich lade Sie ein.«

»Ich will nicht eingeladen werden.«

»Sie haben sich das Essen verdient, sie haben drei Stunden lang mit mir eingekauft ...«

»Gern geschehen.«

»Gehen wir?«

»Noch nicht. Wir müssen auf Giulia warten. Sie wird Sie heute Nachmittag begleiten.«

»Oh, wie schön! So sollte man immer reisen. Dass ich darauf nicht schon viel früher gekommen bin!«

»Wir wollen es nicht zur Gewohnheit werden lassen«, sagte Flavia. »Ah, da kommt Giulia!«

Das Mädchen kam unsicher an den Tisch und machte ein ziemlich besorgtes Gesicht.

»Ich muss mich bei Ihnen entschuldigen, Giulia. Flavia ist böse mit mir, weil ich gestern Abend so rücksichtslos gewesen bin.«

»Sie brauchen sich doch nicht zu entschuldigen«, sagte das wohlerzogene Mädchen überrascht.

»Schön. Dann können Sie jetzt wieder Ihrer Arbeit nachgehen, Flavia. Und Giulia und ich, wir machen uns einen schönen Nachmittag. Ich möchte ein paar Kunsthändler besuchen, lauter alte Freunde. Einige von ihnen sind allerdings ein bisschen … Sagen Sie, könnten Sie heute Nachmittag meine Nichte sein, Giulia? Wir wollen doch niemand erschrecken.«

»Amüsieren Sie sich gut«, meinte Flavia und musste sich ein Lächeln verkneifen, als sie sah, wie verlegen und verwirrt Giulia auf einmal dreinblickte.

»Machen wir«, sagte Mary Verney. Giulia schien skeptisch zu sein.

Argyll ging zu Fuß durch die Stadt zum Kloster San Giovanni, um einen Besuch bei Dan Menzies und dem Caravaggio zu machen. Das war durchaus nicht nötig, aber er hatte an diesem Morgen nichts Besseres zu tun und hoffte wohl auch ein bisschen, dass er etwas herumschnüffeln konnte und womöglich sogar neue Erkenntnisse gewann, die sich zu einer kleinen Veröffentlichung über das Bild ausarbeiten ließen – ob es nun von Caravaggio war oder nicht. Außerdem konnte er dabei seine Nase in Flavias Angelegenheiten stecken, was er an sich natürlich nicht tun sollte, aber es versprach ein bisschen Abwechslung. Unterrichten, Vorlesungen halten, Arbeiten korrigieren, das war ja alles schön und gut, aber man konnte wirklich nicht behaupten, dass das Blut dabei in Wallung geriet. Es sei denn, man stand vor siebzig Studenten im Hörsaal und musste feststellen, dass man sein Manuskript vergessen hatte. Ob das dann jemand auffiel, war aber gar nicht sicher.

Es war jedenfalls ein herrlicher Tag, und die Busse fuhren ja ohnehin auf so komplizierten Strecken, dass es sich gar nicht lohnte, auf einen zu warten. Er machte also einen ausgedehnten Spaziergang, der ihn in richtig gute Laune versetzte. Gemächlich überquerte er den Tiber bei der Insel und machte einen kleinen Umweg, der ihn durch die hübscheren Gegenden des Aventin führte, bevor er den Hügel hinaufstieg und in immer abgelegenere Straßen und Gassen kam, bis er schließlich vor dem erstaunlich bescheidenen Eingang zum Kloster San Giovanni stand. Den Barockstil brachte man ja nicht unbedingt mit Demut in Verbindung, aber hier war dem Architekten dieses Kunststück irgendwie gelungen. Die Terrakotta des Torrahmens zeigten zwar die üblichen Kringel und und schwungvollen Bögen, aber alles war so dezent ausgeführt, als handelte es sich um den Eingang zu einem nicht einmal besonders prachtvollen Privathaus. Das Eisentor war jedoch mit großen Nägeln ausgestattet und hatte vor der Pfortluke ein Eisengitter, eignete sich also bestens zur Abwehr der weltlichen Verderbtheit. Modern war nur der Klingelknopf, über dem eine Postkarte befestigt worden war. Darauf stand in mehreren Sprachen: »Der Orden des Johannes Baptista.« Argyll drückte auf den Knopf.

Er hatte gehofft, dass schlurfende Schritte näherkommen, die Pfortluke mit einem Ächzen aufgehen und ein brummiger alter Mönch dahinter erscheinen würde, gebeugt und tonsuriert. Stattdessen hörte er aber nur einen Summer, und als das Tor aufsprang, machte es klick. Die Welt von heute, dachte er, als er eintrat. Keinerlei Romantik.

Es zählte zu den großen Freuden des Lebens in Rom, dass die Stadt einen immer wieder überraschte, auch wenn man schon seit langem in ihr wohnte und sie ausgiebig erkundet hatte. In jeder Straße, mochte sie noch so uninteressant erscheinen, konnte in einem versteckten Winkel ein kleines Juwel darauf warten, entdeckt und bestaunt zu werden: Eine winzige Kapelle aus der Zeit der Renaissance, umtost von einem Kreisverkehr oder verdeckt von einem wuchtigen Wohnblock, den eine Baugesellschaft im 20. Jahrhundert hingeklotzt hatte; die Überreste eines Palastes aus dem alten Rom, flankiert von Eisenbahnschienen und einem Rastplatz für Fernfahrer; ein großes Gebäude aus der Zeit der Renaissance, in Wohnungen aufgeteilt und von den Abgasen angegriffen, aber immer noch mit einem gepflasterten und moosbewachsenen Innenhof, um den ein Säulengang herumlief und in dem ein skulptierter Brunnen mit Göttinnen und Nymphen vor sich hinplätscherte, der am Abend die müden Hausbewohner willkommen hieß.

Beim Sitz der Ordensleitung der Giovannisti – dass man sie so nannte, hatte er einem Ordensführer entnommen – war es auch so ähnlich. Das Kloster lag in einer Straße, die zwar nicht laut war, aber völlig uninteressant zu sein schien. Wohnblöcke und ein Stück Brachland, das auf die Archäologen und die Bulldozer wartete.

Und doch zählte die Gruppe von Gebäuden, die er hier fand, zu den schönsten, die er je gesehen hatte: eine großartige Klosteranlage, gewissermaßen im Kleinformat. Die kleine Kirche, deren niedriger Turm schüchtern in den Himmel hinaufzeigte, war von den Wohngebäuden flankiert, die nur zweigeschossig waren und wie kleine Landhäuser aussahen mit ihren geriffelten grünen und roten Dachziegeln. Etwas abseits davon stand das Gebäude, das wohl die Bibliothek, die Räume für Versammlungen und die Arbeitsräume beherbergte.

Der Architekt hatte die Bauten dem hügeligen Gelände angepasst und nicht umgekehrt. Das gab ihnen einen ganz zwanglosen Charakter, der noch dadurch verstärkt wurde, dass in einer Ecke des Klostergartens Bruchstücke antiker Statuen aufgestapelt waren, die man offenbar beim Umgraben gefunden hatte, und in einer anderen Ecke ein gepflegtes Beet mit Sommerblumen angelegt war. Argyll holte tief Luft und lächelte versonnen.

»Guten Morgen. Womit kann ich dienen?«

Er schreckte auf. Vor ihm stand durchaus kein schlurfender alter Mönch mit spindeldürren Beinen und Lederpantoffeln, sondern ein sehr großer Mann, der unheimlich gut aussah. Mehr als zwei Meter groß, kräftig gebaut, nur Muskeln und Knochen. Das Gesicht so fein geschnitten, dass wohl jeder gute Zeichner ihn zu gern einen Monat lang in seinem Atelier gehabt hätte. Und eine tiefschwarze Haut, die Gesundheit förmlich ausstrahlte. Er trug ein Leinenhemd, eine Leinenhose und sogar Leinenschuhe, alles in Weiß, was ihn noch eindrucksvoller machte, und hatte ein kleines goldenes Kreuz um den Hals. Das war aber auch der einzige Hinweis darauf, dass er im Kloster lebte. Im Vergleich zu ihm kam Argyll sich bleich und schmuddelig vor, und das war durchaus nicht falsch.

»Ah. Guten Morgen. Mein Name ist Argyll.«

Der Mann nickte höflich und wollte offenbar noch mehr hören, stellte aber keine Frage.

»Ich möchte zu Mr. Menzies.«

Argyll glaubte ein kurzes Zucken im Gesicht des Mannes wahrzunehmen, das auf kein sehr herzliches Verhältnis zu Menzies hinzudeuten schien. Vielleicht hatte er sich aber auch getäuscht, die Antwort klang jedenfalls sehr freundlich:

»Ich fürchte, Mr. Menzies ist noch nicht da, aber Sie können gern warten. Wenn Sie eine Tasse Kaffee möchten ...«

»Vielen Dank, aber davon habe ich heute sowieso schon zuviel intus. Meinen Sie, ich könnte schon mal in die Kirche gehen und mir ansehen, was er da so macht?«

»Aber gern. Nur werden Sie wohl nicht viel sehen. Den Teil des Querschiffs, in dem er arbeitet, hat Mr. Menzies abgesperrt. Alles andere können Sie sich gern anschauen. Man findet die Kirche ja sehr hübsch.«

»Sind Sie anderer Ansicht?«

»Ich komme aus einer ganz anderen Kultur. Mir bedeutet das nicht so viel.«

»Ah.«

»Die Kirchentür wird jetzt wohl schon offen sein. Seit einiger Zeit müssen wir ja immer abschließen.«

»Ach ja? Warum?« War womöglich ein sehr wertvolles, aber ziemlich kleines Kunstwerk eingetroffen, das Diebe anlockte?

»Bei uns ist eingebrochen worden, ungefähr vor einem Jahr. Obwohl wir eigentlich gar nicht viel haben, was einen Diebstahl lohnt. Aber anscheinend ist es so, dass einfach alles weggeschafft wird, was weggeschafft werden kann. Die Polizei hat uns dringend geraten, dass wir abschließen sollen.«

»Ja, das macht sie immer.«

»Wir sind damit aber nicht sehr glücklich. Da wir ja alle ein Armutsgelübde abgelegt haben, finden es einige von uns sehr sonderbar, dass wir die Armen aussperren, um unsere Besitztümer zu schützen – die nicht einmal wertvoll sind.«

»Die Kirche hat das in ihrer langen Geschichte sehr oft anders gesehen«, wandte Argyll ein.

Pater Paul nickte. »Das wird mir auch allmählich klar.«

»Wo halten Sie denn zurzeit Gottesdienst, wenn Menzies ihre Kirche mit Beschlag belegt?«

»Wir behelfen uns mit dem Refektorium und manchmal mit der Bibliothek, und, offen gesagt, ist es da auch viel gemütlicher. In der Kirche ist es oft ein bisschen dumpfig, besonders in den Wintermonaten. Und da viele unserer Brüder nicht mehr in der Blüte der Jugend stehen ...«

»... wird die Abendandacht leicht zur Qual.«

»Wie bitte?« Argylls Bemerkung schien ihn zu irritieren.

»Ach, nichts.«

»Wenn Sie wollen, können Sie gern in der Kirche warten. Und erzählen Sie mir nachher doch bitte, was er da eigentlich macht. Er hält es nämlich nicht für ratsam, dass wir uns seine Arbeit ansehen.«

Dann war Argyll allein in dem kleinen Hof. Um sich die Zeit zu vertreiben, ging er in die Kirche und sah sich in den nicht abgesperrten Teilen um. Sie war ganz bezaubernd und stammte wohl aus dem 15. Jahrhundert, war allerdings im 17. Jahrhundert modernisiert worden. Es gab jedoch gerade noch genügend leere Flächen, dass man sich die ursprüngliche elegante Schlichtheit vorstellen konnte. Obwohl sie relativ klein war, strahlte sie die Würde und Ausgewogenheit des Jahrhunderts aus, in dem sie gebaut worden war. Man hatte sie relativ zurückhaltend modernisiert. An der Decke gab es zwar eine Menge Blattgold und Putten und auch sonst überall Kringel und Kräusel, aber irgendwie stand das alles im Einklang mit dem ursprünglichen Bauwerk. Darüber war Argyll froh. Er nahm den Barock gegen seine Verächter stets in Schutz, aber manchmal hatte man damals eben doch zuviel des Guten getan und großartigen Bauwerken etwas Neureiches gegeben.

Er wandte seine Aufmerksamkeit den Gemälden zu. Vom Caravaggio hatte man nur den Rahmen an der Wand hängen lassen, aber allein schon daran sah Argyll, wie wenig das Bild hierher passte. Es war viel zu groß, es gehörte in eine riesige Kirche wie San Andrea della Valle oder San Agnese. Hier konnte es eigentlich nur überdimensional wirken. Vermutlich machte es aus der ganzen heiteren Kirche ein Gehäuse für die düsteren religiösen Vorstellungen des Malers und war genauso fehl am Platz wie ein Trauernder bei einer Hochzeit. Riesengroß. In etwa drei mal vier Meter. Keine ganz einfache Aufgabe, so ein Bild zu stehlen. Wobei es für die Kirche ein großer Gewinn wäre, wenn es jemand wegschaffen würde. Das Geräusch seiner Schritte auf den Steinplatten hallte leise durch den Raum, und dann blieb er vor einer winzigen Seitenkapelle stehen. Eigentlich, dachte er, sollte hier nur diese kleine Madonna hängen. Es war ein sehr altes, stark verschmutztes Bild. Eine Ikone. Man konnte gerade noch erkennen, dass es die heilige Jungfrau und das Kind darstellte. Der gebogene Goldrahmen reichte herunter bis direkt über den Kopf und schwang an den Schulter vorbei zu dem Kind hinunter, das leicht auf dem Arm der Mutter ruhte. Vor dem Bild war eine Reihe von Kerzenhaltern aufgestellt, aber niemand hatte eine Kerze angezündet. Hier hatte heute also noch niemand ein Bitt- oder Dankgebet gesprochen. Argyll, der es immer bedauerlich fand, wenn sich jemand einsam und vernachlässigt fühlte, fischte eine Münze aus der Tasche, warf sie in den Opferstock, nahm eine Kerze, zündete sie an und steckte sie in einen Halter. Bitte sehr, meine Liebe, dachte er.

»Vielen Dank, mein Herr«, sagte eine leise Frauenstimme, so sanft und so überraschend, dass Argyll, der nicht gegen Anwandlungen von Aberglauben gefeit war, fast einen Satz gemacht hätte.

»Ich habe Sie erschreckt«, fuhr die Stimme fort. »Tut mir Leid.« Er drehte sich um und stand einer Frau mittleren Alters gegenüber, die in der einen Hand einen Besen und in der anderen einen alten Plastikeimer hielt.

»Nein, nein«, sagte er. »Ich habe Sie nur nicht kommen hören. Wer sind Sie?«

»Ich putze die Kirche«, sagte sie. »Ich darf das tun. Wir haben das ja auch schon immer getan.«

»Wir?«

»Meine Familie.«

»Ah.«

Während sie einander musterten, entstand eine kurze Pause. Die Frau, die ihn mit unverhohlener, aber wohlwollender Neugier betrachtete, war klein und untersetzt. Man hatte den Eindruck, dass sie mit beiden Beinen auf dem Boden stand. Eine typische Römerin. Sie hatte ein freundliches Gesicht und raue Hände, denen man ansah, dass sie seit vielen Jahren immer wieder einen Lappen in einen Eimer mit kaltem Wasser getaucht und auf Händen und Knien Böden geschrubbt hatte. Sie trug ein altes Hauskleid mit Blumenmuster, einen billigen Kittel und sonderbare rosarote Pantoffeln mit Quasten an den Spitzen; deswegen hatte er also ihre Schritte nicht gehört.

»Unsere Madonna«, sagte sie und machte eine Art Knicks vor dem Bild. »Sie ist sehr mächtig.«

»Ja?«

»Sie beschützt alle, die ihr wohlgesonnen sind, und sie straft die Bösen. Im Krieg haben sich die Leute hier aus der Gegend in der Kirche versammelt, wenn ein Angriff bevorstand, um ihre Hilfe zu erflehen. Und auf dieses Viertel ist keine einzige Bombe gefallen.«

»Da haben Sie aber Glück gehabt.«

»Mit Glück hat das nichts zu tun.«

»Nein, natürlich nicht«, sagte er rasch. »Jetzt scheint man sie allerdings ein bisschen zu vernachlässigen.«

»Wir leben eben in einer gottlosen Zeit«, erwiderte die Frau traurig. »Aber was kann man erwarten, wenn sich sogar die Priester von ihr abwenden?«

Argyll beschlich ein unbehagliches Gefühl. Bei solchen Gesprächen verspürte er immer ein wenig Platzangst und den dringenden Wunsch, ganz woanders zu sein. Er wollte sie nicht zum Weiterreden ermuntern, aber auch nicht unhöflich sein.

»Tja«, sagte er möglichst neutral.

»Man lässt die Leute gar nicht mehr herein. Und das ist so traurig und so töricht. Früher stand die Kirche allen offen, die das Bedürfnis hatten, zu ihr zu kommen und ein Bittgebet zu sprechen. Oder ein Dankgebet.«

»Oh …«

»Jetzt lässt man nur noch mich herein. Ich kümmere mich um sie …«

»Guten Morgen!« Eine dröhnende Stimme hallte durch die Kirche wie ein Kanonenschlag, und ein schmaler Streifen Sonnenlicht durchschnitt den Schatten. Dan Menzies war zur Tür hereingekommen. »Ciao, Signora«, sagte er fröhlich zu der Putzfrau. »Wie geht es Ihnen?«

»Guten Morgen«, sagte sie höflich, dann nahm sie ihren Eimer und ging davon, um sich wieder an die Arbeit zu machen. Menzies schnitt eine Grimasse und zuckte die Schultern, als wollte er sagen: Bei manchen Leuten beißt man auf Granit. Dann fragte er: »Wer sind Sie?«

Argyll wollte zu einer Erklärung ansetzen, aber

Menzies erklärte: »Ich hab' Sie doch schon mal irgendwo gesehen. An der Universität, stimmt's?« Dabei zog er einen Schlüsselbund aus der Tasche und zeigte auf die behelfsmäßige Trennwand, die durch das Querschiff lief: »Kommen Sie ruhig rein und sehen Sie sich den Schlamassel an. Sie wollen doch sicher beweisen, dass das Bild von Caravaggio ist?«

»Oder dass es nicht von ihm ist.«

»Meiner Ansicht nach ist es nicht von ihm.«

»Warum?«

»Es zeigt zwar in etwa seinen Stil, aber es ist nicht gut genug. Allerdings wurde es im 19. Jahrhundert so oft übermalt, dass vom Original ziemlich wenig übrig war. Das wäre doch ein Thema für Sie. Schreiben Sie doch über die Zerstörung der Kunst im Italien des 19. Jahrhunderts! Die haben damals viel mehr Schaden angerichtet als heutige Restauratoren. Wir haben zwar einen schlechten Ruf, aber wir arbeiten viel sorgfältiger, als es früher üblich war.«

»Ich werde darüber nachdenken, aber im Augenblick wäre mir ein bescheideneres Thema lieber.«

»Publizieren um jeden Preis, was?«

»Nicht unbedingt.«

»Im Moment macht das Bild zwar noch einen ziemlich fürchterlichen Eindruck, aber ich bin bald fertig, obwohl Pater Xavier mir die Arbeit nicht unbedingt leicht gemacht hat.«

Er schloss auf und öffnete die Tür.

»Wer ist Pater Xavier?«

»Das ist hier der Chef. Seit die Polizei bei ihm war, hat er schreckliche Angst, das Bild könnte gestohlen werden. Der Einfaltspinsel hat allen Ernstes von mir verlangt, ich solle es jeden Abend zusammenrollen und wegschließen. Und er wollte einfach nicht kapieren, dass das nicht geht. Dabei kann ich mir wirklich nicht vorstellen, dass diesen Schinken jemand stehlen will. Auch nicht, wenn er in einem Toppzustand ist, und im Moment schon gar nicht. Aber sehen Sie selbst. Ich mach mal schnell Licht.«

Argyll stand im kühlen Dämmerschein, mit dem Gesicht zum Altar, bis das Querschiff in ein grelles Licht getaucht wurde. Dann verschlug es ihm beinahe die Sprache.

»O Gott«, sagte er.

»Machen Sie sich nicht lächerlich. Das ist doch ganz normal«, brummte Menzies. »Verstehen Sie gar nichts vom Restaurieren?«

»Nein, eigentlich nicht.«

»Sollten Sie aber! Es ist doch absurd, wenn man sich für einen Kunstkenner hält und über die wichtigsten Sachen nicht einmal in Grundzügen Bescheid weiß.«

Argyll hätte am liebsten entgegnet, daß er eigentlich immer die Bilder für das Wichtigste gehalten habe, verkniff es sich aber und sagte: »Ich weiß nur, dass es aussieht, als wäre es in eine Wirtshausschlägerei geraten.«

»Lieber Himmel! Ahnungslose Amateure sind mir ein Gräuel«, sagte Menzies heftig. »Jetzt kommen Sie mir bestimmt gleich damit, dass ich gefälligst den Willen des Künstlers zu respektieren habe.«

»Ist das denn nicht Ihre Aufgabe?«

»Ja, natürlich – wenn ich weiß, was der Künstler wollte. Aber in der Regel weiß man es eben nicht so genau. Man hat einfach nur ein paar Quadratmeter abblätternde Farbe vor sich. Oft mit vielen Übermalungen. Meinen Sie vielleicht, Caravaggio wollte, dass der Zuschauer dort in der Ecke des Gemäldes Koteletten hat und wie ein Makler aus dem 19. Jahrhundert dreinschaut?«

»Das weiß ich nicht.«

»Aber ich weiß es. Er wollte es nicht. Da hat vor hundert Jahren jemand das ursprüngliche Gesicht entfernt und ein anderes hingemalt. Kurz bevor das Bild hierher gekommen ist, muss das gewesen sein.«

»Es ist also nicht für diese Kirche gemalt worden?«

»Nein, natürlich nicht. Sehen Sie es sich doch an. Es passt überhaupt nicht hierher.«

»Woher ist es dann gekommen?«

»Weiß ich nicht. Kann mir aber auch egal sein.«

»Ob das sonst jemand weiß?«

»Wahrscheinlich schon. Wenn Sie das interessiert, sollten Sie ins Klosterarchiv gehen. Da liegt offenbar unheimlich viel Material. Aber noch mal zu diesem Gesicht: Ich habe es entfernt und festgestellt, dass nichts drunter ist. Jetzt muss ich, sozusagen aufs Geratewohl, wieder was hinmalen und kann mich nur von meiner Intuition leiten lassen. Jemand muss es machen, da hilft alles nichts, schon gar nicht das Schlagwort *Minimal Restauration*. Aber damit machen sich meistens sowieso nur Leute wichtig, die nicht wissen, wovon sie reden.«

»Ich bin eigentlich eher Kunsthistoriker.«

Menzies zuckte die Schultern. »Dann sollten Sie sich an Pater Jean wenden. Dem untersteht zurzeit das Archiv. Er versteht aber offenbar nicht viel davon, ganz im Gegensatz zu seinem Vorgänger, irgendso einem anderen alten Knaben.«

Argyll machte sich also auf die Suche nach Pater Jean, um ihn zu fragen, ob er ins Archiv dürfe. Es reizte ihn sehr, er sehnte sich förmlich nach altem Papier und nach Staub in den Haaren.

Obwohl sich Flavia, nachdem sie Giulia mit Mrs. Verney allein gelassen hatte, einen Drink in angenehmer Gesellschaft gönnte, konnte sie für sich in Anspruch nehmen, dass sie arbeitete. Es gehörte nun einmal zu ihrem Beruf, dass sie Kontakte pflegte, und meistens fand sie es eigentlich ganz angenehm.

Kunsthändler waren zwar oft unehrlich und unausstehlich, aber in der Regel warteten sie großzügig mit Essen, Wein und Neuigkeiten auf, weil das der Imagepflege diente. Argyll hatte an dieser Art der Geselligkeit keinen Gefallen gefunden und war auch deshalb beruflich nicht recht vorangekommen, bis er eine Kehrtwendung vollzogen und Zuflucht im Lehrfach gesucht hatte. Nur zu seinem Besten, wie sie fand. Mit dem Einkommen war auch seine Laune besser geworden – und sehr zu seiner Überraschung hatte er, seit er Dozent war, mehr Bilder aus seinem Bestand verkauft als während seiner Zeit als Kunsthändler.

Dagegen gefiel Flavia dieser Aspekt ihrer Arbeit eigentlich ganz gut – noch ein Punkt, der gegen einen Wechsel in Bottandos neue Behörde sprach. Sie musste nur darauf achten, auf wen sie sich einließ, weil es ziemlich unangenehm war, gegen jemand vorgehen zu müssen, von dem man vor ein paar Monaten zu einem guten Mittagessen eingeladen worden war. Allerdings war der Kontakt zu zweifelhaften Zeitgenossen am ergiebigsten. Von ihr wurde dabei erwartet, dass sie über weniger schwer wiegende Vergehen wie Steuerbetrug hinwegsah und bei Gelegenheit sogar einen warnenden Hinweis gab. Zum Beispiel: Ich wäre in den nächsten Monaten sehr vorsichtig bei Geschäften mit Herrn Sowieso. Oder: Falls Sie bei der Auktion nächste Woche diesen Domenichino kaufen wollen, sollten sie sich das noch mal überlegen.

Dafür erwartete sie, regelmäßig mit Informationen versorgt zu werden, weil es sonst passieren könnte, dass ihr bei den Kollegen von der Steuerfahndung eine unbedachte Bemerkung herausrutschte oder dass ausgerechnet dann eine Razzia in der Galerie durchgeführt wurde, wenn ein besonders wichtiger Kunde da war, der ein teures Gemälde kaufen wollte.

Nun, über solch unappetitliche Sachen verlor man natürlich kein Wort, weder beim Wein noch beim Kaffee. Man war sich auch so darüber im Klaren, brauchte also nicht grob werden.

Und Giuseppe Bartolo, dessen Galerie sie nach unergiebigen Besuchen bei einem halben Dutzend anderer Kunsthändler aufsuchte, war ein kluger, um nicht zu sagen ausgebuffter alter Hase, doppelt so alt wie sie und weit mehr als doppelt so gerissen. Er kannte die Regeln besser als sie selber – er hatte sie ihr ja praktisch beigebracht, als sie noch kaum älter und sogar noch unerfahrener war als Giulia. Da hatte er sie unter seine Fittiche genommen und ihr, so ähnlich wie Bottando, aber aus einem etwas anderen Blickwinkel, allerhand Wissenswertes über die Schattenseiten des Kunstbetriebs vermittelt. Und das tat er immer noch, sozusagen als Sicherheitsvorkehrung, denn er wusste so gut wie Flavia, dass das Material, das ihre Abteilung über ihn gesammelt hatte, schon den zweiten Ordner fast sprengte: Schmuggel und Hehlerei, Steuerhinterziehung und Preisabsprachen bei Auktionen, dubiose Echtheitsnachweise und Fälschungen – dabei aber die Liebenswürdigkeit in Person und ein Mann von großer Weltklugheit, der sehr unterhaltsam erzählen konnte.

Bis auf die eine oder andere Geldstrafe hatte man ihn unbehelligt gelassen. Die Geschädigten waren ja meistens Ausländer, und es war nun einmal seit Jahrhunderten Tradition, dass einfältige Fremde ausgenommen werden durften, mit scharfem Durchgreifen der Polizei allein war dagegen nicht anzukommen. Römische Kunsthändler verfügten selten über ein Unrechtsbewusstsein. Abgesehen davon war Bartolo wirklich eine sehr gute Quelle und hatte sie, soweit sie wusste, noch nie belogen.

Sie fragte also auch ihn, wie vorher schon ein halbes Dutzend andere Händler, ob er gehört hatte, dass irgendwo ein Einbruch geplant wäre.

»Wo denn zum Beispiel?«

»Im Kloster San Giovanni«, sagte sie zum sechsten Mal, als sie im Hinterzimmer der kleinen Galerie in der Via dei Coronari Platz genommen hatten. »Wir haben einen Hinweis erhalten, aber es ergibt keinen rechten Sinn. Das einzige Gemälde, das einen Diebstahl lohnen würde, kann man eigentlich gar nicht stehlen, es wird nämlich gerade von einem gewissen Menzies restauriert.«

Bartolo straffte sich ein wenig, und dann nickte er.

»Verstehe. Aber ich fürchte, da kann ich Ihnen nicht weiterhelfen. Ich habe nichts gehört. Sagen Sie mir doch erst mal, was Sie schon wissen.«

»Mehr weiß ich eigentlich gar nicht. Übrigens, haben Sie schon mal was von einer gewissen Mary Verney gehört?«

Bartolo runzelte die Stirn und überlegte sich, was sie mit dieser Frage im Sinn haben könnte. Dann gab er es auf und schüttelte den Kopf. »Wer ist das?«

»Eine professionelle Diebin. Eine sehr gute.«

»Ah«, sagte er wachsam. Schon komisch, wie Kunsthändlern auf einmal der Esprit abhanden kam, wenn man nach Dieben fragte. »Was hat sie gestohlen?«

Flavia rasselte eine ganze Liste von Diebstählen herunter. Bartolo zog verblüfft die Augenbrauen hoch. »Meine Güte«, sagte er. »Sind Sie sicher? Ich habe mich oft gefragt, was wohl aus diesem Vermeer geworden ist.«

»Jetzt wissen Sie es. Sie haben also nie von ihr gehört?«

»Jedenfalls nicht ihren Namen. Ich höre natürlich schon ab und zu von Profis, die man anheuern kann. Aber da ich in dieser Richtung keinerlei Ambitionen habe, bin ich solchen Hinweisen nie nachgegangen. Außerdem sind diese Leute selten so gut, wie die Fama berichtet.«

»In diesem Fall schon. Und jetzt hält sich diese Frau in Rom auf.«

»Und Sie vermuten, dass sie es auf den Caravaggio abgesehen hat?«

»Könnte schon sein.«

»Hmm. Ich werde die Ohren offen halten, wenn Sie

es wünschen. Sonst kann ich nicht viel für Sie tun. Soweit ich mich erinnere, hatte ich bis letzte Woche noch gar nie von diesem Kloster gehört.«

Flavia aß ihren Teller leer und lehnte sich zurück, damit der Kellner abräumen konnte. »Bis letzte Woche? Was war denn da?«

»Ach, dieser Menzies.«

»Ah ja. Sie sind sogar ein bisschen blass geworden, als ich ihn erwähnt habe.«

»Schon möglich. Es ist gut, dass Sie hier sind. Sie können etwas tun. Der Mann muss gestoppt werden.«

»Wovon reden Sie denn jetzt?«

»Von der Farnesina.«

»Was ist damit?«

»Das wissen Sie gar nicht?«, fragte Bartolo und seufzte tief. »In der Farnesina sollen die Fresken von Raffael gesäubert und restauriert werden.«

»Ach ja. Jetzt weiß ich, was Sie meinen.«

»Ein unvergleichliches Meisterwerk – und das bedeutendste Restaurierungsvorhaben seit langem. Das Ministerium wird in absehbarer Zeit den Auftrag vergeben. Entweder bekommt ihn Dan Menzies oder mein Freund Gianni d'Onofrio. Menzies hat sich, als Lobbyist in eigener Sache, mächtig ins Zeug gelegt. Er kann sogar einen Zuschuss zu den Kosten anbieten, weil er bereits Gelder bei reichen Amerikanern locker gemacht hat, und das kann Gianni natürlich nicht.«

»Und dieser D'Onofrio? Wer ist denn das?«

»Er arbeitet bei den Borghese, hat aber auch ein eigenes Geschäft, und er kommt aus einer ganz anderen Schule als Menzies. Die keine Seminare über die theoretischen Grundlagen des Restaurierens anbietet.«

»Ah! Handwerk kontra Wissenschaft?«

Bartolo nickte. »Er hat den Familienbetrieb übernommen. Die D'Onofrios restaurieren schon seit Generationen in Rom Gemälde. Mindestens seit dem Beginn des 19. Jahrhunderts. Das bürgt für gutes, grundsolides Handwerk.«

»Nicht immer«, murmelte Flavia.

»Man kann auch einen falschen Gebrauch davon machen, das gebe ich gern zu. Aber nach so einer Lehre verfügt man über eine unschätzbare Kunstfertigkeit. Man hat es doch in gewisser Weise mit einem Dreiecksverhältnis zwischen Maler, Leinwand und Restaurator zu tun. Eine heikle Angelegenheit, die große Besonnenheit erfordert. Der Restaurator sollte sich nie in den Vordergrund drängen. Er muss der treue Diener des Kunstwerks bleiben und darf sich nie als Gebieter fühlen.«

»Ja, ja.«

»Der alte Giovanni, der Vater, das war der Inbegriff des Restaurators. Nie ein Farbtupfer zuviel. Nie mehr als unbedingt nötig, um ja keinen Fehler zu machen. Immer nur das Werk des Malers zur Geltung bringen, nie etwas ersetzen. Das entsprach auch ganz und gar seinem Wesen. So ein charmanter, zurückhaltender Mensch! Und so bescheiden. Wenn ich ihm ein Gemälde gab, stand es monatelang einfach nur in seinem Atelier, wo er es immer wieder anschaute, um ein Gefühl dafür zu bekommen. Und wenn er dann daran arbeitete, machte er sich immer sehr respektvoll und redlich ans Werk.«

»Das muss Ihnen lästig gewesen sein«, sagte Flavia.

»Wie? Ah! So habe ich das jetzt zwar nicht gemeint,

aber redlich in diesem Sinne war er trotzdem. Er wäre der beste Fälscher seiner Generation geworden, wenn er nur gewollt hätte. Ich habe immer wieder versucht, ihm einen Wink zu geben. Zum Beispiel habe ich ihm einmal eine alte Kopie gebracht und gesagt: »Wäre es nicht schön, wenn dieser Maratta wieder seinen alten Glanz erhalten würde?« Aber er hat nur den Kopf geschüttelt und gesagt, er sei, bei allem Respekt, nicht der Ansicht, dass es sich um einen Maratta handle. Er wusste natürlich, was ich wollte, aber er war völlig unbestechlich.«

»Und bei dem Sohn? Ist es da anders?«

»Beim jungen Gianni? O nein. Überhaupt nicht. Jedenfalls nicht mehr. In seiner Jugend, vor zwanzig Jahren, hat er noch ein bisschen ... sagen wir mal, nachgebessert, aber nicht mehr als die meisten anderen auch. Doch seit er Fuß gefasst und den jugendlichen Übereifer überwunden hat, gleicht er seinem Vater so sehr, dass man einen Schreck bekommen kann. Wenn ich ihn sehe, muss ich manchmal blinzeln und mich daran erinnern, dass die Zeit nicht stehen geblieben ist. Sie malen sogar auf die gleiche Weise. Gianni hat sich durch Kunstfertigkeit und ruhigen Sachverstand hochgearbeitet. Was man von anderen nicht behaupten kann.«

»Jetzt reden Sie wieder von Dan Menzies, hab' ich Recht?«

»Ja. Während Gianni ein Bild wieder zum Leben erwecken will, macht Menzies der Vision des Künstlers den Garaus. Er malt selber. Nach seinem Eingreifen wäre die Sixtinische Kapelle dann nicht mehr von Michelangelo, sondern von Dan Menzies – aber bei diesem Projekt war man Gottseidank so vernünftig, ihn nicht zu berücksichtigen. Oder die Muttergottes mit dem heiligen Johannes ist auf einmal von Dan Menzies und nicht mehr von Raffael. Da ist mir jeder Fälscher zehnmal lieber. Bei dem weiß ich wenigstens, woran ich mit ihm bin.«

»Sie finden also, dass er es übertreibt?«

»Dass er es übertreibt? Wenn ein Wahnsinniger in ein Museum spaziert, sich ein paar der schönsten Gemälde der Welt aussucht, sie zuerst mit Säure bespritzt und dann mit Farbe vollkleckst – was passiert dann? Dann ruht und rastet Bottando nicht, bis der Täter hinter Schloss und Riegel sitzt. Aber das müsste er auch bei Menzies tun! Der Mann ist diplomierter Wandale. Vor ein paar Monaten habe ich in New York die heilige Veronika von Martini gesehen, nachdem Menzies mit ihr fertig war. Ich hätte weinen mögen. Jetzt sieht das Bild so aus, als wäre es aus dem Playboy. Das subtile Spiel des Lichts, die Farbschattierungen, die Lasierungen, alles nicht mehr da, alles durch Menzies' Plumpheiten ersetzt. Es hat mir die Sprache verschlagen, ich habe keinen Ton mehr herausgebracht.«

»Das scheinen Sie jetzt ausgleichen zu wollen.«

»Wir müssen ihn aufhalten«, sagte Bartolo. »Wenn er die Farnesina in die Finger kriegt, kommt es zur schlimmsten Gräueltat seit der Plünderung Roms.«

»Wir?«

»Ich habe Sie doch die ganzen Jahre nie um einen Gefallen gebeten, Flavia.«

»Nein?«

»Oder jedenfalls nicht oft. Und ich habe Ihnen dafür viele Informationen geliefert.«

Flavia, die ein unbehagliches Gefühl beschlich, nickte widerstrebend.

»Helfen Sie uns.«

»Wie denn?«

»Ach, Sie wissen doch, wie das geht. Haben Sie etwas gegen ihn in der Hand? Womit wir ihn aufhalten können?«

Sie schluckte, und dann sagte sie: »Nicht, dass ich wüsste. Und ich würde es Ihnen auch gar nicht sagen. Sonst steht es doch morgen in der Zeitung.«

Bartolo war darüber sichtlich verstimmt. »Sie erwarten von mir, dass ich Informationen für Sie sammle …«, begann er.

»Stimmt«, sagte sie. »Und Sie von mir, dass ich Ihnen in bestimmten Dingen einen Wink gebe. Was ich ja auch tue. Aber was Sie jetzt von mir wollen, geht entschieden zu weit. Und das wissen Sie auch.«

»Ich bin von Ihnen enttäuscht«, sagte er und meinte es offenbar ernst.

»Sie wissen ja noch gar nicht, ob Menzies den Auftrag bekommt.«

»Nein«, räumte er widerstrebend ein.

»Ich würde mal sagen, es kann nicht schaden, wenn ich in Erfahrung bringe, wie die Bewerber im Rennen liegen.«

»Das ist sehr liebenswürdig von Ihnen«, entgegnete Bartolo lächelnd.

»Mach ich doch gern.« Sie hielt einen Moment inne und fragte dann: »Den Anruf, in dem vor einem Einbruch gewarnt wurde, haben nicht zufällig Sie geführt? Weil Sie unsere Aufmerksamkeit auf das Kloster San Giovanni lenken wollten?«

Bartolo sah sie entrüstet an. »Nein«, sagte er sehr bestimmt. »Es würde mich nicht wundern, wenn Menzies selber darauf verfallen wäre, um für ein bisschen Publicity zu sorgen. Ich frage mich, ob ...«

»Nein«, sagte Flavia und hob abwehrend die Hand.

»Nein? Was heißt das?«

»Dass ich es gar nicht hören will.«

»Wie Sie meinen.« In seinen Augen blitzte so etwas wie diebisches Vergnügen auf. »Ich bin froh, dass Sie vorbeigekommen sind. Herzlichen Dank.«

»Wofür?«

»Das werden Sie schon noch merken.«

5

Am nächsten Morgen dämmerte ihr, wovon Bartolo gesprochen hatte. Sie stand gerade unter der Dusche, als Bottando anrief.

»Gehen Sie doch in dieses Kloster da und sprechen Sie mit Menzies, ja?«, sagte Bottando schlecht gelaunt.

»Warum?«

»Der Mann hat mich gerade am Telefon mit Beschimpfungen überschüttet. Er hat sich schrecklich aufgeregt und gibt uns die Schuld.«

»Woran denn?«

»Offenbar steht in einem Zeitungsartikel über ihn, dass die Polizei Ermittlungen über seine Aktivitäten anstellt.«

»*Was*?«

»Und dass er der Polizei viel Arbeit gemacht hat, weil er mit erfundenen Geschichten über Diebstähle für Publicity sorgen wollte. Wissen sie etwas davon?«

»Oh ...«

»Sie wissen Bescheid? Sie werden doch nicht mit *Journalisten* gesprochen haben?«, fragte er entgeistert. In Bottandos Katalog der Verbrechen hatte ein Gespräch mit Journalisten einen Stellenwert irgendwo zwischen Kindestötung und Brandstiftung.

»Nein. Aber ich kann mir denken, wer es getan hat.

Überlassen Sie das mir. Ich bringe es wieder in Ordnung.«

»Aber verraten Sie Menzies nicht, wer es gewesen ist«, sagte Bottando. »Sonst haben wir auch noch einen Mord am Hals. Und bringen Sie es schnell in Ordnung, ja? So einen Blödsinn kann ich im Moment wirklich nicht gebrauchen. Und ich will nicht, dass Beschwerden eingereicht werden.«

Zuerst noch ins Büro zu gehen hatte keinen Sinn, zu früh im Kloster zu erscheinen aber auch nicht, sie konnte also in aller Ruhe mit Argyll frühstücken. Nachdem sie schon den gestrigen Abend gemeinsam und völlig ungestört verbracht hatten, saßen sie jetzt zum ersten Mal seit mehreren Tagen wieder einträchtig auf ihrer kleinen Terrasse und sahen der Sonne dabei zu, wie sie die Mauern der Stadt aufheizte. Kurz vor acht gingen sie dann zu Fuß gemeinsam zum Aventin – mit Bus oder Taxi zu fahren hatte überhaupt keinen Sinn. Dieser gemächliche Anfang besänftigte ihren Zorn auf Bartolo, der offensichtlich die glorreiche Idee gehabt hatte, unter Berufung auf sie eine Attacke gegen Menzies zu reiten.

Argyll begleitete sie, da er erst am Mittag eine Vorlesung über die späten Borromini halten musste und sonst wohl doch nur den ganzen Morgen untätig zu Hause gesessen hätte. An sich war das ja sehr angenehm, auch sehr römisch. Wenn man dabei ein schlechtes Gewissen hatte, war es jedoch ein zweifelhaftes Vergnügen, und Eindruck schinden konnte man damit auch nicht. Das konnte ihm schon eher gelingen, wenn er in einem finsteren Archiv nach wichtigen Schriften suchte. Pater Jean hatte ihm ja sehr bereitwillig freien Zugang zum Archiv eingeräumt, als Argyll ihm gesagt hatte, er würde gern herauszufinden versuchen, was es dort über die heilige Katharina gebe.

Nach dem Frühstück und einem netten Spaziergang, Arm in Arm, der sie durch kleine Nebenstraßen der Innenstadt führte, stand Flavia, als sie ihr Ziel erreichten, im Einklang mit der ganzen Welt. Was waren schon irgendwelche gestohlenen Gemälde im Vergleich zur Morgensonne auf einer bröckelnden Inschrift an einer efeubewachsenen Gartenmauer? Was kümmerten sie Fälscher, wenn eine Taube im Mund einer alten Statue nistete? Was scherten sie wütende Restauratoren, die sich bekriegten?

»Wie schön es hier ist«, sagte sie anerkennend, als Pater Paul sie eingelassen hatte. Und auch den Pater fand sie nicht ohne.

»Stimmt«, sagte Argyll. »Wahrscheinlich weil dieser Ort unter dem besonderen Schutz der Jungfrau Maria steht, wie man hört.«

Pater Paul schmunzelte nicht etwa über diesen Scherz, sondern nickte mit ernster Miene, und auch Flavia, die nicht gegen fromme Anwandlungen gefeit war, blickte ernst drein.

»Es ist eine dieser Geschichten, mit denen man sich heutzutage schwer tut«, sagte Pater Paul.

»Was ist das denn für eine Geschichte?«

»Ach, Sie kennen sie gar nicht?«, sagte Pater Paul und begann zu erzählen, während er mit ihnen auf den Gebäudeblock zuging, in dem sich das Archiv und die Studierstuben befanden. »Als die Pest in der Stadt wütete, kam ein Engel zu den betenden Mönchen herabgeflogen. Er brachte ihnen eine Ikone und sagte, solange sie diese Ikone gut behandelten, stünden sie unter dem besonderen Schutz der Muttergottes. Als sie ihre Hilfe erflehten, ließ die Pest nach, und kein einziger von ihnen starb. Sie führte uns auch heil durch die Plünderung Roms und den Zweiten Weltkrieg und hielt bisher auch Baugesellschaften aus diesem Viertel fern. Aber heute finden die Leute solche Sachen natürlich abwegig.«

»Die Leute?«

»Jetzt haben Sie mich ertappt«, sagte er mit einem leisen Lächeln. »Wo ich herkomme, hat man mit diesen Dingen überhaupt keine Schwierigkeiten. Aber hier ist man sehr rational, ganz auf der Linie des Zweiten Vatikanischen Konzils, und dann stellen Wunder eben ein großes Problem dar. Da wir alle Priester sind, finde ich das eigenartig. Schließlich liegt allem, woran wir glauben, ein Wunder zugrunde. Wenn wir die Wunder in Zweifel ziehen, was bleibt denn dann übrig?«

»Sie glauben also daran?«

Er nickte. »Sonst muss man doch alles dem Zufall zuschreiben, und das finde ich nun wirklich abwegig. Ich glaube, diese Ikone ist das einzige Bild, das ich hier auf keinen Fall missen möchte. Und auch die Leute hier im Viertel haben die Madonna sehr gern. Hatten sie jedenfalls sehr gern, bis Pater Xavier die Türen abschließen ließ. Manchmal begegnet man uns deswegen immer noch mit finsteren Gesichtern.«

»Ist Mr. Menzies schon da?«, rief Pater Jean, der mit besorgter Miene zur Tür herauskam. »Ich glaube, dass ich mit ihm reden müsste.«

»Ich habe ihn noch nicht gesehen«, antwortete Argyll und stellte ihm Flavia vor.

»Guten Morgen, Signorina.« Er hielt eine Zeitung in der Hand, aufgeschlagen im Kulturteil. »Das beunruhigt mich. Mr. Menzies regt sich sicher sehr darüber auf.«

»Stimmt«, sagte Flavia, während sie den Artikel rasch überflog. »Deshalb bin ich hier. Ich will ihm sagen, dass wir damit nichts zu tun haben.«

Der Artikel war kurz, aber er hatte es in sich. Menzies, von vielen Seiten für einige seiner Restaurierungen heftig kritisiert, wurde darin als schamloser Promoter beschrieben, gegen den die Polizei nun wegen Irreführung der Behörden ermittelte. Er wurde anonymer Anrufe verdächtigt, mit denen er wohl für Publicity sorgen wollte, im Rahmen des Werbefeldzugs, den er führte, um den Auftrag zur Restaurierung der Farnesina zu bekommen. Es blieb abzuwarten, ob die korrupte Regierung so tief sinken würde, dass sie eines der größten Meisterwerke der Nation einem modernen Wandalen in die Hände spielte. So jedenfalls der Tenor des Artikels, der ansonsten direkte Anschuldigungen vermied.

Argyll sagte beim Lesen missbilligend: »Also, so was!«, Pater Paul blieb ganz gelassen, und Pater Jean ärgerte sich – offenbar vor allem darüber, dass der Orden in eine öffentliche Kontroverse hineingezogen wurde.

»Es war eben doch ein Fehler, Mr. Menzies ins Kloster zu lassen.«

»Das kann man wohl nicht ihm anlasten«, meinte Pater Paul sanft. »Aber vielleicht sollten wir jetzt zu ihm gehen und mit ihm reden.«

So gewaltig war der Respekt, den man vor Menzies

Zorn hatte, dass sich alle miteinander – gemeinsam sind wir stark – sehr nervös auf die Kirche zubewegten, um sich seiner Reaktion zu stellen.

Sie kamen aber nicht weit, denn es wurde noch einmal an der Tür geklingelt, und Pater Paul ging nachsehen, wer da war. Da er mit seiner ruhigen Autorität wohl am besten mit einem wutentbrannten Restaurator zurechtkam, warteten die anderen auf ihn.

Er führte einen großen, dünnen Mann zu ihnen und schien jetzt auch ein wenig beunruhigt zu sein.

»Hallo Alberto«, sagte Flavia überrascht. »Was machen Sie denn hier?«

Alberto war ein Kollege von den Carabinieri. Schon komisch, dachte Flavia, dass er immer ein wenig abwesend wirkt. Im Moment wirkte er aber nicht nur abwesend, sondern schien sich auch sicher zu sein, hier nur Zeit zu vergeuden, in der er mit seinem Papierkram ein gutes Stück weitergekommen wäre.

»Weiß ich auch nicht so genau«, sagte er. »Ein anonymer Anruf …«

Flavia runzelte die Stirn. »Schon wieder? Was ist denn hier los?«

»Keine Ahnung. Aber der anonyme Anrufer hat behauptet, dass hier jemand verletzt worden ist. Den Leuten vom Notdienst gehen die Krankenwagen aus, und sie haben die Schnauze voll von Spinnern, die ihnen die Zeit stehlen. Es ist ja auch gar nichts passiert, oder?«

So überraschte es ihn auch nicht weiter, als Pater Jean ihm versicherte, dass seines Wissens alles in Ordnung wäre. Keine Erkrankung, keine Verletzung, kein Todesfall.

Doch Flavia hatte ein unbehagliches Gefühl. »Das ist das zweite Mal in wenigen Tagen«, sagte sie. »Sehen wir uns lieber ein bisschen genauer um. Was hat er denn sonst noch gesagt?«

»Nichts. Der Anruf ist vor ungefähr einer Stunde eingegangen. Wir haben aber gerade erst davon erfahren.«

Die Patres Jean und Paul sahen einander fragend an, dann setzte sich das Grüppchen, um eine Person verstärkt, erneut in Bewegung. Die Kirchentür war abgeschlossen, und auch sonst deutete nichts darauf hin, dass Menzies schon da sein könnte.

Sie schlossen auf und gingen hinein. Es brannte kein Licht, und es war auch nichts zu hören, schon gar kein Gepolter und Gebrumm, wie es Menzies' Arbeit in der Regel begleitete. Sie gingen hinüber zu dem Teil des Querschiffs, der ihm als Atelier diente, aber auch hier war niemand. Der Caravaggio war immer noch ein Bild des Jammers, aber er befand sich noch hier. Ein Grund zur Sorge weniger.

Dann standen sie ratlos herum und fragten sich, was sie jetzt machen sollten. »Ich würde sagen, wir warten hier. Er wird schon kommen.«

Pater Jean und Pater Paul fiel ein, dass sie viel zu erledigen hatten, und Alberto war sich jetzt ganz sicher, dass ihn Leute mit einem pervertierten Humor viel Zeit gekostet hatten. Also gedachten alle drei Flavia allein auf Menzies warten zu lassen. Irgendwie würde sie schon mit ihm fertig werden.

Plötzlich hörten sie einen schrecklichen Schrei, den das Echo in der Kirche noch furchtbarer machte und der in ein hohes Wimmern und ersticktes Schluchzen übergıng, das immer lauter zu werden schien, weil es überallher widerhallte.

»O Gott«, stieß Argyll hervor.

Sie fuhren herum und liefen in die Richtung, aus der sie den Schrei gehört zu haben glaubten. Nur Pater Paul, der über mehr praktische Vernunft verfügte als alle anderen zusammen, ging rasch in die andere Richtung und drückte alle Lichtschalter. Jetzt sahen sie, was passiert war.

Die Putzfrau kniete wimmernd und schluchzend auf dem Boden und schlug verzweifelt mit der Hand gegen die Wand. Ihr Eimer war umgekippt, und das schmutzige Wasser verteilte sich auf dem Boden. Der Besen war gegen eine Reihe von Ständern geknallt und hatte die unangezündeten Kerzen heruntergeschleudert. Und die alten rosaroten Pantoffeln der Frau, mit Quasten an den Spitzen, standen in einer entsetzlich großen Lache von Blut, das aus dem Schädel von Pater Xavier geströmt war, dem neununddreißigsten Superior des Ordens Johannes Battista.

Es dauerte noch eine Viertelstunde, bis jemand bemerkte, dass das kleine Gemälde der Jungfrau Maria, vor dem Argyll eine Kerze entzündet hatte, aus dem Rahmen entfernt und weggeschafft worden war.

6

Könnte man das nicht vorerst vertraulich behandeln?«, fragte Pater Jean kleinlaut. »Bis wir mehr wissen? Muss es denn gleich in der Zeitung stehen?«

So langsam legte sich der wilde Wirbel, von dem alle erfasst worden waren, nachdem sie einen Moment lang wie gelähmt auf das grausige Bild gestarrt hatten, das sich ihren Augen bot. Pater Paul hatte sich als Erster erholt und dem Superior wohl, wie Pater Jean später sagte, das Leben gerettet – sofern es noch zu retten war. Er stillte die Blutung und wählte die Notrufnummer, veranlasste jemand, den Erste-Hilfe-Koffer zu holen und brachte Decken, in denen Pater Xavier warmgehalten werden konnte. Die Ambulanz kam schnell, das Krankenhaus war kaum zwei Kilometer entfernt. Die Sanitäter leisteten erste Hilfe, hoben den alten Mann auf die Tragbahre und brausten mit ihm ins Krankenhaus davon.

Die Chancen standen nicht gut, so einer der Sanitäter. Es war ein Wunder, dass er noch lebte. Der Pater musste ein sehr zäher alter Knabe sein, sonst würde er längst nicht mehr atmen.

Flavia verneinte Pater Jeans Frage mit einem Kopfschütteln. »Irgendjemand erzählt es immer einem Reporter. Und dann steht man sehr viel schlechter da, wenn man versucht hat, es zu verheimlichen. Sie werden wohl einfach den Kopf einziehen müssen.«

»Werden Sie die Ermittlungen führen, Signorina?«

»An sich fällt Körperverletzung nicht in unser Ressort, aber es sieht ganz so aus, als hätte man Pater Xavier angegriffen, weil er den Diebstahl des Gemäldes verhindern wollte.«

»Und wenn es so ist, übernehmen Sie den Fall?«

»Dann sind wir sicher an den Ermittlungen beteiligt.«

»Das ist gut.«

»Warum?« Es erstaunte sie, dass er sich Sorgen um Sachen machte, die sogar ihr, wenn sie an Pater Xavier dachte, eher belanglos erschienen.

»Es ist immer besser, wenn man mit jemand zu tun hat, der taktvoll und diskret ist. Der Täter muss natürlich gefasst werden. Das ist das Wichtigste. Aber Pater Xavier, da bin ich mir sicher, würde nicht wollen, dass sein Unglück uns Unehre macht.

»Überfallen zu werden ist doch keine Schande.«

Pater Jean nickte und schien etwas sagen zu wollen, tat es dann aber lieber doch nicht, jedenfalls nicht jetzt gleich.

»Haben Sie schon eine Vorstellung ...?«, fragte er.

»Vom Tathergang? Nein. Darüber mache ich mir jetzt noch gar keine Gedanken. Später sehen wir weiter. Sie wissen im Moment bestimmt mehr als ich. Ach ja, würden Sie mir zeigen, wo ich telefonieren kann ...«

Argyll sah ihr nach, als sie mit dem Priester wegging, um Bottando anzurufen, und kam sich ziemlich verlassen vor in seiner Kirchenbank. Es versetzte ihm jedesmal einen kleinen Schock, wenn er sie bei der Arbeit sah. Sie war unheimlich ruhig und sehr souverän. Während er beim Anblick des Bluts fast weiche Knie bekommen hätte, war ihr nach dem ersten Schreck gar nichts mehr anzumerken. Und später war ihm aufgefallen, dass sie sogar ein Gähnen unterdrücken musste.

Obwohl es ja noch sehr früh war, brauchte er jetzt erst mal einen Drink. Er trat auf die Straße und ging zum nächsten Lokal. Die Gäste, lauter Männer aus dem Viertel, die vor der Arbeit rasch noch einen Kaffee tranken und ein Brötchen aßen, sahen ihn neugierig an.

»Im Kloster war heute schon ein Krankenwagen«, sagte einer im Plauderton.

»Und die Polizei«, ergänzte ein anderer. »Ich weiß doch, was die für Autonummern haben.«

Wieder ein anderer sah Argyll an und fragte: »Sie wissen nicht zufällig, was da los ist?«

»Ja, also ...«, begann er.

»Ist da nicht ein Toter rausgetragen worden? Was ist denn passiert?«

»Ein Diebstahl und ein Angriff auf den Superior. Er ist schwer verletzt, aber er lebt noch.«

Kopfschütteln und betroffenes Gemurmel: In was für Zeiten leben wir eigentlich? Wo wird das noch hinführen? Das kommt davon.

»Was haben die denn alles gestohlen?«, fragte einer.

»Ach, nicht viel, soweit ich weiß. Ein kleines Gemälde. Sie haben nicht mal das wertvolle große Bild genommen, nur eine kleine Madonna.«

Eine Tasse wurde abrupt abgestellt, und einer der Männer sah Argyll direkt in die Augen.

»Doch nicht unsere Muttergottes?«

»Eine kleine Ikone.« Argyll deutete mit den Händen die Abmessungen an. »Sehr verschmutzt.«

»In der Seitenkapelle?«

»Genau.«

Alle redeten durcheinander, und Argyll sah, dass ein Mann verstohlen das Taschentuch herauszog und sich die Augen tupfte.

»Das kann doch nicht sein!«, rief ein anderer. »Doch nicht unsere Muttergottes!«

Hinter dem Tresen stand ein junger Mann mit modischer Frisur und der lässigen Art eines Menschen, den sein Leben lang noch kein düsterer Gedanke gequält hat. Jetzt machte aber auch er ein grimmiges Gesicht und trocknete überaus heftig ein Bierglas ab.

»So eine Schweinerei«, sagte er. »So eine Schweinerei.«

Die fröhliche Stimmung im Lokal war umgeschlagen. Argyll spürte allgemeinen Zorn und offenbar ehrlichen Kummer. Fast schon Besorgnis.

»Es tut mir Leid, dass ich Ihnen schlechte Nachrichten bringe«, sagte Argyll und versuchte von der Unbekümmertheit, mit der er aufgetreten war, zu einer angemesseneren Haltung zu finden. »Ich hätte nicht gedacht, dass Sie das so trifft. Da geht doch eigentlich nie jemand hin.«

»Weil dieser Mensch die Kirchentür abgeschlossen hat.«

»Und doch ...«

»Sie war immerhin da. Und darauf kommt es schließlich an.«

»Ah«, machte Argyll. Dann sah er zu seiner großen Erleichterung Pater Paul an der Tür. Ob er ins Kloster kommen könne? Signorina di Stefano wolle mit ihm sprechen.

»Glauben Sie, dass Pater Xavier die ganze Nacht in der Kirche gewesen ist?«, fragte er den Priester auf dem Rückweg ins Kloster.

Pater Paul zuckte die Schultern. »Das kann ich Ihnen nicht sagen, Mr. Argyll. Ich weiß es wirklich nicht. Dabei bin ich gestern mit dem Rundgang an der Reihe gewesen und habe geprüft, ob überall abgeschlossen ist.«

»Um wie viel Uhr?«

»In der Kirche war ich kurz nach elf. Nach den Abendgebeten hat man bei uns eine Stunde Zeit für sich, um zehn wird das Licht gelöscht, und dann macht immer jemand einen Kontrollgang. Das haben wir nach dem ersten Einbruch eingeführt.«

»Und dabei ist Ihnen nichts aufgefallen?«

Er schüttelte den Kopf.

Jetzt parkten fünf Autos vor dem Kloster. Wahrscheinlich die Leute von der Spurensicherung, dachte Argyll. Flavia stand auf dem Hof und stritt sich mit Alberto.

»Hören Sie, ich will mich wirklich nicht mit Ihnen streiten«, sagte sie gerade, obwohl das offensichtlich nicht stimmte. »Es ist mir egal, wer das untersucht, Sie oder ich.« Auch das eine glatte Lüge. »Man hat mich gebeten, hier vorbeizukommen, weil man die Gefahr eines Diebstahls sah. Deshalb habe ich mich hier umgesehen. Und mehr will ich auch gar nicht tun, wenn es nicht unbedingt sein muss.«

Er fand es erstaunlich, dass sie lauter Unwahrheiten aneinander reihen und dabei ganz überzeugend wirken konnte. Alberto gab sich damit vorerst zufrieden. Man einigte sich darauf, das Problem den Vorgesetzten zu unterbreiten, und schien sich, nachdem man sich ein wenig in Szene gesetzt hatte, wieder vertragen zu wollen.

»Jonathan!« Sie winkte ihn zu sich her. »Du musst eine Aussage machen. Das ist der Mann, der sie zu Protokoll nimmt.«

Argyll nickte. »Gut. Sie wird aber nur kurz ausfallen und wohl nicht sehr hilfreich sein. Jetzt gleich?«

Alberto schüttelte den Kopf. »Nein. Wenn die Leute von der Spurensicherung fertig sind, haben wir mehr Ruhe.«

»Dann muss ich womöglich den ganzen Tag warten?«

»Das ist leider nicht zu ändern.«

»Könnte ich nicht woanders warten? Außerdem müsste ich jetzt eigentlich gleich meine Vorlesung halten.«

Alberto sog geräuschvoll Luft durch die Nase und stieß sie wieder aus. Aber wozu hatte man Freunde? Da Flavia sich für ihn verbürgte, durfte er gehen, nachdem er versprochen hatte, anschließend gleich zurückzukommen. Und dann wusste er nicht einmal so genau, ob er froh darüber war.

Als er zurückkam, war man schon ein Stück weiter. Pater Xavier, so der vorläufige Bericht aus dem Krankenhaus, war auf der Intensivstation, in einem kritischen Zustand. Er hatte einen sehr heftigen Schlag auf den Kopf bekommen, man konnte von Glück sagen, dass er noch lebte. Aber er war bewusstlos und würde es wohl auch einige Zeit bleiben. In der Nähe des Tatorts fand man nirgendwo einen stumpfen Gegenstand, der als Tatwaffe infrage kam. Schon gar keinen, an dem Blut klebte.

Und so machten sich die Carabinieri und die Kriminalpolizei in seltener Eintracht daran, Fragen zu stellen und Aussagen zu Protokoll zu nehmen.

Menzies hatte ungefähr um sechs Feierabend gemacht und war nach Hause gegangen, um sich für einen Empfang in Schale zu werfen, bei dem er gleich mehrere einflussreiche Leute von den Beni Artistici anzutreffen hoffte. Es war aber keiner von ihnen dort, er blieb also nicht lange, aß dann noch in einem Restaurant und ging wieder nach Hause. Er konnte die Rechnung vom Restaurant vorlegen, aber nicht nachweisen, wo er von halb elf bis zum nächsten Morgen gewesen war, bis um acht Uhr früh, als er in der Bar um die Ecke einen Kaffee trank. Das schien ihn aber überhaupt nicht zu beunruhigen.

»Können Sie mir sagen, was ich für einen Grund haben sollte, Pater Xavier niederzuschlagen? Das war doch ein Angriff auf mich!«

Flavia sah ihn verblüfft an. Wie kam er denn darauf?

»Ist doch klar«, fuhr er sie an. »Ich werde ja schon die ganze Zeit angegriffen. Von Leuten, die keine Skrupel kennen. Haben Sie heute Morgen diesen unflätigen Artikel gelesen? Das ist eine Schande. Für die ich *Sie* haftbar machen werde. Das basiert doch bestimmt auf einer absurden Story, die sie aus reiner Fremdenfeindlichkeit dieser Zeitung zugespielt haben.«

»Ich habe nichts Dergleichen getan«, sagte Flavia

kühl. »Meinen Sie etwa, *ich* hätte Pater Xavier niedergeschlagen?«

»Das waren dieselben Leute, denen auch dieser Artikel zuzuschreiben ist. Die wollten das Gemälde beschädigen, das ich gerade restauriere, aber Pater Xavier hat sie überrascht, und dann haben sie ihn attackiert.«

»Und die Ikone?«

Menzies wischte den Einwand mit einer Handbewegung beiseite. »Das ist doch bloß ein mittelmäßiges Bild. Das haben sie mitgenommen, damit es nach einem Raubüberfall aussieht. Um Sie auf eine falsche Fährte zu locken. Eigentlich wollten sie dafür sorgen, dass ich den Auftrag in der Farnesina nicht bekomme. Ich werde Sie persönlich dafür haftbar machen …«

»Was wollen Sie damit sagen …?«

»... wenn morgen in allen Zeitungen steht, dass ich verhört worden bin und erklären musste, wo ich mich heute Nacht aufgehalten habe. Sie rufen nachher bestimmt gleich ihre Freunde von der Presse an. Die zahlen sicher gut für boshaften Klatsch.«

»Also, ich glaube, das nehme ich Ihnen jetzt übel.«

»Interessiert mich nicht. Sie werden mir gefälligst in aller Form bestätigen, dass ich über jeden Verdacht erhaben bin und dass diese ganze Geschichte ein Teil der Kampagne ist, die meine Feinde gegen mich führen.«

»Ach ja?«

»Und ich« – er stemmte seine massige Gestalt aus dem Sessel – »gehe derweil zur amerikanischen Botschaft. Was ich zu berichten habe, wird den Botschafter interessieren, er ist ein Freund von mir. Können Sie sich vorstellen, wie viel Geld von großzügigen Amerikanern für Restaurierungen nach Italien fließt? Können Sie sich das überhaupt vorstellen?«

Ohne eine Antwort abzuwarten, stampfte er hinaus, offenbar in sehr kämpferischer Stimmung.

Flavia seufzte tief.

»Das kann ja heiter werden«, sagte sie.

Als Nächster war Pater Paul an der Reihe. Er war ernst und erschüttert, hatte aber keine Angst und versuchte sich auch nicht in Acht zu nehmen, im Gegensatz zu fast allen anderen Leuten, die sie je vernommen hatte.

Bei der Aufnahme der Personalien ergab sich, dass er siebenunddreißig Jahre alt war, aus Kamerun kam und als Priester nach Rom geholt worden war, um an der Gregoriana zu studieren.

»Ein Austauschprogramm zur Vereinheitlichung der Kirche auf den unteren Ebenen«, erläuterte er. »Ich bin hier in Rom, Priester aus Italien gehen nach Afrika. Man soll sich mit den örtlichen Gegebenheiten vertraut machen und die kulturellen Unterschiede hautnah erleben.«

»Ist das bei Ihnen gelungen?«

Er blickte eher skeptisch drein. »Ich wäre lieber in eine Pfarrgemeinde in der Innenstadt gegangen. Wo ich richtig zum Arbeiten gekommen wäre und nicht nur in einer Bibliothek gesessen hätte. Aber ich gehorche natürlich mit Freuden.«

»Wollen Sie nach Kamerun zurück?«

»Ja, natürlich. Ich hoffe, schon bald zurückkehren zu können. Oder habe es jedenfalls gehofft.«

»Was hat sich geändert?«

»Es hängt von der Genehmigung des Superiors ab. Leider hat er mein Gesuch abgelehnt …«

»Und was ist jetzt?«

Pater Paul lächelte. »Wenn er wieder bei Kräften ist, wird er es wohl erneut ablehnen.«

»Und wenn er nicht gesund wird?«

»Dann ziehe ich meinen Antrag zurück. Ich möchte nicht, dass man denkt, ich hätte von seinem Unglück profitiert. Aber er wird wieder gesund, davon bin ich überzeugt.«

»Gottvertrauen?«

»Nein, nichts so Erhabenes. Ich habe bis zu meiner Berufung Medizin studiert. Er ist schwer verletzt, aber ich glaube nicht, dass er stirbt.«

Das war jetzt aber ziemlich unergründlich, dachte Flavia. Nicht einmal ein Anflug von Empörung über meine Andeutung.

»Wie lange wird es dauern, bis ein neues Oberhaupt gewählt ist? Oder wird ein vorläufiger Superior eingesetzt?«

Pater Paul zuckte die Schultern. »Das weiß ich gar nicht so genau. Vermutlich wird Pater Jean als ältester Mitbruder vorläufig die Amtsgeschäfte führen. Unter dem vorigen Superior, Pater Charles, war er ja auch ganz offiziell Stellvertreter.«

»Aha. Und gestern Abend haben Sie den Rundgang gemacht …?«

»Ungefähr um zehn. Ich bin um die nächsten Wohnblöcke herumgegangen und habe um halb elf das Kloster wieder betreten, durch das Haupttor. Danach habe gleich wieder abgeschlossen und die Riegel vorgeschoben und dann die Nebeneingänge kontrolliert –

alle waren vorschriftsgemäß zugesperrt. Und dann bin ich in den Bibliotheksbau gegangen, um mich zu vergewissern, dass alle Fenster geschlossen waren und sich niemand mehr in dem Gebäude aufhielt, bevor ich abschloss. Die Wohngebäude werden wegen der Brandgefahr nie abgeschlossen.«

»Und dann haben Sie die Kirche visitiert?«

»Ja. Ich habe auch dort rasch meinen Rundgang gemacht und dann abgeschlossen.«

»Wer hat denn alles einen Schlüssel?«

»Natürlich alle, die hier wohnen, aber auch noch viele andere – Mr. Menzies, Signora Graziani, der Mann, der die Gartenarbeit macht, die Nonnen, die für uns kochen ...«

»Und zur Kirche?«

»Mit dem Schlüssel vom Haupttor kommt man auch vom Hof aus in die Kirche.«

»Pater Xavier konnte sie also betreten, ohne jemand nach dem Schlüssel zu fragen?«

»Ja, natürlich.«

»Und sonst gibt es keinen Zugang zur Kirche?«

»Doch. Von der Straße her. Aber da ist schon seit drei Jahren abgeschlossen. Vorher sind zu dieser Tür die Leute aus dem Viertel hereingekommen, die in der Klosterkirche beten wollten. Viele waren es allerdings nicht mehr. Und außerdem war man darüber nicht sehr glücklich.«

»Warum?«

»Im Pfarrhaus hat man gar nichts davon gehalten. Die Ikone verträgt sich schlecht mit dem Zeitgeist, und der Pfarrer dieser Gemeinde ist ein ganz moderner Mann. Nach dem Einbruch in unsere Kirche hielt man es dann für geboten, die Tür abzuschließen. Damit kamen wir einer Forderung der Polizei nach und verbesserten unser Verhältnis zur Pfarrei. Pater Xavier rechnete damit, dass es kaum auffallen würde, weil ja sowieso nur noch wenige Leute kamen.«

»Und war das dann auch so?«

»Die Unruhe war erstaunlich groß. In diesem Viertel gibt es noch ein Zusammengehörigkeitsgefühl. Die Leute wohnen oft schon seit Generationen hier und betrachten diese Madonna als ihre Schutzpatronin. Sie haben sich nicht sonderlich um sie gekümmert, als ihnen die Kirche noch offen stand, aber als man sie abschloss, waren sie entrüstet. Die Mädchen kamen oft vor ihrer Hochzeit her, und wenn eine Prüfung bevorstand, fanden auch die verstocktesten Jungen zu ihr.«

»Aha. Sagen Sie, wann stehen Sie am Morgen auf?«

»Um halb sechs. Normalerweise wird die Kirche dann gleich aufgeschlossen, weil wir zuerst einen Gottesdienst abhalten und dann noch eine Stunde vor dem Frühstück meditieren, aber weil Mr. Menzies die Kirche in einen unerfreulichen Zustand gebracht hat, sind wir in die Bibliothek ausgewichen.«

»Und die Kirche wird erst um neun aufgeschlossen?«

»Ja. Signora Graziani oder Mr. Menzies schließen auf.«

»Erzählen Sie doch mal ein bisschen von der Signora.«

Pater Paul zuckte die Schultern. »Pater Jean kann Ihnen sicher mehr über sie sagen. An den Markttagen steht sie an einem Stand für Nahrungsmittel, und dann kommt sie ganz früh hierher, um vorher schon die Kirche zu putzen. Sie kommt jeden Tag, bei jedem Wetter. Ich glaube, das geht auf ein Gelübde zurück. Das ist eine Frömmigkeit, die selten geworden ist. Und wahrscheinlich immer schon selten gewesen ist.«

Wie Pater Paul lieferte ihnen auch Pater Jean zuerst ein paar Lebensdaten und wies darauf hin, dass er nicht mehr Stellvertreter des Superiors war, seit Pater Charles sein Amt vor drei Jahren niedergelegt hatte. Dafür arbeitete er jetzt als Bibliothekar.

»Ich wäre lieber in den Ruhestand getreten, theoretisch ist das bei uns ja jetzt möglich«, sagte er mit einem matten Lächeln. »Aber leider hat man mir die Genehmigung nicht erteilt.«

»Wie alt sind Sie denn?«

»Vierundsiebzig.«

»Und das ist noch zu jung für den Ruhestand?«

»Nein, eigentlich nicht. Aber wir sind doch nur noch so wenige. Das Durchschnittsalter im Orden liegt jetzt ungefähr bei sechzig. Es fühlt sich eben niemand mehr berufen. Als ich jung gewesen bin, hat man darum gewetteifert, aufgenommen zu werden. Der Orden bot die beste Bildung und die Möglichkeit zu guten Werken. Jetzt stellt der Staat die Bildung bereit, und gute Werke interessieren keinen mehr. Und darum werden hier auch noch Leute wie ich gebraucht.«

»Pater Paul …«

»Kommt aus Afrika – aber das wird Ihnen nicht entgangen sein. Ein großartiger junger Mann. Nur in der Dritten Welt gibt es noch Berufungen. Wenn nichts geschieht, braucht man sich überhaupt nicht zu wundern … aber das gehört eigentlich nicht hierher.«

»Das glaube ich auch. Aber erzählen Sie doch von Pater Xavier. Ist er beliebt?«

Pater Jean zögerte mit der Antwort. »Ich verstehe Ihre Frage nicht ganz.«

»Hat er Feinde?«

»Sie meinen doch nicht …«, stieß er hervor und wurde schreckensbleich. »Er hat ganz bestimmt einen Einbruch zu verhindern versucht. Das kann sich doch nicht gegen ihn persönlich gerichtet haben.«

»Wir müssen alle Möglichkeiten in Betracht ziehen. Aber Sie haben Recht, wahrscheinlich waren es Einbrecher. Antworten Sie bitte trotzdem auf meine Frage.«

»Unter den gegebenen Umständen ist das sehr unangenehm.«

»Sagen Sie es trotzdem.«

Pater Jean nickte und seufzte tief. »Es muss wohl sein. Soweit ich weiß, hat er keine Verwandten, jedenfalls keine nahen. Und eigentlich auch keine Freunde. Nicht im Kloster und auch nicht außerhalb.«

»Und Feinde?«

»Er ist als Superior nicht sehr beliebt und war von Anfang an umstritten. Pater Charles' Nachfolge anzutreten, wäre allerdings niemand leicht gefallen.«

»Er ist umstritten? Inwiefern?«

»Wir befinden uns in einer schwierigen Phase«, begann Pater Jean nach längerem Zögern. »Und Pater Xavier musste sich den Schwierigkeiten stellen. Ich bin zwar fest davon überzeugt, dass er eine völlig falsche Richtung eingeschlagen hat, aber ich muss anerkennen, dass er wenigstens aktiv geworden ist. Andere hätten die Probleme unter den Teppich gekehrt und so lange zugewartet, bis sie unlösbar geworden wären.«

»Was für Probleme?«

»Wir müssen uns darüber klar werden, wozu wir da sind. Beten allein genügt nicht, und zu guten Werken scheinen andere besser befähigt zu sein als wir. Was fangen wir also mit uns an? Wir haben Geld und gute Leute. Gefällt es Gott, was wir damit tun?«

»Wurde auch dafür plädiert, das Geld wegzugeben?«

»O nein, durchaus nicht.« Pater Jean gestattete sich ein leicht ironisches Lächeln. »Es ging nur darum, wie wir von dem, was uns zur Verfügung steht, den besten Gebrauch machen können. Und manchen auch darum, wie es sich vermehren ließe. Natürlich nur für gute Zwecke.«

»Natürlich.«

»In der Kirche herrscht ja ganz allgemein eine recht große Unruhe, und die wird sich auch nicht so schnell legen. Wir rechnen schließlich in Jahrhunderten. Was sind da schon Turbulenzen, die fünfzig Jahre lang dauern. Aber genau da liegt im Grunde das Problem. Halten wir an den guten alten Gebräuchen fest oder stellen wir uns um? Wollen wir die Welt verändern oder lassen wir uns von der Welt verändern? Das scheint das Grundproblem aller Religionen zu sein.«

Flavia nickte. »Ich verstehe noch nicht ganz ...«

»Es gibt eben keine Berufungen mehr«, fuhr Pater Jean fort. »Oder jedenfalls, wie schon gesagt, nur noch in der Dritten Welt. Wir haben in unserem Orden dreißig Priester unter fündunddreißig Jahren und nur fünf von ihnen kommen nicht aus Afrika oder Südamerika. Alle Inhaber höherer Ämter sind dagegen

Italiener oder Franzosen, vor allem Franzosen, und fast durchweg über sechzig. Die Ordensleitung hat ihren Sitz in Rom, und unsere Arbeit konzentriert sich auf Europa. Nicht wenige von uns plädieren für eine Anpassung an die veränderten Gegebenheiten. Aber genauso viele wollen am Althergebrachten festhalten. Es ist zu hitzigen Debatten gekommen, die einen bitteren Nachgeschmack hinterlassen haben.

»Welche Position hat Pater Xavier vertreten?«

»Das tut jetzt eigentlich nichts zur Sache …«

»Sagen Sie es trotzdem.«

»Pater Xavier wollte den ganzen Orden umkrempeln und auf die Mission und die Entwicklungshilfe ausrichten. Und zur Finanzierung von Projekten in Afrika wollte er Wertgegenstände verkaufen. Ich war strikt dagegen, konnte aber nicht sicher sein, dass sich meine Position durchsetzen würde.«

»An was für Wertgegenstände hat er denn gedacht? Doch nicht etwa an den Caravaggio?«

»Doch, leider. Den wollte er zuerst verkaufen. Sein Vorschlag stand bei einer Versammlung vor drei Tagen zur Debatte. Zum Glück wurde er abgelehnt.«

»Ist Ihr Orden in finanziellen Schwierigkeiten?«

»Das weiß ich nicht so genau. Wir sind kein reicher Orden, aber vor drei Jahren, als ich noch Einblick in die Finanzen hatte, waren wir auch nicht bettelarm.«

»Hat Pater Xavier mit seinem Vorschlag auf Kaufangebote reagiert? Gibt es schon Interessenten?«

»Nicht, dass ich wüsste.«

»Wer wird jetzt die Geschäfte des Ordens führen?«

»Bis absehbar ist, ob Pater Xavier sein Amt wieder ausüben kann oder nicht, bleibt alles in der Schwebe.

Solange führt, wie ich das sehe, der älteste Pater die Geschäfte.«

»Und das sind Sie?«

»Das ist eine schwere Bürde auf meine alten Tage, aber da ich mein ganzes Leben dem Orden geweiht habe, kann ich mich in ernster Stunde der Verantwortung nicht entziehen.«

Flavia nickte. Pater Jean käme auch als Politiker zurecht, dachte sie. Er redet sowieso schon wie einer. In seinen Augen glaubte sie einen erwartungsvollen Glanz zu sehen. »Schön. Noch etwas anderes. Wo waren Sie letzte Nacht und heute Morgen?«

Es sei ein ganz normaler Abend gewesen, sagte Pater Jean. Er habe bis um sechs in der Bibliothek gearbeitet, sei zum Abendgottesdienst gegangen, habe zu Abend gegessen und danach eine Stunde lang gelesen, dann noch einmal in die Kirche und um zehn ins Bett.

»Heute Morgen habe ich nach dem Aufstehen gleich am Gottesdienst teilgenommen und danach noch eine Stunde dem Gebet gewidmet; dann habe ich gefrühstückt und um sieben mit der Arbeit angefangen. Ich bin in der Bibliothek gewesen, bis Pater Paul hereingekommen ist und gesagt hat, dass etwas Schreckliches passiert ist.«

»Haben Sie einen tiefen Schlaf?«

Er zuckte die Schultern. »Es geht so. Wissen Sie, alte Männer brauchen nicht viel Schlaf. Ich wache meistens gegen drei Uhr auf, und dann lese ich.«

»Auch letzte Nacht?«

»Ja.«

»Was haben Sie denn gelesen?«

Pater Jean blickte ein wenig verlegen drein. »Eine

Abenteuergeschichte«, sagte er. Flavia verzog keine Miene. »Mein Neffe schickt mir diese Geschichten. Und ich gebe sie an die anderen weiter. Wir lesen sie alle leidenschaftlich gern.«

»Ist das denn …?« Sie sollte eigentlich nicht danach fragen, das war ihr schon klar, aber es war eine zu schöne Vorstellung, dass man in dieser Gemeinschaft alter Männer spätnachts Geschichten voller Sex and Crime verschlang.

»Erlaubt?«, fragte Pater Jean lächelnd. »Finden Sie, dass wir uns die Zeit lieber mit dem heiligen Johannes vom Kreuz oder einer leichten päpstlichen Enzyklika vertreiben sollten? Früher hat man das in der Tat so gesehen. Aber jetzt dürfen wir Verbindung zur Außenwelt halten. Wir werden sogar dazu ermuntert, es darf nur nicht zu weit gehen.«

»Gut.« Flavia musste nach dieser unerwarteten Ablenkung zuerst einmal ihre Gedanken ordnen. »Ach ja«, sagte sie, als sie wieder wusste, welcher Frage sie nachgegangen war. »Wo liegt denn Ihre … Zelle? So nennt sich das doch?«

»Sie liegt zum Hof, gegenüber von der Kirche, also so, dass ich es eigentlich gehört haben müsste, wenn jemand geschrien hätte.«

»Und das war nicht der Fall?«

Er schüttelte den Kopf. »Nein. Ich habe einen sehr leichten Schlaf. Ich hätte bestimmt einen Schrei gehört. Oft weckt mich schon das Zwitschern eines Vogels.«

Flavia fragte sich, woran es lag, dass sie ihm nicht glaubte. Pater Jean saß ganz ruhig da, die Hände auf dem Schoß gefaltet, wie in der Kirche bei einem langen Gottesdienst. Er verhielt sich nicht zögerlich und benahm sich auch sonst nicht verdächtig, und dennoch war sie sich absolut sicher, dass er ihr zumindest etwas verschwieg.

»Wie kam Mr. Menzies denn eigentlich an den Auftrag zur Restaurierung dieses Gemäldes?«

»Wir haben gar keinen Auftrag vergeben«, antwortete der alte Mann. »Er hat sich angeboten. Wir waren nur damit einverstanden, weil es nichts kosten sollte.«

»Er arbeitet umsonst?«

»Er hat wohl einen Zuschuss von einer amerikanischen Stiftung bekommen, aber das ist alles. Wir ersetzen nur die Unkosten. Was übrigens auch schon eine erkleckliche Summe ergibt.«

»Das ist aber sehr ungewöhnlich, finden Sie nicht?«

»Er hat gesagt, dass er das Gemälde restaurieren will, auch wenn er nichts dafür bekommt. Wir sahen keinen Grund, seine Großzügigkeit in Zweifel zu ziehen.«

Flavia bedankte sich und ließ ihn ziehen, dann wandte sie sich an Alberto: »Na?«

»Was denn?«

»Sie machen ein Gesicht, als hätten Sie wahnsinnige Mönche vor Augen, die einander den Schädel einschlagen wollen.«

»Stimmt nicht.« Alberto widersprach ihr nur matt und fragte sich, ob man in einem Kloster wohl rauchen dürfe. »Ich sitze nur ganz ruhig da und versuche alles aufzunehmen. Ich ziehe nie vorschnelle Schlüsse, nicht einmal, wenn es um Priester geht. Mit meinem skeptischen Blick wollte ich nur zum Ausdruck bringen, dass ich das Gefühl habe, wir kommen nicht weiter.«

»Ach so. Sollen wir jetzt Signora Graziani vernehmen? Und dann gleich Mittag machen?«

Alberto hielt eine frühe Mittagspause für eine sehr gute Idee. Signora Graziani wurde hereingebeten und nahm nervös Platz. Flavia betrachtete sie zufrieden. Bei dieser Frau war kaum zu befürchten, dass sie etwas verschweigen würde. Und da sie das Verbrechen entdeckt hatte und einen Schlüssel besaß, und da ihr die Ikone offenbar zu einer Art Obsession geworden war, würde sie schon ein paar überzeugende Erklärungen liefern können.

Sie habe in der Kirche gerade erst mit dem Putzen anfangen wollen. Und plötzlich Pater Xavier gesehen. Und geschrien. Das sei eigentlich schon alles, fügte sie noch hinzu und verfiel wieder in entsetztes Schweigen.

Flavia stellte noch ein paar Fragen und erfuhr, dass sich Signora Graziani, bis sie in die Kirche gegangen war, zu Hause aufgehalten und nichts Verdächtiges gesehen oder gehört hatte. Das könnten ihre Tochter und ihre Enkelin bestätigen, weil sie doch bei ihr wohnten, seit der Mann ihrer Tochter, dieses Vieh, mit irgendso einem Flittchen abgehauen war und die beiden lieben Menschen mittellos zurückgelassen hatte.

»Sie müssen daran denken, Signora, dass selbst die kleinste Kleinigkeit für uns von größter Bedeutung sein kann.«

Aber sie schüttelte den Kopf. Sie war gerade erst in die Kirche gekommen, hatte die Sachen zum Putzen geholt, war durch das Seitenschiff zum Hauptportal gegangen, hatte es geschlossen und dann plötzlich gesehen ...

»Wie bitte? Was haben Sie geschlossen?«

»Das Hauptportal«, sagte sie.

Es habe einen Spalt breit offen gestanden. Ob denn niemand aufgefallen sei, dass es nicht abgeschlossen war? Sie habe es jedenfalls zugezogen und abgeschlossen und dann plötzlich …«

»Herrgott.« Flavia fluchte leise vor sich hin und sagte dann rasch: »Prima, sehr schön, ich glaube, das war's schon. Herzlichen Dank, Signora.«

»Oder war da noch etwas?«, fragte Alberto, der bisher eigentlich immer nur zugehört hatte. »Ich glaube, dass Sie noch mehr wissen, Signora. Womöglich sogar, wer es getan hat?«

»Ja«, sagte sie. »Das weiß ich.«

Die zwei vorderen Stuhlbeine setzten mit einem dumpfen Geräusch auf den Boden auf, Alberto beugte sich vor.

»Wer?«

»Sie«, sagte Signora Graziani. Alberto sah sie verdutzt an, weil er glaubte, sie spreche von Flavia.

»Was?«

»Unsere Gottesmutter. Sie hat es getan.«

»Ah …«

»So gnädig sie ist, wenn man Buße tut, so hart straft sie verstockte Sünder. Der Pater hat sich von ihr abgewandt. Da hat sie ihn bestraft.«

»Nun …«

»Er hat verhindert, dass Hilfesuchende sie besuchen durften, er hat die Menschen, die sie lieben, von ihr fern gehalten.«

»Moment mal«, sagte Flavia. »Sie meinen doch nicht dieses Bild in der Kirche?«

Signora Graziani sah sie einen Augenblick irritiert an. »Doch, natürlich«, sagte sie dann einfach.

»Sie glauben, dass Pater Xavier von einem Bild attackiert worden ist?«

»Von unserer Gottesmutter«, berichtigte sie mit gravitätischer Miene. »Sie hat ihn bestraft. Ein ungläubiger Priester ist kein Mann Gottes.«

»Ah ja«, sagte Alberto. »Das ist aufschlussreich. Sehr liebenswürdig von Ihnen, dass Sie sich für uns Zeit genommen haben.«

»Möchten Sie, dass ich eine schriftliche Aussage mache?«, fragte sie ganz gelassen.

»Ach, ich würde sagen, jetzt noch nicht«, antwortete er und hielt ihr die Tür auf. Vielleicht in ein, zwei Tagen.«

Signora Graziani ging mit einer leichten Verbeugung hinaus und sagte: »Sie glauben mir nicht. Aber Sie werden schon sehen, dass ich Recht habe.«

»Verdammt«, murmelte Alberto, als er die Tür hinter ihr geschlossen hatte, »ich dachte einen Moment lang ...«

Flavia lachte. »Sie hätten sehen müssen, was Sie für ein Gesicht gemacht haben, als Ihnen aufgegangen ist, wovon die Frau redet.«

Er stieß Luft durch die Nase. »Wie wär's, wenn wir jetzt das Portal inspizieren? So was Großes hätte man eigentlich nicht übersehen dürfen.«

Sie nickte. »Aber wenn Fingerabdrücke dran waren, hat Signora Graziani sie wohl sowieso weggewischt.«

»Fürchte ich auch. Aber irgendwie müssen wir herausfinden, wer das Portal aufgeschlossen hat.«

7

Argylls Vorlesung, ein ganz schlicht gehaltener Überblick über die wichtigsten Auftragsarbeiten für die Kirche im 17. Jahrhundert, war ganz passabel verlaufen. Als er angefangen hatte, waren vierzig Leute im Saal gesessen, als er zum Ende kam, waren es noch etwas mehr als zwanzig. Er wäre über diesen Hörerschwund beunruhigt gewesen, hätte der Dekan nicht gesagt, das sei noch ziemlich gut, wenn man bedenke … Wenn man was bedenke?, fragte er. Wenn man bedenke, dass die Vorlesung am Vormittag stattfinde. Keine Frühaufsteher, diese Leute. Und weil sie, das heißt ihre Eltern, so viel zahlen mussten, bildeten sie sich ein, die Vorlesungen müssten so gelegt werden, wie es ihnen passte. Wie sie offenbar auch meinten, sie müssten allein schon wegen der hohen Studiengebühren gute Noten bekommen.

»Und außerdem«, fuhr der Dekan in belehrendem Ton fort, »haben Sie nur wenige Dias vorgeführt. Das ist immer ein Risiko. Bilder anschauen macht Spaß. Wenn Sie Ihnen keine Bilder zeigen, haben sie doch gar nichts zu tun. Außer zuhören und mitdenken. Vorlesungen! Du meine Güte! Viel zu frontal! Meinen Sie nicht, dass Interaktion in der Gruppe besser wäre?«

»Wie soll das gehen?«

»Da denkt man nicht hierarchisch, da unterrichten sie sich selbst.«

»Aber sie wissen doch gar nichts«, wandte Argyll ein. »Wie kann man sich selbst unterrichten, wenn man über keinerlei Grundwissen verfügt?«

»Na ja, das ist der schwache Punkt an der Sache. Aber geht es nicht vor allem um die Entfaltung der Kreativität? Muss man die Studenten nicht dazu ermutigen, dass sie ausdrücken, was in ihnen steckt, statt ihnen alle möglichen Faktizitäten aufzudrängen?«

»Faktizitäten?«

Der Dekan seufzte. »Ja, leider. Schauen Sie mich nicht so an! Das ist doch nicht meine Schuld.«

»Aber dazu bin ich doch nicht verpflichtet, oder?«, fragte Argyll besorgt.

»Ich habe das jetzt sehr überspitzt – und meinen Spaß daran gehabt, wie blass Sie geworden sind. Aber Sie müssen schon ein bisschen aufpassen. Gehen wir zum Mittagessen?«

Seltsam, wie freundlich ein bisschen Smalltalk manche Leute stimmte. Der Dekan hatte bisher fast gar nicht mit ihm geredet, aber da noch kaum jemand in seinem Fachbereich Notiz von ihm genommen hatte, war das nicht aufgefallen.

»Ah, das ist nett. Aber es geht leider nicht. Ich muss gleich wieder ins Kloster San Giovanni.«

»Oho! Sie haben Courage! Oder wissen Sie gar nicht, dass Menzies dort arbeitet?«

»Doch.«

»Der Al Capone unter den Restauratoren! Nehmen Sie sich in Acht! In der Zeitung von heute Morgen steht ein richtig witziger Artikel über ihn …«

»Ich habe ihn gelesen.«

»Ah! O jemine, was habe ich gelacht! Würde mich schon interessieren, wer das geschrieben hat. Sie haben doch sicher gesehen, dass der Artikel anonym erschienen ist?«

»Ja.«

»Ich würde da jetzt nicht hingehen. Und wenn ich die Presse mit diesen ganzen Informationen versorgt hätte, wäre mir jetzt nicht wohl in meiner Haut. Menzies hat nämlich einen Hang zur Gewalttätigkeit. Haben Sie gehört, was passiert ist, als er eine Rede vor der Jahresversammlung der Restauratoren gehalten hat? Vor zirka vier Jahren? In Toronto?«

»Ich glaube nicht«, sagte Argyll vorsichtig.

»Da hat es Burckhardt gewagt, Zweifel an einem Lösungsmittel zu äußern, das Menzies verwendet. In Form einer höflichen Anfrage, wohlgemerkt. Und Menzies hat mit einem Glas nach ihm geworfen.«

»Auf der Tagung?«

»Nicht im Saal. Da wäre der Unterhaltungswert natürlich noch höher gewesen. Nein, nachher, in der Bar. Eigentlich schade, dass ich mich nicht dort aufgehalten habe. Dürfte der Höhepunkt des Abends gewesen sein. Schon ein jähzorniges Völkchen, diese Restauratoren. Und neulich hatten die beiden ihre zweite Begegnung, wenn dabei auch nicht so richtig zugeschlagen wurde.«

»Ach ja?«

»Burckhardt hat Menzies bei der Arbeit zugeschaut, und der hat ihn hochkant rausgeschmissen. Er hat es mir erzählt, als wir essen waren.«

»Wer?«

»Burckhardt.«

»Wer ist denn dieser Burckhardt?«

»Na, *der* Burckhardt.«

Argyll schüttelte den Kopf.

»Ich dachte, Sie waren mal Kunsthändler? Peter Burckhardt. Der von den Galéries Burckhardt.«

»Ach, *der* Burckhardt«, sagte Argyll kleinlaut.

Bei der Minestrone erzählte er Flavia davon.

»Wer?«

Argyll sah sie missbilligend an. »Na, *der* Burkhardt. Der Ikonenhändler. So gewieft wie sonst keiner und schon länger im Geschäft als alle anderen. Er legt praktisch fest, was eine Ikone wert ist. So wie er sie taxiert, soviel kostet sie dann auch.«

»Du kennst ihn persönlich?«

Er schüttelte den Kopf. »Ich habe nur von ihm gehört. Er hat einen sehr guten Ruf. Ich glaube, er kommt aus dem Elsaß. Ist aber ein richtiger Franzose.«

»Wo sitzt er?«

»In Paris. Im Faubourg St. Honoré. Bestimmt schon seit Jahrzehnten.«

»Und im Moment ist er in Rom?«

»Das behauptet jedenfalls der Dekan, mit dem ich mich unterhalten habe. Er sagt, dass Burckhardt zu Menzies in die Kirche gegangen und prompt mit ihm aneinander geraten ist. Wie schon einmal, vor ein paar Jahren, wegen irgendwelcher Lösungsmittel.«

Flavia aß einen Löffel Suppe. »Ein Ikonenhändler sucht das Kloster San Giovanni auf. Kurz darauf fasst man dort den Beschluss, dass der Orden nichts aus seinem Besitz verkaufen will. Und dann wird die Ikone gestohlen. Was schließt du daraus?«

»Dass du den Caravaggio vergessen und dein Augenmerk auf orthodoxe Sachen richten solltest. Und frag doch Menzies, warum er kein Wort darüber verloren hat. Und nimm dir Peter Burckhardts Gepäck vor. Der Mann ist allerdings *sehr* seriös. Was nicht ausschließt, dass er schon mal über die zweifelhafte Vergangenheit eines Bildes hinwegsieht. Das geht fast nicht anders. Man kommt praktisch nur an Ikonen ran, die nicht ganz koscher sind. Aber dass er selber was stehlen könnte …«

Flavia nickte gedankenverloren. »Ich frage mich, ob er Mary Verney kennt.«

»Er will es kaufen, bekommt es nicht, weicht auf andere Methoden aus?«

»Ja, ungefähr so.«

»Hast du nicht gesagt, dass gar niemand Interesse an dem Bild angemeldet hat?«

»Doch. Zu dumm. Ich sollte diesen Burckhard wohl trotzdem ausfindig machen. Und außerdem habe ich dann wenigstens etwas zu tun. Danke, Jonathan.«

»Gern geschehen. Ich möchte doch nicht, dass du dich langweilst. Seit ihr sonst irgendwie weitergekommen?«

»O ja«, sagte sie mit einem breiten Lächeln. »Weil Alberto hartnäckig nachgehakt hat, wissen wir schon, wer zugeschlagen hat. Die Täterin ist aber leider flüchtig.«

Alberto erwiderte ihr Lächeln ein wenig säuerlich.

»Gratuliere!«, rief Argyll. »Wer ist es gewesen?«

»Die Jungfrau Maria. Wir haben eine Zeugin.«

»Wie bitte?«

Flavia schilderte ihm den Hergang. Argyll verzog keine Miene und schüttelte nur ernst den Kopf.

»Das klingt überhaupt nicht überzeugend. Ich meine, so was sieht man eigentlich immer am Gesicht. Und unsere Gottesmutter hat doch kein brutales Gesicht! Ich habe den dringenden Verdacht, da soll jemandem ein Verbrechen angehängt werden.«

»Ach? Meinst du wirklich?«

»O ja. Sag mal, habt ihr schon herausgefunden, warum Pater Xavier in der Kirche gewesen ist?«

»Hat man als Priester dafür nicht immer einen guten Grund? Vielleicht hat er um Erleuchtung gebetet. Der Orden geht stürmischen Zeiten entgegen. Vielleicht hat ihn aber auch meine Warnung vor einem Einbruch dermaßen erschreckt, dass er Nachtwache gehalten hat.«

»Und Mary Verney?«

»Kommt natürlich schon als Täterin in Betracht. Aber ein wuchtiger Schlag auf den Kopf, das scheint mir nicht zu ihr zu passen. Ich kann mich aber auch täuschen. Wir werden sie herbeordern und uns von ihr erklären lassen, was sie inzwischen so getrieben hat. Und was hast du jetzt vor?«

»Ich mache mich wieder an die Arbeit.«

»Könntest du nicht noch schnell einkaufen? Ich komme bestimmt nicht dazu.«

»Versprichst du mir, dass du dann auch isst, was ich koche?«

»Versprochen.«

»Okay. Du darfst nur nichts Kompliziertes von mir erwarten.«

8

Mary Verney sah sich in den Stunden bis zum Mittagessen Gemälde an, um nach einem erschreckenden Morgen wieder ruhig zu werden. Seit sie eigentlich keine mehr stahl, hatte sie ihre Liebe zu Gemälden entdeckt, musste allerdings feststellen, dass sich alte Angewohnheiten nicht so leicht ablegen ließen. Sah sie ein besonders schönes Bild – wie den Fra Angelico, vor dem sie gerade stand –, musste sie sich schon sehr zusammennehmen, um nicht doch darauf zu achten, wo elektrische Leitungen liefen und wie die Fenster gesichert waren. Aber da schon drei – nein, schon fast vier Jahre vergangen waren, seit sie zum letzten Mal einen Auftrag ausgeführt hatte, waren solche Überlegungen ziemlich abstrakt geworden. Sie hatte nicht das geringste Bedürfnis, wieder berufstätig zu werden, denn sie wusste den Ruhestand zu schätzen und hatte immer schon etwas gegen all diese dummen Leute gehabt – Diebe und Fußballer, Politiker und Boxer –, die sich der Erkenntnis verschlossen, dass auch sie der Zeit unterworfen waren und einfach nicht glauben konnten, dass es auch ohne sie weiterging. Die alten Narren waren eben die schlimmsten. Und Mary Verney war noch nie eine Närrin gewesen.

Aber vielleicht wurde sie jetzt doch allmählich eine. Sie hatte die ganze Nacht nicht geschlafen, was sie sich allerdings damit erklärte, dass in den nächsten Tagen höchste Vorsicht geboten war. Sie musste das Kloster San Giovanni erkunden und durfte dabei auf keinen Fall gesehen werden.

So ging sie schon um sechs Uhr früh durch den Hinterausgang des Hotels, nicht etwa, weil sie ja sowieso nicht schlafen konnte, sondern weil sie sich sagte, dass sie wohl kaum rund um die Uhr beschattet wurde und dass es ihr, solange die Straßen noch fast menschenleer waren, wahrscheinlich auffallen würde, falls ihr doch jemand folgte.

Sie musste allerdings zu Fuß gehen, denn es fuhren noch nicht viele Busse, und sie wollte kein Taxi nehmen. Und es war ja eigentlich ein schöner Spaziergang, der ihr bei anderer Gelegenheit großes Vergnügen gemacht hätte; allerdings stand ihr im Moment der Sinn nicht nach der Morgendämmerung über dem Forum und dem heller werdenden Himmel über dem dunklen Palatin. Es wurde wohl wieder ein richtig schöner Tag, aber das interessierte sie jetzt nicht. Sie hatte zu tun. Eine knifflige Aufgabe stand ihr heute allerdings noch nicht bevor. Sie wollte lediglich die Türschlösser begutachten und die Umgebung des Klosters erkunden, um sich einen ersten Überblick zu verschaffen bei ihrer Vorbereitung auf die nächste Woche, in der sie dann irgendwann in Aktion treten musste.

Und so ging sie langsam die Straße hinauf, die zum Kloster führte, achtete auf die Entfernungen zwischen den Kreuzungen und prägte sich ein, bei welchen Querstraßen es sich um Einbahnstraßen oder Sackgassen handelte und auf welchen man auf eine Hauptstraße gelangte. Weiter oben sah sie einen Müllwagen, und auch das prägte sie sich ein, um zu überprüfen, ob die Müllabfuhr immer um diese Zeit kam. Und dann das Kloster selbst, die hohen Mauern, das Tor mit dem soliden Schloss. Auf die schmale Gasse, die hinter dem Kloster entlanglief, blickten nur ein paar kleine Fenster, mit dicken Gitterstäben davor. Einbrecher waren offenbar nichts Neues in Rom. Und auch schon im 16. Jahrhundert hatte man sich gegen sie zu schützen versucht. Nicht mit Alarmanlagen und Überwachungskameras, aber dennoch ziemlich effektiv. Mit sportlichem Einsatz kam sie jedenfalls nicht an das Bild für diesen widerwärtigen Menschen heran. Was ihr auch ganz recht war. Sie hielt nicht viel von solchen Methoden und blieb lieber bei ihrem ursprünglichen Plan.

Als sie sich wieder auf den Weg zur Hauptstraße machte und ein letztes Mal am Kloster vorbeiging, kam ihr ein Mann entgegen. Sie verschwand in einem Hauseingang. Zum Glück war sie nicht auf der gleichen Straßenseite gegangen, sonst hätte er sie vielleicht gesehen. Was auch nicht weiter schlimm gewesen wäre, er wusste ja nicht, wer sie war.

Seine Kleidung war betont unauffällig, aber er ging sehr hastig und drückte eine Umhängetasche aus braunem Segeltuch fest an seine rechte Seite. Mary Verney beobachtete ihn zuerst nur neugierig, dann aber mit wachsender Sorge, weil er schnurstracks die Stufen zum Hauptportal hinaufstieg, die Tür öffnete und die Kirche betrat.

Er war offensichtlich nicht zufällig vorbeigekommen und hatte genau gewusst, dass die Tür offen sein würde. Dabei müsste die Kirche doch sicher abgeschlossen sein. Wer ließ denn heute noch die Tür über Nacht offen? Mary Verney bekam Angst. Sie hatte das Gefühl, dass etwas aus dem Ruder lief, wodurch alle ihre Planungen hinfällig werden könnten. Und dann würde Mikis seine Drohung wahrmachen. Er würde ihre Enkelin nicht schonen, da machte sie sich keine Illusionen, dazu kannte sie ihn zu gut. Schnell ging sie über die Straße und die Stufen hinauf, hatte aber keine Ahnung, was sie machen sollte, wenn sie in der Kirche war. Kurz bevor sie die Tür erreichte, kam der Mann wieder heraus und lief die Treppe hinunter, so blass und nervös, als hätte ihn etwas zu Tode erschreckt. Er stolperte und ließ seine Tasche fallen, sie landete mit einem weichen Aufprall auf dem harten Stein. Er hob sie auf, drückte sie an sich und hastete davon, die Straße entlang.

Sie stand einen Augenblick unschlüssig da, dann ging sie schnell in die Kirche und sah sich um. Nach ein paar Sekunden, als ihre Augen sich an die Dunkelheit gewöhnt hatten, sah sie jemand auf dem Boden liegen. Es war ein alter Mann, ein Priester. Er hatte eine schlimme Wunde am Kopf, aus der Blut tropfte.

Er war bei Bewusstsein, aber sehr benommen. Sie kniete sich neben ihn hin. »Wie ist das passiert?«

Er stöhnte leise und versuchte den Kopf zu schütteln. Sie legte ihm ganz sachte die Hände um das Gesicht, damit er sich nicht bewegte. »Was ist denn passiert?«

»Das Bild … Er …«

»Wer? Von wem sprechen Sie?«

»Burckhardt. Er wird es …«

Dann verlor er das Bewusstsein.

»Ganz ruhig liegen bleiben«, sagte sie leise, während sie seine Kleidung lockerte und die Blutung zu stillen versuchte. »Das wird schon wieder. Ich werde dafür sorgen.«

Sonst konnte sie im Moment nichts für ihn tun. Sie blickte auf, sah den leeren Rahmen der Ikone und lief hinaus. Sie fürchtete, dass der Mann ihr entwischt war, aber nach ein paar Minuten erspähte sie ihn, über einen Stadtplan gebeugt.

Gottseidank ist die römische Straßenführung so vertrackt, dachte sie und hielt sich etwa hundert Meter hinter ihm.

Na, kleiner Mann, ging es ihr durch den Kopf. Ganz schön nervös, was? Überleg doch nicht so lange. Wohin willst du denn?«

Er setzte sich in Bewegung, lief durch die Via Albina und den kleinen Park zu der Pyramide und zur Porta San Paolo. Dort schaute er noch einmal in seinen Stadtplan, dann ging er über den Platz und in den kleinen Bahnhof. Während Mary ihm in einiger Entfernung folgte, wurde ihr endlich klar, wen sie vor sich hatte. Niemand anders als Burckhardt. Rührei und Schinken. Ikonen und Burckhardt.

Jetzt überlegte er es sich doch wieder anders, kam zur Tür heraus, ging um das Gebäude herum und steuerte einen anderen Bahnhof, den Stazione Ostiense an, aus dessen trostlosem Ausgang sich die ersten Pendlerströme des Tages auf die Straße ergossen. Diesmal schien er sich sicher zu sein. Er betrat den Bahnhof und ging sofort zu den Schließfächern hinüber, kramte in den Taschen nach Münzen und schob seine Tasche in ein Fach, schloss die Klappe, zog den Schlüssel ab und steckte ihn in die Tasche.

Dann ging er zu einem Taxi, und sie ließ ihn davonfahren. Wozu hätte sie ihm noch folgen sollen? Aber vielleicht wäre es besser, sicherheitshalber noch eine halbe Stunde zu warten. Sie überquerte die Straße und betrat eine Kaffeebar. Und zuerst erfüllte sie jetzt eine kleine humanitäre Aufgabe. Sie verständigte die Ambulanz. Natürlich nicht die Polizei und schon gar nicht die Abteilung Kunstraub. In einem möglichst originalgetreuen römischen Tonfall meldete sie einen Unfall in der Klosterkirche San Giovanni und legte auf, bevor man ihr Fragen stellen konnte. Zwanzig vor acht. Jetzt konnte sie sich ruhigen Gewissens einen großen Cappuccino und etwas Gebäck gönnen. Sie war sicher, dass die Lösung all ihrer Probleme in der Tasche im Schließfach lag. Vielleicht konnte sie am Nachmittag schon nach Hause fliegen.

Um zehn nach acht ging sie zum Bahnhof hinüber und direkt ins Büro des Stationsvorstehers.

»Bon jorno«, sagte sie mit einem möglichst scheußlichen Akzent. »Uno problemo, sehr schwierig, Sie verstehen?« Und dazu grinste sie richtig dämlich.

Der Beamte, der sich des öfteren mit der Blödheit von Touristen konfrontiert sah, seufzte tief und lächelte höflich. Er hatte richtig gute Laune. Nur noch eine Schicht und dann ab in den Urlaub. Einen ganz besonderen Urlaub, auf den er sich schon das ganze Jahr vorbereitete. Eine einmalige Sache. Er konnte es kaum noch erwarten.

»Ja?«

»Gepäck? Schließfach. Hmm … Consigno? Schlüssel weg.« Sie drehte einen imaginären Schlüssel in einem imaginären Schloss. »Großes Problem«, sagte sie zuckersüß.

Der Mann runzelte die Stirn, aber sie plapperte einfach weiter. Er versuchte aus dem Unsinn, den sie von sich gab, schlau zu werden; sie musste aufpassen, dass sie die italienischen Wörter, die sich ihr aufdrängten, nicht gebrauchte.

»Ah! Sie haben den Schlüssel zu ihrem Schließfach verloren, ja?«

Sie nickte ganz begeistert, schrieb eine Nummer auf ein Blatt Papier und hielt es ihm hin. »C 37«, sagte sie.

»Was ist in dem Schließfach? Das müssen Sie mir schon sagen. Wie soll ich sonst wissen, dass es Ihnen gehört?«

Sie gab sich begriffsstutzig und fuchtelte nervös mit einem Schein herum, der eine gewisse Ähnlichkeit mit einem Flugticket hatte, um den Eindruck zu erwecken, dass die Zeit drängte, weil sie sonst ihr Flugzeug versäumen würde. Dann tat sie so, als sei der Groschen endlich gefallen und machte ein erzürntes Gesicht, weil er doch tatsächlich ihre Ehrlichkeit in Zweifel zog.

»Eine Tasche«, sagte sie. »Beutel? Sack?«

»Sacco, si.«

»Hübsch. Hellbraun. Zum Umhängen. Mit Reißverschluss.«

Und dann redete sie so schnell, dass er garantiert kein Wort verstand, und zählte einfach alle möglichen Sachen auf, die man in einer Reisetasche haben konnte, bis er abwehrend die Hände hob. »Okay«, sagte er. »Okay.«

Er öffnete eine Schublade, holte einen Schlüssel heraus und ging mit ihr über den Vorplatz. Sie zeigte ihm das Schließfach, und er schloss es auf.

»Das hätten wir«, sagte sie freudestrahlend und nahm die Tasche an sich. »Herzlichen Dank, Signor. Sehr liebenswürdig von Ihnen.« Aus lauter Dankbarkeit schüttelte sie ihm die Hand sehr heftig.

»Niente«, sagte er. »Beim nächsten Mal besser aufpassen, ja?« Eigentlich hätte er jetzt einen Bericht schreiben müssen, aber heute sah er alles so gelassen, dass er sich nicht dazu aufraffen konnte. Dass jemand einen neuen Schlüssel besorgte, musste er natürlich schon veranlassen. Aber das konnte warten. Im Moment hatte er zuviel zu tun.

Mary Verney ging auf die Toilette, schloss sich in eine Kabine ein und stellte sich die Tasche auf die Knie. Jetzt war sie am Ziel. Gottseidank. Richtig gut ausgepolstert, die Tasche, dachte sie und zog mit pochendem Herzen den Reißverschluss auf.

Dann riss sie entsetzt die Augen auf und kapierte gar nichts mehr. Keine Ikone. Aber Geld. Ein Haufen Geld. Was sollte sie denn damit?

Verdammt, dachte sie. Wo zum Teufel ist dann die Ikone?

Deutsche Mark. Bündel mit großen Scheinen, Bündel mit kleinen Scheinen, um jedes ein Gummiband. Sie begann rasch zu zählen. Wohl so in etwa 400 000 DM. Sie zog den Reißverschluss wieder zu und blieb einfach sitzen.

Das ergab doch überhaupt keinen Sinn.

Aber eins nach dem anderen. Erst mal diese Tasche loswerden. Sie verließ die Toilette und ging zu den Bahnsteigen. Nach ein paar Minuten fuhr ein völlig überfüllter Pendlerzug ein, und sie quetschte sich hinein. Sie konnte sicher sein, dass kein Schaffner, der bei klarem Verstand war, die Fahrkarten kontrollieren würde, zumal die Fahrt bis zur Endstation nur noch fünf Minuten dauerte. Sie stand in dem Wagen und drückte – fast so nervös wie Burckhardt – die Tasche an sich, bis der Zug in den Hauptbahnhof rumpelte und sie zusammen mit einigen hundert anderen Fahrgästen ins Freie beförderte.

Sie machte es wie Burckhardt und verstaute die Tasche in einem Schließfach; dann rief sie bei Mikis im Hotel an. Es brauchte allerdings ziemlich lange, bis sie ihn wachgeklingelt hatte. Rasch sagte sie: »Wir haben ein großes Problem. Die Ikone ist verschwunden. Jemand hat sich Zugang zur Kirche verschafft, einen alten Priester halb totgeschlagen und das Bild gestohlen. ... Keine Ahnung ... Nein, ich weiß nicht, wer es gewesen sein könnte. Ich weiß nur, dass auch Burckhardt dort gewesen ist. Sie kennen ihn nicht zufällig ...? Doch, genau, der französische Ikonenhändler. Der ist sicher auch hinter der Ikone her, aber ich glaube kaum, dass er den Priester niedergeschlagen hat. Hinterher hat er etwas in einem Schließfach verstaut. Im Stazione Ostiense. C 37 ... Ich denk ja gar nicht dran! Ich treibe mich doch nicht den ganzen Tag in einem Bahnhof herum. Fragen Sie ihn doch! Sogar Sie müssten herauskriegen, in welchem Hotel er abgestiegen ist. Oder sie erkundigen sich ganz einfach in den Galleries Burckhardt in Paris. Ich kann jedenfalls kein Bild stehlen, das schon jemand anders gestohlen hat. Wir sollten uns heute noch treffen, aber ich weiß wirklich nicht, was ich noch tun könnte.«

Vielleicht gibt er sich damit zufrieden, dachte sie. Nicht einmal Mikis kann von mir ein Wunder erwarten.

Dann ging sie zu ihrem Hotel, schlüpfte durch den Hintereingang und kam schon nach zehn Minuten wieder aus ihrem Zimmer.

Sehr gut habe sie geschlafen, sagte sie dem Kellner, der ihr das Frühstück servierte. Das müsse an der römischen Luft liegen. Und heute würde sie wohl in ein Museum gehen. Ob er ihr vielleicht eines empfehlen könnte?

9

Als Argyll zum Einkaufen auf den Markt gegangen und Alberto zu seinem Papierkram zurückgekehrt war – würde mich gern nützlich machen, aber Sie wissen ja, das Monatsende, Sie kommen bis morgen doch sicher ohne mich zurecht? – machte sich Flavia an die Arbeit und hinterließ die Nachricht, dass Giulia, falls sie doch noch aus der Mittagspause zurückkäme, nachkommen sollte. Es war alles andere als aufregend, an eine Tür nach der anderen zu klopfen und immer die gleiche Frage zu stellen, aber es musste nun einmal sein. Als Giulia endlich eintraf, ließ Flavia sie am einen Ende der Straße anfangen und fing selber am anderen Ende an, und so arbeiteten sie sich systematisch durch die Häuserblocks, Stockwerk für Stockwerk und Wohnung für Wohnung, bis sie sich in der Mitte trafen.

»Haben Sie heute Morgen, ungefähr um fünf Uhr, irgendetwas gesehen oder gehört?«

»Nein, natürlich nicht, da habe ich geschlafen.«

»Nein. Mein Schlafzimmer liegt nach hinten raus.«

»Wie bitte? Sie müssen lauter sprechen. Ich höre nicht so gut.«

»Das Einzige, was ich da gehört habe, das war die Müllabfuhr. Diese Leute machen absichtlich Krach, um friedliche Bürger aus dem Schlaf zu reißen.«

»Wofür halten Sie mich? Für einen Spanner?«

»Was wollen Sie? Ich habe keine Zeit. Das Baby hat gerade das ganze Essen auf den Boden gespuckt.«

Und so weiter und so fort. Anscheinend wohnte in der ganzen Straße nicht ein neugieriger Mensch, der in einem Schlafzimmer zur Straße hin wachgelegen hatte.

»Tun mir die Füße weh!«, schimpfte Flavia, als sie am Abend nach Hause kam. »So eine Zeitverschwendung!« Aber immerhin hatte sie es rechtzeitig zum Essen geschafft, worauf sie schon ein bisschen stolz war. Sie zog die Schuhe aus und bewegte die Zehen, um ihm zu zeigen, wie ihre Füße gelitten hatten. Er fand allerdings nichts an ihren Füßen auszusetzen.

»Du brauchst eben doch einen ruhigen Bürojob.«

»Ich brauche jetzt einen Gin. Kennst du dich mit Ikonen aus?«

Argyll schraubte den Verschluß von der Flasche. »Nein.«

»Irgendwas wirst du doch wissen.«

»Nein. Überhaupt nichts. Das ist ein ziemlich abgelegenes Spezialgebiet. Ich gebe es ungern zu, aber ich könnte dir nicht einmal sagen, ob eine Ikone aus dem Mittelalter oder aus der Neuzeit stammt.

»Hast du nie eine verkauft?«

»Nein, natürlich nicht. Es ist schon schwer genug, mit Kunst etwas zu verdienen, von der man einiges versteht. Und in den letzten Jahren haben Ikonen sowieso nichts eingebracht. Jetzt hat sich der Markt wieder erholt, weil in der ehemaligen Sowjetunion praktisch alles abgeräumt ist.«

»Was hat das damit zu tun?«

»Angebot und Nachfrage. Schon ein paar Monate

nach der Öffnung des Ostblocks waren in Russland fast alle Ikonen gestohlen. Und dann wurden die Händler im Westen dermaßen damit überschwemmt, dass man fast nichts mehr dafür bekam. Nicht einmal für besonders schöne Stücke, um die sich vor zehn Jahren noch die führenden Museen gerissen hätten.«

»Und wie viel zahlt man jetzt?«

»Kommt auf die Qualität an.«

»Ein besonders schönes Stück? Was könnte das einbringen?«

»Der höchste Kaufpreis, von dem ich gehört habe, war eine Viertelmillion Dollar.«

»Ah. Und die Ikone aus dem Kloster? Könnte die auch so viel einbringen?«

»Kann ich dir nicht sagen. Aber ich bezweifle es doch sehr. Sie kam mir ein bisschen trist vor.«

»Trist?«

»Vernachlässigt. Lieblos behandelt. Keine Ikone, um die sich die Händler reißen würden. Ich habe ihr eine Kerze gestiftet.«

Flavia gähnte herzhaft. Jonathans Ansichten waren oft ein wenig eigenwillig, aber er hatte ein gutes Gespür für Gemälde, ein viel besseres als sie. In Gemälde konnte er sich so gut einfühlen, wie es ihm bei Menschen selten gelang.

»Eine Kerze?«, fragte sie mit schläfriger Stimme. »Warum?«

»Irgendwie habe ich es für richtig gehalten. Und sie hat sich ja auch bedankt.«

»Wie bitte?«

»Natürlich nicht selber. Aber die Putzfrau hat sich an ihrer Stelle bei mir bedankt.«

»Aha. Und warum hat sie auf dich vernachlässigt gewirkt?«

»Na ja, vor ihr standen Hunderte von Kerzenhaltern und um sie herum war viel Platz für Leute, die zu ihr beten wollen, aber es war überhaupt niemand da, und es brannte keine einzige Kerze. Das hat schon ziemlich trostlos gewirkt. Offensichtlich wurde ihr früher mehr Beachtung geschenkt. Wird wohl an dieser Legende gelegen haben.«

»Du könntest mir einen Gefallen tun und ein bisschen mehr über diese Geschichte in Erfahrung bringen.«

»Du hast schon davon gehört?«

»Vom Engel, der die Ikone gebracht hat?«

»Genau, das ist die Geschichte, die ich meine.«

»Aber ich muss sagen, dass sie mich nicht restlos überzeugt hat, auch wenn du mich jetzt vielleicht für allzu nüchtern hältst. Wann sollen denn die Engel die Ikone gebracht haben?«

»*Der* Engel«, sagte Argyll. »Es war nur einer.«

»Oh, Pardon.«

»Ich kann ja mal ein bisschen recherchieren. Und wenn ich nicht weiterkomme, frage ich unseren Mann für orthodoxe und islamische Kunst.«

»Der kennt sich mit Ikonen aus?«

»Er hat jedenfalls viel darüber geschrieben. Bist du heute weitergekommen?«

Flavia winkte ab und gähnte schon wieder. »Reden wir nicht davon. Der reine Frust. Ich weiß jetzt, in welchem Hotel Burckhardt ein Zimmer genommen hat, aber da lässt er sich nicht blicken. Au Mann!«

»Was hast du denn?«

»Einer von all diesen Leuten heute Nachmittag hat gesagt, dass er am frühen Morgen die Müllabfuhr gehört hat.«

»Na und?«

»Dann könnte doch den Müllmännern etwas aufgefallen sein. Ich muss wohl morgen früh zum städtischen Fuhrpark gehen und mich zu dem Team durchfragen, das in der Via San Giovanni gearbeitet hat. Sehr früh, fürchte ich.«

»Dann gehst du wohl besser früh schlafen.«

Flavia gab keine Antwort. Sie war schon auf dem Weg ins Schlafzimmer und hörte vor lauter Gähnen gar nicht, was er sagte. Nur zehn Minuten hatten sie sich unterhalten. Ein kurzer gemeinsamer Abend.

10

Auf dem trostlosen Parkplatz am Stadtrand von Rom, auf dem der Fuhrpark der Müllabfuhr stand, versammelten sich jeden Tag in der Morgendämmerung mehrere hundert Männer, bevor sie sich an die endlose und einigermaßen frustrierende Aufgabe machten, die Stadt halbwegs sauber zu halten. Jeden Tag fuhren sie in einer Abgaswolke davon und kehrten nach vielen Stunden zurück, eingehüllt in Staub und den Geruch nach verfaulendem Gemüse, ächzend unter der Last des Mülls. Und jeden Tag blieben ihnen, wenn sie sich ihrer übelriechenden Fracht entledigt hatten, nur ein paar Stunden, in denen sie sich erholen und wieder zu Kräften kommen konnten, bis es erneut losging. So war es schon vor der Zeit des Kaisers Augustus gewesen und so würde es bleiben bis zum Jüngsten Tag. Vielleicht auch noch darüber hinaus.

Der Parkplatz war spärlich beleuchtet, die meisten Lampen waren kaputt. Flavia sah schemenhafte Gestalten in Grüppchen zusammenstehen wie Panzerbesatzungen vor der Schlacht. Man unterhielt sich zwanglos und rauchte, trank auch ab und zu einen Schluck Alkohol zur Stärkung gegen die Mächte des Chaos. Sie wandte sich an einen Mann, der so aussah, als könnte er ein Vorgesetzter sein. Ein wortkarger

Mensch. Er warf einen Blick auf ihre Dienstmarke, dann zeigte er auf ein kleines, schmuddeliges Lokal, das sich auf der anderen Straßenseite direkt gegenüber vom Parkplatz befand und wohl ausschließlich von den Müllmännern lebte.

Flavia ging in das Lokal, in dem sich die Männer in ihren blauen Overalls um den Tresen drängten, und fragte auf gut Glück einen von ihnen: »Aventino Nummer drei?«

Wieder zeigte man ihr nur mit dem Finger die richtige Richtung. Nicht sehr mitteilsam, diese Leute, aber wer war das schon um diese Tageszeit?

Sie landete bei einem schmächtigen Mann, der aussah, als könnte er kaum eine Einkaufstüte tragen und wäre mit den riesigen römischen Mülltonnen hoffnungslos überfordert.

»Aventino Nummer drei?«

Er verneinte ihre Frage nicht.

»Sind Sie gestern bei ihrer Tour auch durch die Via San Giovanni gekommen?«

Er schaute sie misstrauisch an. Vermutlich dachte er, sie sei eine Aufsichtsbeamtin und wollte ihn mit der Beschwerde eines Anwohners konfrontieren, dem sie zu viel Krach gemacht oder zu viel Abfall am Straßenrand hatten stehen lassen.

»Schon möglich«, sagte er.

Sie zückte erneut ihre Dienstmarke. »Da ist ein brutaler Raub verübt worden, wahrscheinlich vor sieben Uhr.«

»Ach ja?«

»Im Kloster. Der Superior hat einen Schädelbruch.«

»Oh.«

»Man hat ein Gemälde gestohlen. Ist Ihnen da irgendwas aufgefallen?«

Er legte die runzlige Stirn in tiefe Falten und dachte nach. Dann schien ihm eine Erleuchtung zu kommen.

»Nein«, sagte er.

»Sind Sie sicher?«, fragte Flavia. »Sie haben wirklich niemand gesehen und nichts gehört?«

Er schüttelte den Kopf und ging zum Tresen. Und Flavia fluchte leise vor sich hin. Sie hätte ruhig im Bett bleiben können. Dann musste sie gähnen und verspürte eine leichte Übelkeit. Kein Wunder. Zu früh aus den Federn, Kaffee auf nüchternen Magen und in der Nase den schwachen Geruch nach vergammeltem Gemüse, der allen hier an den Kleidern haftete. Nein, das war keine leichte Übelkeit. Ihr war richtig schlecht.

»Giacomo hat das gemacht.«

Der schmächtige Mann war wieder da und hatte einen vierschrötigen Kollegen mitgebracht.

»Wie?«

»Giacomo ist an dem Ende der Straße gewesen, wo das Kloster liegt.«

Obwohl ihr Magen rebellierte, gelang ihr ein Lächeln. Giacomo reagierte mit einem nervösen Grinsen und ließ die Nikotinflecken an seinen Zähnen sehen. Aus seinem Mund kam ein Geruch nach Alkohol und Nikotin und etwas Fauligem. Hoffentlich hielt sie noch so lange durch, bis sie mit der Befragung fertig war.

»Was ist Ihnen da aufgefallen?«

»Eigentlich gar nichts.« Er sprach langsam und hörte sich einfältig an.

»Keine ungewöhnlichen Geräusche?«

Nach jeder Frage, die sie stellte, hob Giacomo den Blick zur Decke und dachte angestrengt nach. Nun mach schon, dachte sie. Das ist doch keine knifflige Rechenaufgabe.

»Nein«, sagte er und schüttelte ganz langsam den Kopf.

»Haben Sie jemand am Kloster gesehen?«

»Nein.«

Reine Zeitverschwendung, dachte sie.

»Aber aus der Kirche ist ein Mann rausgekommen.«

Sie sah ihn überrascht an. »Wann war das?«

»Weiß ich auch nicht so genau. Ungefähr um halb sieben? Nein, das kann nicht sein ... muss früher gewesen sein. Wir haben nämlich danach erst angehalten und Pause gemacht. Und wir machen immer um halb sieben Pause.«

»Wie schön«, sagte Flavia mit geheuchelter Herzlichkeit. »Erzählen Sie mir doch, was Sie beobachtet haben.«

»Dass dieser Mann aus der Kirche gekommen ist.«

»Und?«

»Sonst nichts. Mir ist das bloß aufgefallen, weil die Tür sonst immer abgeschlossen ist. Hoppla, habe ich gedacht, die Tür ist ja offen.«

»Ah«, sagte sie geduldig. »Sagen Sie, hatte dieser Mann vielleicht irgendwas bei sich? Was Eingepacktes?«

Er schüttelte sehr bedächtig den Kopf und dachte dann doch noch einmal nach. »Nein«, sagte er schließlich.

»Sind Sie sicher?«

»Ja. Er hat bloß eine Tasche dabeigehabt.«

»Eine Tasche?«

»Ja.« Er zeigte ihr mit den Händen, wie groß sie ungefähr gewesen war. »Mir ist das bloß aufgefallen, weil sie ihm auf den Boden gefallen ist.«

»Hat es da einen Schlag getan? Ist er erschrocken, weil ihm die Tasche runtergefallen ist?«

Er schüttelte den Kopf. »Er hat sie einfach wieder aufgehoben und umgehängt und ist schnell davongegangen.«

»Er hatte es eilig?«

»O ja. Deshalb ist es mir ja aufgefallen. Das heißt, *auch* deshalb und nicht bloß, weil die Tür offen war. Er ist die Treppe runtergerannt, und dann ist ihm die Tasche auf den Boden gefallen und dann ist er ganz schnell davongegangen.«

»Wie hat der Mann ausgesehen?« Flavia legte Nachdruck auf diese Frage, weil sie auf die Antwort gespannt war, aber auch weil sie wusste, dass ihr Magen nicht mehr lange durchhalten würde.

Er lieferte eine ganz passable Beschreibung eines kleinen Mannes mit gutmütigem Gesicht. Flavia zog die Fotos aus der Tasche, die Giulia gemacht hatte, als man sie das Kloster observieren ließ, und gab Giacomo das Bild, auf dem sich Menzies von einem Mann, den er hinausbegleitet hatte, freundlich verabschiedete. Jedenfalls sah es so aus.

Giacomo saugte an seinem Gebiss und sah sich das Foto ganz genau an. »Ja«, sagte er. »Das ist er.«

»Sind Sie sicher? Der da? Auf der rechten Seite? Den haben Sie gestern Morgen aus der Kirche kommen sehen?«

Er nickte stumm. Sie bedankte sich bei ihm, um sich dann gleich zum Gehen zu wenden, weil ihr Magen nun wirklich gegen den Geruch in der Bar rebellierte, sagte ihm aber noch, er müsse irgendwann aufs Präsidium kommen und seine Aussage zu Protokoll geben. Er sah sie enttäuscht an.

»Tut mir Leid, aber es muss sein«, sagte sie geduldig.

»Das geht in Ordnung. Ich habe mir nur gerade überlegt, ob die Frau sie nicht auch interessieren würde.«

»Welche Frau?«

»Nach dem Mann ist auch noch eine Frau in die Kirche reingegangen.«

»Oh«, sagte sie. »Doch, ich glaube schon, dass mich das auch interessiert.«

Alles in allem ziemlich überzeugend, dachte Flavia mit einer gewissen Befriedigung, in die sich eine seltsame Enttäuschung mischte. Der Müllmann hatte eine ganz ordentliche Beschreibung von Mary Verney geliefert und könnte sie zweifellos identifizieren, wenn es nötig werden sollte.

Aber sie konnte sich keinen Reim darauf machen, was da vorgegangen war. Das wurde ihr umso klarer, je länger sie darüber nachdachte. Jemand hatte die Kirche mit einer Tasche verlassen, die wohl gerade groß genug war für eine kleine Ikone. Und Mary Verney war mit leeren Händen wieder herausgekommen. Da war sich der Augenzeuge sicher. Sie hatte sich nur ein, zwei Minuten in der Kirche aufgehalten. Nicht lange genug, um Pater Xavier niederzuschlagen und das Bild aus dem Rahmen zu nehmen und irgendwo zu verstecken. Man würde die Kirche aber sicherheitshalber noch einmal durchsuchen müssen. Wahrscheinlich hatte Burckhardt das Bild gestohlen und auch den Pater niedergeschlagen, es konnte doch fast niemand anders gewesen sein.

Aber warum sollte er die Ikone stehlen? Weil er sie unbedingt haben wollte. Aber eigenhändig stehlen? So ein honoriger Herr? Sehr ungewöhnlich. Überhaupt noch nie da gewesen. Selbst der dümmste Händler holte sich für solche Sachen jemand anderen. Einen Spezialisten. Wie Mary Verney. Aber warum hatte er dann nicht gewartet, bis sie gekommen war? Und würde sich jemand wie Mrs. Verney darauf einlassen, dass ihr der Auftraggeber bei der Arbeit über die Schulter schaute?

Flavia war mit ihrer Weisheit am Ende. Sie mutete ihrem Magen noch mehr zu, noch eine Zigarette und noch einen Kaffee, starrte an die Decke, hoffte auf einen Geistesblitz.

Sie hatte aber keinen. Und dann rief auch schon Alberto an und es wurde wieder nichts daraus, dass sie sich endlich, wie sie es schon seit fünf Uhr früh vorhatte, eine halbe Stunde hinsetzen konnte, um etwas zu essen. Man habe einen Toten aus dem Tiber gezogen. Ob sie vorbeikommen und ihn sich ansehen wolle? Könnte sie interessieren.

»Warum?«, fragte sie. Tote aus dem Tiber waren nichts Neues.

»Der Mann heißt Burckhardt und seine Papiere weisen ihn als Kunsthändler aus Paris aus. Und da dachte ich mir …«

»Bin schon unterwegs.« Sie nahm ihre Jacke, versuchte ihren Magen zu beschwichtigen und rannte zur Tür hinaus.

11

Bei der Beseitigung der Leiche hatte man sich nicht viel Mühe gegeben; sie wäre früher oder später ganz von allein an die Oberfläche gekommen und ans Ufer getrieben, hätte sie nicht einer der alten, langsam arbeitenden Schwimmbagger erfasst und mit einem Greifer voll Schlick in den Schiffsbauch befördert.

Zum Glück hatte sie dort jemand entdeckt. Hätte sich nicht gerade ein Mann, der erst seit kurzem auf dem Schiff arbeitete und sich noch für die Abläufe interessierte, über das Geländer in den Laderaum gebeugt, wäre die Leiche wohl unter vielen Tonnen Schlick begraben und etwa vier Kilometer vor der Küste im Mittelmeer versenkt worden. Und wenn der Neue nicht der Sohn des Kapitäns gewesen wäre, hätte man, als er Alarm schlug, wohl gar nicht reagiert.

Es verdankte sich also einem reinen Zufall, dass man die Leiche so schnell gefunden hatte. Die Polizei sparte dadurch Zeit, die sonst für die Fahndung nach Burckhardt draufgegangen wäre, Zeit, die sie jetzt viel besser nutzen konnte, indem sie der Frage nachging, wer ihn ein paar Kilometer flussabwärts von Rom in den Kopf geschossen und ins Wasser gekippt hatte.

Und warum. Er trug nichts bei sich, was irgendwie weitergeholfen hätte, außer einem Adressbuch mit Hunderten von Anschriften und Telefonnummern. Die arme Giulia wurde dazu verdonnert, eine Nummer nach der anderen anzurufen, um verstreute Hinweise einzusammeln. Vorläufig hatte man nur die Leiche selber, aber sie gab nicht viel her. Sie ließ keine Rückschlüsse darauf zu, wann sie dorthin gekommen war und wer sie hingebracht hatte. Und daran würde sich wohl auch nichts ändern, sagte der Gerichtsmediziner missmutig. Nicht mal eine Kugel, da das Geschoss den Kopf glatt durchschlagen hatte.

»Heißt das nicht, dass aus nächster Nähe geschossen worden ist?«

»Kommt auf die Waffe an, nicht wahr? Aber wenn Sie hören wollen, was ich vermute …«

»Warum nicht?«

»Ich würde sagen: Kleine Pistole, ganz aus der Nähe abgefeuert. Weniger als ein Meter. Mehr kann ich dazu nicht sagen. Im Moment schon gar nicht.«

Mehr hatte sie auch nicht erwartet.

»Ach ja, das haben wir auch noch bei ihm gefunden«, sagte Alberto, als sie schon gehen wollte.

»Was?«

»Einen Schlüssel zu einem Schließfach«, sagte er und hielt ihr auf der flachen Hand ein Plastiktütchen hin. »Den hatte er in der Tasche.«

»Können Sie den erst mal mir überlassen?«

»Nur wenn Sie den Empfang quittieren und ihn auch wirklich zurückbringen.«

»Sind Sie immer so pedantisch genau?«

»Heutzutage kann man nicht vorsichtig genug sein. Haben Sie schon eine Idee?«

Sie schüttelte den Kopf. »Jedenfalls keine vernünftige. Und Sie?«

»Wir haben uns gedacht, wir lassen diesen Restaurator antanzen.«

»Menzies?«, fragte sie erstaunt.

»Die beiden sind doch verfeindet gewesen. Hatten sogar mal eine handgreifliche Auseinandersetzung. Sagt jedenfalls Ihr Freund. Und erst vor ein paar Tagen sind sie noch einmal aneinander geraten. Und Sie sagen doch immer, dass es bei den Restauratoren ziemlich brutal zugeht.«

»So brutal auch wieder nicht. Hätte man Burckhardt den Kopf abgerissen, wäre es bestimmt Menzies gewesen. Aber so?« Sie schüttelte den Kopf.

Alberto zuckte die Schultern. »Irgendwas muss geschehen. Und wenn Sie keinen besseren Vorschlag haben ...«

Flavia hatte keinen besseren Vorschlag. Sie unterschrieb den Beleg, steckte den Schlüssel ein und ging langsam davon.

Wenn man herausfinden wollte, woher ein Schlüssel kam, standen einem zwar bewährte Methoden zur Verfügung, aber es war ein mühseliges Verfahren und konnte selbst dann viel Zeit kosten, wenn man sich so gut wie sicher war, dass es sich um einen Schlüssel zu einem Schließfach handelte. Dennoch setzte Flavia die Maschinerie in Gang. Und dann überlegte sie sich in ihrem Büro, wie es vielleicht ein bisschen schneller gehen könnte.

Nehmen wir einfach mal an, dass es wichtig ist, dachte sie. Hoffen wir, dass etwas dabei herauskommt.

Sie breitete ihren alten, oft benutzten Stadtplan von

Rom auf dem Schreibtisch aus. Am meisten versprach sie sich vom Stazione Ostiense und seinem Zwillingsbahnhof, Ostia Lido, und von der U-Bahn-Station beim Colosseum, sofern es dort Schließfächer gab.

Zu viele Schlüssel, dachte sie und stellte sich, als sie den Taxistand erreichte, gleich ganz vorne in die Schlange. Die Römer nahmen es gelassen hin, die Touristen bedachten sie mit bösen Blicken. Schlüssel für ein Schließfach und Schlüssel für eine Kirchentür, dachte sie, als ihr Taxi sich in den Verkehr schob. Eine lästige Angelegenheit. Aber man konnte nie wissen. Vielleicht kam sie so ganz schnell ans Ziel.

Nicht an diesem Tag. Nicht mit diesem Schlüssel. Die U-Bahn-Station beim Colosseum – Fehlanzeige. Der Bahnhof Ostia Lido – Fehlanzeige. Und der Stazione Ostiense hielt nicht, was er versprach.

Dabei fing es hier sehr vielversprechend an. Es gab Schließfächer und nach kurzem Suchen fand sie ein Fach mit der Nummer C 37. Es war abgeschlossen. Ganz aufgeregt steckte sie den Schlüssel ins Schloss. Er passte und ließ sich drehen!

In dem Schließfach stand jedoch keine Reisetasche aus Segeltuch, sondern ein Koffer, übersät mit Aufklebern von amerikanischen Fluglinien. Sie holte ihn heraus, legte ihn auf den Boden und machte ihn auf.

Socken. Unterhosen. T-Shirts. Und ein Namensschildchen: Walter Matthews, 2238 Willow, Indianapolis 07143. USA.

Sehr verwirrend. Im Schneidersitz und mit gerunzelter Stirn saß sie vor dem Koffer und nahm gar nicht wahr, dass ständig Leute um sie herumgingen. Was hatte das zu bedeuten? Als sie die ganzen Sachen gerade wieder in den Koffer packen wollte, hörte sie hinter sich Schritte. Sie achtete gar nicht darauf, bis ein Triumphschrei ertönte und ein braun gebrannter muskulöser Arm sie in den Schwitzkasten nahm.

»Ha!«, rief Walter Matthews aus Indianapolis. »Auf frischer Tat ertappt!«

»Herrgott nochmal ...«

»Eine Diebin! Polizei!«

Sie wurden von schaulustigen Bahnreisenden umringt, und der empörte Tourist drückte sie auf den Boden, bis sich nach mehreren Minuten der Bahnhofsvorsteher blicken ließ und zwei zufällig vorbeikommende Polizisten Flavia sofort in Gewahrsam nehmen wollten.

»Hört mir doch mal zu ...«, sagte Flavia.

»Halten Sie den Mund. Sie sind verhaftet.«

»Ich bin *nicht* verhaftet.«

»Ach? Was Sie nicht sagen!«

Sie versuchte nach ihrer Dienstmarke zu langen, wurde aber gleich wieder an den Armen auf den Boden gedrückt.

»Herrgott! Ich bin eine Kollegin von euch! Lasst mich los, ihr Idioten!«

Sie rief es so energisch, dass die Polizisten stutzten und ihr Gelegenheit gaben, die Dienstmarke aus der Gesäßtasche zu ziehen. Sie sahen sie sich die Marke an, blickten auf einmal ganz verlegen drein und ließen Flavia los, worauf Walter Matthew mit einem Aufschrei der Empörung reagierte.

»Seien Sie still«, fuhr sie ihn an. Damit erhöhte sie zwar nicht Roms Ansehen im Ausland, aber im Moment war ihr das herzlich egal. »Nehmen Sie Ihren verdammten Koffer. Seien Sie froh, dass wir ihn nicht konfiszieren.«

Er verstand natürlich kein Wort, und als sie es ihm auf Englisch erklärte, war sie schon wieder ruhiger. Ein Verbrechen war geschehen. Ein Mord. Öffnung des Schließfachs im Rahmen der polizeilichen Ermittlungen. Kein Schaden entstanden. Vielen Dank für Ihr Verständnis. Und so weiter.

Das verstand nun wieder der Bahnhofsvorsteher nicht. Leider. Sonst wäre er vielleicht freundlicher gewesen und hätte sich nicht so zugeknöpft gezeigt.

Er könne ihr nichts Näheres sagen, er sei nur die Vertretung, der reguläre Bahnhofsvorsteher sei im Urlaub.

»Wo?«

»In Wien. Mit dem Eisenbahnerchor auf einer Tournee durch Österreich. Das Requiem von Verdi. Und ein paar Sachen von Palestrina. Signor Landini singt Tenor.«

»Wie schön. Aber wie kommt es eigentlich, dass zwei Schlüssel im Umlauf sind? Einen habe ich, einen hat dieser Amerikaner.«

Er zuckte mit den Schultern. Der eine war wohl verloren gegangen und durch den anderen ersetzt worden.

»Wann?«

»Müsste im Buch stehen«, antwortete er.

»Holen Sie es her.«

Er holte es lustlos, und Flavia prüfte es genau. Nichts.

»Der neue Schlüssel müsste irgendwann angefertigt worden sein. Wird darüber Buch geführt?«

»Es gibt für jedes Fach einen Ersatzschlüssel«, erklärte er ihr. »Die Leute verlieren ständig Schlüssel und machen ein schreckliches Trara.«

»Sie haben also keine Ahnung, wann der Ersatzschlüssel ausgegeben oder wann der Originalschlüssel verloren gegangen ist?«

»Nein.«

»Können Sie mir sagen, ob das der Originalschlüssel ist?« Sie gab ihm den Schlüssel aus Burckhardts Tasche. Der Bahnhofsvorsteher sah ihn sich an und nickte. Es war der Originalschlüssel. Das sah man an der Nummer. Sie ließ ihn sich wieder geben und blickte wohl so mutlos drein, dass er ihr endlich verzieh und zum Telefonhörer griff.

»Gepäckaufbewahrung? Hat Signor Landini in den letzten Tagen einen Ersatzschlüssel für ein Schließfach angefordert ...? Gestern? Welche Nummer ...? Schön ... Nein, nein, alles in Ordnung. Er hat es nur einzutragen vergessen. Wird wohl schon in Urlaubsstimmung gewesen sein. Er hat Ihnen nicht zufällig gesagt, wer den Schlüssel verloren hat ...? Nein? Hätte mich auch gewundert.« Er legte den Hörer auf.

»Es ist gestern gewesen«, sagte er.

»Gestern, ja, das habe ich verstanden, aber wann? Hat man Ihnen das nicht gesagt?«

»Nein. Signor Landini hat erst angerufen, bevor er gegangen ist.«

Burckhardts Hotelzimmer durfte nur mit einer amtlichen Genehmigung betreten werden, die erfahrungsgemäß stundenlang auf sich warten lassen würde. Wenn die Carabinieri nicht an den Ermittlungen beteiligt gewesen wären, hätte sich Flavia vielleicht mit einem Dietrich beholfen, aber die Carabinieri waren bei solchen Sachen äußerst pingelig. Früher war das nicht so gewesen, aber seit es all diese Untersuchungen und Beurteilungen gab, machten sie alles streng nach Vorschrift, um sich Scherereien zu ersparen. Und um den maßgeblichen Regierungsstellen vor Augen zu führen, dass man viel mehr Zeit und Geld brauchte, wenn man sich an die Vorschriften hielt.

Die Gerichtsmediziner sezierten die Leiche, Paolo suchte Mary Verney, Flavia hingegen hatte vorläufig nichts zu tun, da die Mühlen der Bürokratie nun einmal langsam mahlten. Sie ging also in das Kloster, weil sie sich fragte, ob Alberto sich Menzies schon vorgeknöpft hatte, traf aber keinen von beiden an und unterhielt sich stattdessen mit Pater Jean.

»Wie kommen denn die vielen Blumen auf die Stufen vor der Kirche?«

Der alte Mann runzelte die Stirn. »Die sind von den Leuten aus dem Viertel. Sie bitten ihre Gottesmutter um Vergebung und hoffen sie zur Rückkehr bewegen zu können.«

»Was soll sie ihnen vergeben?«

»Dass sie von ihnen vernachlässigt worden ist.«

Flavia versuchte sich an ihre Schulzeit zu erinnern und kratzte sich am Kopf. »Ist das theologisch haltbar?«

Er sah sie lächelnd an und schüttelte langsam den Kopf. »Es ist völlig unhaltbar. Aber was macht das schon. Sie glauben, dass die Gottesmutter verärgert ist und ihnen ihren Schutz entzogen hat. Der reine Aberglauben, ehrlich gesagt. Und die Schuld gibt man natürlich uns. Hätten wir ihnen nicht den Zugang zu ihr verwehrt ... Pater Luc hat man gestern beim Tabakhändler regelrecht angeschrien. Man hat ihm vorgeworfen, wir würden Unheil über das ganze Viertel bringen. Und das in der heutigen Zeit! Hätten Sie das für möglich gehalten?«

»Eigentlich nicht.«

»Unbegreiflich. Es war übrigens Pater Xaviers Idee, dass die Tür zugesperrt werden sollte, aber dass die Leute so sehr an dieser Madonna hängen, hätte keiner von uns gedacht. Jetzt versucht man sie mit Blumen und Früchten wieder für sich zu gewinnen. Wenn das so weitergeht, werden wir noch visitiert.«

»Von wem?«

»Die Pfarrgemeinde von einem Beauftragten des Bischofs. Und wir von dem Kardinal, der die Aufsicht über den Orden führt. Man wird uns vorhalten, dass wir die Kirche zugesperrt haben, und dann wird man uns auch noch vorhalten, wir hätten den Aberglauben befördert. Ach, wissen Sie, Signorina, ich bin zu alt für solche Sachen.«

Flavia sah das runzlige Gesicht und die hängenden Schultern des alten Mannes und dachte sich, dass er Recht hatte, aber das fiel ja zum Glück nicht in ihr Ressort. Bottando hätte ihm wohl einen guten Rat gegeben, aber der General war sechzig und wohlbeleibt, der konnte solche Sachen machen. Sie musste sehen, wie sie mit ihrer eigenen Arbeit zu Rande kam und konnte nicht auch noch anderen Leuten raten.

»Ach ja, diese Schlüssel ...«, sagte sie schnell. Dann wusste sie allerdings nicht gleich weiter, aber der Pater wartete geduldig, bis sie weitersprach.

»Ein Mann ist beim Verlassen der Kirche beobachtet worden. Um halb sieben. Jemand muss die Tür von innen aufgeschlossen haben. Wie viele Schlüssel gibt es für die Kirchentür? Wer alles hat einen?«

»Für die Tür zur Straße? Für das Hauptportal?«

Flavia nickte.

»Da gibt es nur einen Schlüssel«, sagte Pater Jean.

»Kann ich ihn sehen?«

»Er hängt in der Kirche, an einem Haken neben der Tür.«

»Ich würde lieber nachschauen, ob er auch wirklich noch dort ist.«

»Gern«, sagte er lächelnd. »Aber heute Morgen hat er noch an dem Haken gehangen, das ist mir aufgefallen. Haben Sie diesen Mann schon verhaftet? Wenn der Überfall auf Pater Xavier wirklich sein Werk gewesen ist, wird es mir sehr schwerfallen, ihm das zu verzeihen, auch wenn das von mangelnder Nächstenliebe zeugt.«

Flavia runzelte die Stirn. Die Mönche hatten also noch gar nichts von dem Mord erfahren. »Der Fall wird leider immer komplizierter«, sagte sie. »Der Kunsthändler Burckhardt ist erschossen worden. Man hat seine Leiche heute Morgen im Tiber gefunden.«

»O Gott! Der arme Kerl!«

»Ja, der arme Kerl.«

»Dann komme ich jetzt aber überhaupt nicht mehr mit.«

Sie sah ihn traurig an. »Da sind Sie leider nicht der Einzige, Pater Xavier. Es geht jedenfalls längst nicht mehr nur um den Diebstahl eines eher unbedeutenden Kunstwerks. Es wächst sich zu einem richtigen Albtraum aus. Hoffentlich kann uns Pater Xavier weiterhelfen. Sofern man uns morgen wirklich mit ihm sprechen lässt.«

»Es wird ihm doch niemand nach dem Leben trachten?«

Sie hob die Schultern. »Bei Burckhardt hätte ich das auch nicht gedacht. Ich habe veranlasst, dass immer jemand bei ihm Wache hält.«

»Das beruhigt mich irgendwie nicht so recht.«

»Nein«, sagte sie leise. »Mich auch nicht.«

»Ich würde gern einen kräftigen Pater zu ihm ins Krankenhaus schicken.«

»Dagegen hat sicher niemand etwas einzuwenden.«

Der Pater schien sich aber auch noch aus einem anderen Grund unbehaglich zu fühlen. Sie hatte den Eindruck, dass er etwas sagen wollte, aber nicht wusste, wie am besten anzufangen wäre.

»Sagen Sie es ruhig. Sie können mich nicht in Erstaunen versetzen. Ich wundere mich heute über gar nichts mehr.«

»Ich habe mich eigentlich nur gefragt, wann der General wohl mal vorbeischauen wird. Natürlich zweifle ich überhaupt nicht daran, dass auch Sie sehr erfahren sind, aber General Bottando kenne ich schon vom letzten Mal. Und ich hatte den Eindruck, dass wir gewissermaßen auf der gleichen Wellenlänge liegen, und deshalb hätte ich gern mit ihm geredet.«

»Das wird wohl leider nicht möglich sein«, sagte sie. »Man hat den Fall mir übertragen. Und General Bottando hat zurzeit … alle Hände voll zu tun.« Flavia versuchte sich nicht zu ärgern, und es gelang ihr auch einigermaßen. Sie würde sich wohl an dergleichen gewöhnen müssen.

»Entschuldigen Sie bitte. Ich möchte nicht, dass der Eindruck entsteht ...«

»Ja, klar. Aber so ist das jetzt eben. Sie werden mit mir reden müssen.«

»Du liebe Güte. Das geht wirklich nicht gegen Sie, es ist nur, weil ich ... Sie nicht kenne ...«

Flavia warf ihm einen ärgerlichen Blick zu. Er würde es schließlich ja doch sagen. Warum brachte er es dann nicht endlich hinter sich?

»Ich habe seit gestern Entdeckungen gemacht, die mich zutiefst beunruhigen.«

»Und von denen niemand etwas erfahren soll?«

Er nickte traurig.

»Ich kann durchaus schweigen«, sagte sie. »Meine Aufgabe besteht darin, einen Dieb und einen Mörder dingfest zu machen. Und nicht darin, schmutzige Wäsche zu waschen.«

Er räusperte sich, holte tief Luft – und redete dann doch noch einmal um den heißen Brei herum.

»Vielleicht ist Ihnen schon aufgefallen, dass ich in vielen Dingen anderer Ansicht bin als Pater Xavier?«

»Ja.«

»Als Pater Charles noch Superior war, und das ist ja noch gar nicht so lange her, war ich praktisch der Stellvertreter. Er war wohl der beste Superior, den unser Orden je hatte. Ich sage das nicht nur aus Anhänglichkeit. Pater Charles hat uns durch die Turbulenzen während und nach dem Zweiten Vatikanum geführt. Er hatte die seltene Gabe, den Streit zu schlichten und ganz ruhig zu überzeugen. Er war ein paar Jahre älter als ich, und ich kannte ihn schon fast ein Leben lang. Ich war ihm zugetan wie einem

Bruder, und ich meine damit jetzt keinen Ordensbruder.«

Sie nickte.

»Dann wurde er krank und war seinem Amt nicht mehr gewachsen, und wir wählten Pater Xavier zu seinem Nachfolger. Es erscheint Ihnen vielleicht unfair, dass ich das einfach so sage, aber ich halte ihn für einen schwachen Superior. Im Grunde seines Herzens ist er sich seiner Sache nicht sicher, und darum tritt er allzu selbstsicher auf, verstehen Sie?«

Er hob den Blick, und sie schüttelte den Kopf.

»Wenn Pater Charles etwas in Angriff nahm, tat er es in dem sicheren Gefühl, dass es das Richtige war. Pater Xavier muss dagegen immer gegen Zweifel ankämpfen, und darum verficht er seine Theorien viel hitziger und dogmatischer, als wenn er sich sicher wäre. Und wenn er einmal einen Standpunkt eingenommen hat, hält er starr daran fest, weil er fürchtet, sich sonst eingestehen zu müssen, dass er schwach ist. Er stößt die Leute vor den Kopf, statt sie von seinen Ideen zu überzeugen.

Er will den ganzen Orden umkrempeln. Und er hat ja in gewisser Weise Recht, es muss sich wirklich etwas ändern, wir können nicht einfach so weitermachen wie bisher. Aber, wissen Sie, ich habe ihn einfach nicht gemocht. Ich wusste natürlich, dass das nicht recht war, aber ich kam nicht dagegen an. Er macht es einem aber auch leicht, ihn nicht zu mögen. Und dass er meinte, alles müsste sich ganz schnell ändern, beinhaltete indirekt ja auch eine Kritik an der Arbeit von Pater Charles. Dabei kann Pater Xavier ihm nicht das Wasser reichen. Er ist nicht so weise und nicht so gütig und nicht so fromm.

Und darum bin ich dann einfach gegen alles gewesen, was er vorgeschlagen hat. Er wollte Geld aufbringen, um unsere Lehrtätigkeit in der Dritten Welt auszubauen. Ich habe dagegen gestimmt. Einfach nur, weil ich es nicht einsehen wollte, dass einer wie er Veränderungen am Lebenswerk von Pater Charles vornimmt. Und als es um den Verkauf von Vermögenswerten gegangen ist, habe ich wieder die Opposition angeführt. Können Sie das verstehen?«

Flavia nickte.

»Vielleicht sind das für Sie nur die albernen Spielchen alter Männer, aber es ist mehr als das. Er hat sich überlegt, wie wir Gutes tun können, und ich habe es verhindert. Und jetzt stehen wir vor einem Scherbenhaufen.«

»Übertreiben Sie jetzt nicht ein bisschen?«

»Da ich hier seit ein paar Tagen die Amtsgeschäfte führe, konnte ich die Bücher einsehen. Das hat mir einen Schock versetzt. Einen Moment, bitte.«

Er stand auf, ging an seinen Schreibtisch, fingerte an einem Schlüsselbund herum und schloss eine Schublade auf. »Hier«, sagte er und reichte Flavia einen dünnen Aktenordner. »Den Brief ganz vorne haben wir gestern Morgen erhalten.«

Flavia klappte den Ordner auf. Der Brief kam von einem Börsenmaklerbüro in Mailand. Sie las ihn, wurde nicht recht schlau daraus und runzelte die Stirn.

»Ich habe natürlich telefonisch nachgefragt, was das zu bedeuten hat.«

»Sagen Sie es mir doch.«

»Ach, wissen Sie, Xavier wollte immer ganz modern sein. Er hatte den Ehrgeiz, die Möglichkeiten der heutigen Zeit zu nutzen, um uns in unserer Arbeit voranzubringen. Aber er war offenbar sehr naiv und hat sich eingeredet, dass sich Geld ganz leicht vermehren lässt. Er hat sich an dieses Büro in Mailand gewandt, ohne jemand etwas zu sagen. Soweit ich es überblicke, hat er mit unserem ganzen Geld spekuliert. Diese Leute drücken das natürlich anders aus. ›Seine Gewinnchancen nutzen‹, heißt das bei denen, wenn ich mich recht erinnere.«

»Und dann?«

»Hat er sich ausnehmen lassen wie eine Weihnachtsgans. Was für Geschäfte das waren, das verstehe ich gar nicht, aber ich weiß, was dabei herausgekommen ist. Vorher hatten wir ganz ordentliche Rücklagen, jetzt ist alles futsch, und wir haben bei diesen Leuten auch noch Schulden in Höhe von einer Viertelmillion Dollar.«

»Was erklären dürfte, warum Pater Xavier verschiedene Sachen verkaufen wollte.«

»Was wir jetzt nachholen müssen, wenn kein Wunder geschieht. Wir müssen schließlich seine Schulden begleichen. Unsere Schulden. Das hat mir einen richtigen Schock versetzt.«

»Das wundert mich nicht. Wann hat er angefangen zu spekulieren?«

Er zuckte die Schultern. »Gleich nachdem er Pater Charles' Nachfolge angetreten hatte, glaube ich. Ich wünschte, jemand anders hätte diese Entdeckung gemacht.«

»Warum?«

»Weil sie meine schlimmsten Befürchtungen bestätigt hat und weil es mir eine viel zu große Genugtuung ist, dass ich Recht behalten habe. An sich sollte ich wohl ein internes Verfahren gegen ihn einleiten, aber dazu misstraue ich meinen Motiven viel zu sehr. Zumal das alles zum Teil ja auch meine Schuld ist. Hätte ich mich nicht allen seinen Vorschlägen so stur widersetzt, hätte er sich vielleicht gar nicht genötigt gesehen, zu solchen Mitteln zu greifen. Ich war der Wortführer der Gegenpartei. Und warum? Doch nicht, weil ich etwas gegen den Ausbau des Bildungswesens und der Gesundheitsfürsorge in Afrika hätte! Ich bin ein großer Bewunderer von Pater Paul, der sich genau diesen Aufgaben verschreiben will. Darum leidet er ja so darunter, dass er in Rom bleiben muss. Nein, ich war nur dagegen, weil Pater Xavier dafür war. Verstehen Sie? Meine Dummheit hat alles noch schlimmer gemacht und zu der Katastrophe beigetragen. Ich muss Gott dafür danken, dass Xavier überlebt hat. Und ich trauere um Signor Burckhardt.«

»Ja«, sagte sie. »Und was werden Sie jetzt tun?«

Er schüttelte den Kopf. »Ich weiß es nicht. Woher bekommt man ganz schnell Geld? Auf diesem Gebiet habe ich nicht viel Erfahrung.«

Flavia stand auf und lächelte ihm mitfühlend zu. »Ich auch nicht.«

Er nickte ihr freundlich zu und brachte sie zur Tür.

12

Na, wie läuft's heute?« – Woran man sah, dass Jonathan mitunter eben doch einfühlsam war.

»Miserabel.«

Flavia war in seinem Kabuff aufgetaucht und hatte in das Versteck hinter den Lexika gelangt, wo immer ein Vorrat von diesen Schokokeksen lag, die er extra aus England kommen ließ, aber gegessen hatte sie den Keks dann doch nicht. So hungrig war sie auch wieder nicht.

»Warum erzählst du mir nicht, was schiefgelaufen ist? Du machst ja eine richtige Leichenbittermiene.«

»Nicht ohne Grund.«

»Erzähl schon.«

»Später«, sagte sie in schroffem Ton, weil sie mit seiner fröhlichen Unbekümmertheit im Moment nichts anfangen konnte.

»Wie du meinst. Aber warum bist du dann hier, wenn du dir gar nichts von der Seele reden willst?«

»Brauche ich dafür einen Grund?«

»Einfach nur so tauchst du hier selten auf.«

Womit er Recht hatte. Warum war sie eigentlich hergekommen? Sie zwang sich dazu, sich auf die praktischen Einzelheiten ihres Falls zu konzentrieren, statt über die verwickelten Hintergründe zu rätseln.

»Du wolltest doch mal sehen, ob du etwas über diese Ikone herausfindest.«

»Dazu bin ich noch gar nicht gekommen. Ich habe heute viel zu tun.«

»So schlimm wird's auch wieder nicht sein. Das ist wichtig, Jonathan.«

»Und an sich ist es die Aufgabe der Polizei«, erwiderte er stirnrunzelnd. »Außerdem hast du mir nicht gesagt, dass es dringend ist.«

»Tut mir Leid.«

»Warum bist du eigentlich hergekommen? Bloß weil du deinen Ärger an mir auslassen willst?

»Tut mir Leid! Okay? Ich weiß, dass du auch viel Arbeit hast, aber ich muss unbedingt mehr über dieses Bild herausbekommen. Man hat Burckhardt umgebracht.«

»Was?«

»Er ist erschossen worden. Diese Ikone muss viel wichtiger sein, als wir dachten. Ich muss herausfinden, worin ihre Bedeutung liegt. Und es ist ja wohl klar, dass das jetzt sehr dringend ist.«

Argyll starrte sie einen Augenblick ganz entgeistert an, schüttelte sich und ging zur Tür hinaus. Kurz darauf kam er wieder herein und brachte einen bärtigen Mittvierziger mit.

»Das ist Mario Di Angelo. Der Dekan unserer Fakultät. Erzähl ihm, was mit Burckhardt geschehen ist.«

Während Sie es ihm erzählte, spiegelte sich in seinem Gesicht zuerst ungläubiges Staunen und dann echtes Entsetzen.

»Das ist ja schrecklich«, sagte er und schüttelte den Kopf. »Vor ein paar Tagen war ich noch mit ihm essen. Er war ein sehr liebenswerter Mensch. Und besaß ein sehr großes Wissen. Er wird uns allen fehlen.«

Flavia nickte. »Und als Sie mit ihm essen waren – da hat er nicht zufällig davon gesprochen, dass er sich in Rom aufhielt, um eine Ikone zu kaufen?«

Di Angelo schüttelte den Kopf. »Nein. Ich habe mir natürlich schon gedacht, dass er wohl geschäftlich in Rom zu tun hat. Aber wir haben uns immer nur über unsere wissenschaftlichen Interessen unterhalten. Seine Geschäftsinteressen waren nie ein Thema.«

»Überhaupt nicht?«

»Nein. Er hat gesagt, ›ich schließe demnächst eine Forschungsarbeit ab und habe schon eine prima Idee für die nächste‹. Und die hörte sich in der Tat sehr interessant an. Er wollte untersuchen, welche Rolle die Ikonen in der Liturgie der frühen Kirche in Griechenland spielten. Und er wollte die Funktion der Ikonen mit der Funktion der Götterstatuen in vorchristlicher Zeit vergleichen.«

»Oh?«

»In der Antike war es doch so, dass jede Stadt unter dem Schutz einer Gottheit stand – zu Athen gehört Athene und so weiter. In christlicher Zeit hatte dann jede Stadt und jede Ortschaft ihren Schutzheiligen oder wenigstens eine ganz bestimmte Darstellung von Jesus oder der Jungfrau Maria. Wie hat man sich das nun vorzustellen? Handelte es sich um eine einfache Übertragung alter Riten auf die neue Religion, oder war es doch nicht so einfach? Ein faszinierendes Thema. Er hat übrigens schon einen kurzen Artikel dazu veröffentlicht, im Journal of Byzantine Studies, vor einem Jahr oder so. Kann ich Ihnen geben, wenn es Sie interessiert.«

Er schien gerade erst so richtig in Fahrt zu kommen

und würde wohl kein Ende mehr finden, wenn sie ihn nicht schnell bremste. Seine Ausführungen waren ja durchaus interessant, aber …

»O ja, vielen Dank«, sagte sie. »Jonathan? Könntest du dir den Artefakt anschauen? Versuch doch herauszufinden, worauf er es abgesehen hatte.«

»Außer auf Ikonen?«

Sie nickte.

Argyll neigte den Kopf ein wenig zur Seite und legte die Hand an das Ohr.

»Bitte«, sagte sie.

»Mach ich doch gern.«

Ihr Tag hatte sehr früh angefangen und war noch lange nicht zu Ende. Jetzt war es halb fünf. Um sechs musste sie sich mit Mrs. Verney auseinandersetzen, und das würde wohl ziemlich anstrengend werden. Im Moment hatte sie allerdings nichts Dringendes zu tun, dafür musste sie auf einmal wieder gegen die Müdigkeit ankämpfen. Im Büro wollte sie dann eigentlich Papierkram erledigen, es zog sie jedoch mit Macht auf ihre Couch. Warum sollte sie sich nicht mal kurz hinlegen und die Augen schließen? Doch dann rollte sie sich zusammen und schlief ein.

Sie wusste auch noch im Schlaf ganz genau, dass sie eigentlich schleunigst wieder wach werden musste, lag aber wie in einer schweren Betäubung, die nicht abzuschütteln war. Und wenn einen jemand aus einem so tiefen Schlaf weckte, kam man nur ganz langsam zu sich und war völlig desorientiert, erst recht, wenn dieser Jemand einem ins Ohr brüllte.

»Aufhören«, murmelte sie benommen. Sie wollte

einfach nur weiterschlafen, sonst wollte sie nichts auf der Welt.

»Ich denk ja gar nicht dran! Sie werden mir jetzt sofort Rede und Antwort stehen! Ein richtiger Polizeibeamter ist ja offenbar gar nicht da!«

Schließlich bekam sie ein Auge auf und versuchte den Blick auf den Mann zu richten. Nach ein paar Sekunden, als ihr Gehirn etwas besser in Gang gekommen war, erkannte sie Dan Menzies und konnte sich auch denken, was ihn hergetrieben hatte.

Es gehörte viel Mut dazu, dass sie sich dennoch aufrichtete und wach zu werden versuchte.

»Jetzt hören Sie mal ...«, fuhr Menzies sie an und stieß mit dem Zeigefinger aggressiv auf sie zu. Sie konnte sich noch nicht einmal darüber aufregen, machte also nur eine fahrige Handbewegung und schlurfte auf den Flur, holte sich an der Kaffeemaschine einen Espresso und leerte ihn in einem Zug. Dann klaute sie Paolo eine seiner starken Zigaretten und zündete sie sich an, nahm einen kräftigen Zug und bekam einen Hustenanfall. Aber danach fühlte sie sich schon wieder ganz passabel.

»So, und was kann ich jetzt für Sie tun, Mr. Menzies?«, fragte sie ihn, als sie ihr Büro wieder betrat.

Seltsamerweise hatte sie sich genau richtig verhalten. Denn es brachte Menzies, der sich längst in einen mächtigen Zorn hineingesteigert hatte, als er ihr Büro betrat, völlig aus dem Konzept, dass er ihr anscheinend einfach nur lästig war und dass seine Wut sie kalt ließ. Dabei hätte sie unter normalen Umständen wohl schon ein bisschen mehr Verständnis für ihn aufgebracht. Alberto hatte ihn offenbar gefunden. Und es war sicher nicht sehr angenehm, wenn man in aller Ruhe an einem Bild arbeitete und sich dann plötzlich – als Verdächtiger in einem Mordfall – bei einem Verhör wiederfand. Auch ein weniger impulsiver Mensch als Menzies würde sich darüber ärgern.

Er fuchtelte ihr mit einer Zeitung vor der Nase herum und tippte auf einen ausführlichen Bericht über den Raub im Kloster San Giovanni. Sie nahm das Blatt und begann zu lesen. Eine weitere Attacke gegen Menzies. Wer sich, so suggerierte der Autor, einen amerikanischen Restaurator ins Haus holte, brauchte sich nicht zu wundern, wenn Tafelsilber abhanden kam. Bartolo war also noch einmal aktiv geworden. Sie hatte ihn angerufen und sich bei ihm beschwert, aber er hatte behauptet, dass er von nichts wisse. Eine dreiste Lüge. Sie spielte mit dem Gedanken, ein wenig in seiner Akte zu blättern und ihn mit einem oder zwei krummen Dingern zu konfrontieren. Als Schuss vor den Bug. Aber dafür hatte sie jetzt keine Zeit, das musste warten.

Wenn doch nur Bottando da wäre. Aber der klapperte Botschaften ab und versuchte auszuloten, bei wem seine neue Behörde mit wie viel Unterstützung rechnen konnte. Mit Leuten wie Menzies setzte er sich sonst immer persönlich auseinander. Eine der Aufgaben des Chefs, auf die sie wirklich nicht scharf war. Vielleicht sollte sie doch mit ihm in seine neue Behörde wechseln? Es hatte durchaus Vorteile, wenn man jemand unterstellt war.

»Hmm«, machte Flavia mitfühlend. Was sollte sie sonst auch dazu sagen?

»Und jetzt stellen Sie sich mal vor, was die morgen

bringen! Da haben Sie doch längst mit ihnen telefoniert! Und dann werde ich des Mordes bezichtigt, da bin ich mir sicher.«

»Tja …«

Bezichtigen würde man ihn natürlich nicht, man würde lediglich verschiedene Hinweise miteinander in Verbindung bringen: Menzies stand im Ruf eines Berserkers; Burckhardt war zwei Tage vor seiner Ermordung mit Menzies zusammengetroffen; sonst gab es keine Verdächtigen. Dann konnte der Leser sich selbst ein Urteil bilden. Und Bartolo würde dafür sorgen, dass alle wichtigen Leute bei den Beni Artistici den Artikel zu sehen bekamen.

»Ich musste mir vorher drei Stunden lang blöde Fragen stellen lassen. Man wollte allen Ernstes von mir wissen, ob *ich* Peter Burckhardt erschossen habe! Das ist ein Skandal! Wie gedenken Sie auf die Kampagne gegen mich zu reagieren?«

Sie blinzelte schläfrig und gähnte herzhaft. »Wie soll ich denn darauf reagieren?«

»Sie müssen diesen Leuten Einhalt gebieten! Und wenn Sie das nicht tun …«

»Das fällt unter die Pressefreiheit, Mr. Menzies. Da kann man nichts machen. Was meinen Sie, was über uns so alles in den Zeitungen steht.«

»Dann spielen Sie ihnen wenigstens kein Material mehr zu!«

»Kommen Sie mir doch nicht schon wieder mit diesem Unsinn …«

»Hier!«, rief er und tippte mit dem Finger auf den Artikel. »›Aus behördlicher Quelle war zu erfahren‹ … Das sind doch Sie! Wer denn sonst? Wie sollen diese

Leute sonst zu den ganzen Einzelheiten gekommen sein?«

»Tut mir Leid, aber ...«

»Von mir haben sie jedenfalls nichts erfahren. Und Pater Jean hat mir versichert, dass im Kloster niemand mit Journalisten gesprochen hat. Bleiben also nur Sie. Und ich verlange von Ihnen, dass das aufhört!«

»Ich habe mit keinem Journalisten gesprochen und kann mir auch nicht vorstellen, dass sonst jemand aus unserer Dienststelle etwas gesagt hat.«

»Und die Presse hat einfach nur genial geraten, was?«, schrie er und lief puterrot an, auf einmal wieder so wütend wie am Anfang. »Wollen Sie mich für dumm verkaufen? Sie werden noch von mir hören! Ich wende mich an ...«

»Ja, ich weiß, an ihren alten Freund, den Botschafter. Tun Sie, was Sie nicht lassen können. Aber es bringt nichts. Wir haben die Presse nicht über Einzelheiten informiert, das tun wir nie, wenn es sich irgendwie machen lässt.«

»Wer war's dann?«

»Weiß ich nicht. Und im Moment interessiert es mich, ehrlich gesagt, auch nicht sonderlich. Irgendjemand bei den Carabinieri, nehme ich mal an, da wird viel geredet. Aber das kann ...«

»Also doch!«

»... aber das kann eigentlich auch nicht sein«, fuhr sie fort. »Wenn ich mich recht erinnere, ist der erste Artikel schon erschienen, als die Carabinieri noch gar nicht auf den Plan getreten waren.«

»Was werden Sie gegen diese Kampagne unternehmen?«

»Nichts«, sagte sie.

»Oh! Tausend Dank!«

»Ich kann Ihnen wirklich nicht helfen. Wie stellen Sie sich das vor? Aber vielleicht ist es mir möglich, dieses Verbrechen aufzuklären. Und wo Sie schon mal da sind, stelle ich Ihnen am besten gleich ein paar Fragen. Setzen Sie sich.«

»Ich denke ja gar nicht daran ...«

Jetzt riss ihr die Geduld. »Setzen Sie sich!«, schrie sie und verblüffte ihn damit so sehr, dass er widerspruchslos gehorchte.

»Danke«, sagte sie und holte Giulia aus dem Nebenzimmer.

»Wozu brauchen wir hier noch jemand?«

»Für das Protokoll. Und jetzt gehen wir alles noch mal Schritt für Schritt durch, ja? Warum haben Sie bei unserem gestrigen Gespräch Burckhardt mit keinem Wort erwähnt?«

Er zögerte ein wenig. »Warum hätte ich das tun sollen?«

»Ein Ikonenhändler sucht eine Kirche auf, aus der am Tag danach eine Ikone gestohlen wird. Und Sie kommen gar nicht auf die Idee, das könnte wichtig sein?«

»Erst viel später.«

»Und warum nicht gleich?«

»Ich habe gar nicht gewusst, wer der Mann ist.«

Flavia warf ihm einen bösen Blick zu. »Sie haben ihn in Toronto tätlich angegriffen!«

»Ach was! Ich habe ihn nur mit etwas Wasser begossen.«

»Indem sie mit dem vollen Glas nach ihm werfen.«

»Das wollte ich eigentlich gar nicht. Da ist mir der Gaul durchgegangen.«

»Das ist es ja gerade! Und das werden zweifellos auch die Zeitungen betonen.«

»Er ist doch kaum fünf Minuten da gewesen. Erst viel später ist mir klar geworden, wer das war.«

»Jetzt hören Sie aber auf!«

»Doch! Wirklich! Ich habe keinen blassen Dunst von Ikonen und kenne keinen einzigen Ikonenhändler. In Toronto war er für mich bloß irgendso ein Typ im Publikum, der keine Ahnung hatte, aber unbedingt an mir herumkritisieren musste. Und als er hinterher gleich noch mal damit angefangen hat, bin ich wohl schon nicht mehr ganz nüchtern gewesen. Aber was war denn das schon? Ich habe das ganz vergessen. In der Kirche ist er mir dann irgendwie bekannt vorgekommen, aber mehr auch nicht. Erst als die Carabinieri mir ein Foto von ihm vorgelegt haben, ist mir wieder eingefallen, wo wir uns schon mal begegnet sind.«

»Hm«, machte Flavia. Er sprach mit einer eigenartigen Mischung aus beleidigtem Stolz und Zorn und Verlegenheit, die ihr echt zu sein schien, was nicht unbedingt hieß, dass er die Wahrheit sagte, aber das ließ sie jetzt erst einmal auf sich beruhen.

»Burckhardt ist in die Kirche gekommen. Und dann? Ist er gleich zu Ihnen gekommen?«

»Weiß ich nicht. Ich war auf meine Arbeit konzentriert. Als ich auf ihn aufmerksam wurde, stand er schon hinter mir.«

»Er hat sich nicht zufällig irgendwas Bestimmtes genauer angesehen?«

»Darauf habe ich nicht geachtet. Ich glaube, er ist

noch zum Hauptportal hinübergegangen. Aber sicher bin ich mir nicht.«

»Würden Sie sagen, dass er gute Laune hatte?«

Menzies dachte einen Moment lang nach. »Schwer zu sagen bei Leuten, die man nicht kennt. Aber ich würde eigentlich schon meinen, dass er einen ganz zufriedenen Eindruck gemacht hat.«

»Hatten Sie die Ikone schon untersucht? Die wollten Sie doch auch restaurieren.«

»Ich habe sie mir mal ein bisschen genauer angesehen.«

»Und?«

»Bin zu dem Ergebnis gekommen, dass es eigentlich nicht der Mühe wert ist. Es ist, soweit ich sehe, ein sehr altes Bild, und es ist in einem fürchterlichen Zustand. Da ist vor langer Zeit mal der Holzwurm drin gewesen, dann hat man es behandelt, und seither liegt eine dicke braune Schicht auf dem Bild. Diesen Überzug zu entfernen, ohne das ganze Gemälde zu zerstören, wäre unheimlich schwierig. Und ich muss mir zwar allerhand nachsagen lassen, aber ich halte durchaus nichts von Änderungen, auf die man verzichten kann oder die zu riskant sind. In diesem Fall wollte ich einfach nur die Oberfläche säubern und noch einmal gegen Fäulnis behandeln. Es wäre sogar schon ein gewisses Risiko gewesen, das Bild einfach nur aus dem Rahmen zu nehmen.«

»Was jetzt aber doch jemand gemacht hat.«

»Hm? Ach so! Nein, das Bild hatte zwei Rahmen. Ich meine nicht diesen vergoldeten und versilberten Holzrahmen, sondern den Stützrahmen. Den hat man drangelassen.«

»Ah. Wie ist Burckhardt eigentlich in die Kirche reingekommen? War das Hauptportal offen?«

»Nein. Das war abgeschlossen. Wie immer. Er muss dir Kirche durch die andere Tür betreten haben.«

»Dann hätte er doch zuerst an der Klosterpforte läuten müssen?«

»Oder er ist mit jemand hergekommen, der einen Schlüssel hat. Hier hat jeder einen Schlüssel.«

»Wir haben mit allen gesprochen. Niemand hat ihn eingelassen.«

Menzies zuckte die Schultern. »Dann wird er wohl mit einem Stabhochsprung über die Mauer gehüpft sein.«

»Vielen Dank, Mr. Menzies.« Sie stand auf und brachte ihn rasch zur Tür, weil sie nicht wollte, dass er noch einmal von der Presse anfing. »Es kann gut sein, dass ich in den nächsten Tagen noch einmal mit Ihnen sprechen muss. Aber dann komme ich zu Ihnen ins Kloster.«

Erfreulicherweise ließ er es gut sein und ging. Sie seufzte auf, schüttelte den Kopf und sah auf ihre Uhr. Schon zehn vor sechs. Höchste Zeit für das Gespräch mit Mrs. Verney. Ihr war ein wenig mulmig zumute.

Flavia hatte Paolo dazu überredet, Mary Verney aus ihrem Hotel zu holen und in einen kleinen Kellerraum zu stecken, wo sie ein paar Stunden lang ihr Gewissen erforschen konnte. Sie glaubte eigentlich nicht, dass Mrs. Verney das Bild gestohlen hatte, war sich aber sicher, dass sie irgendwie in die Sache verwickelt war und hoffte, dass sie nach dem Aufenthalt in einem feuchten, stickigen Kabuff damit herausrücken würde. Sehr zuversichtlich war sie allerdings nicht.

Mrs. Verney gab sich völlig unbekümmert, obwohl sie sehr aufpassen musste, dass sie nicht in Panik geriet. Sie wollte nicht ins Gefängnis. Und wenn sie das Bild nicht beibringen konnte, was wurde dann aus ihrer Enkeltochter? Das machte ihr schreckliche Angst. Und wie sollte sie es herschaffen? Sie hatte in dem Schließfach ja nur einen Haufen Geld gefunden. Die Ikone war spurlos verschwunden. Daher erhoffte sich auch Mrs. Verney von dem Gespräch mit Flavia Aufschluss über den Tathergang.

Als Flavia eintrat, blieb Mrs. Verney jedoch still sitzen und wartete wie ein braver Häftling darauf, dass die Polizeibeamtin mit der Befragung anfing.

»Also, wissen Sie, da haben Sie sich ja was eingebrockt.«

»Was?«

»Ich referiere mal schnell. Gestern Morgen ist ein Bild gestohlen worden. Aus dem Kloster San Giovanni. Das steht auf dem Aventin. Kennen Sie es zufällig?«

Mit einem müden Lächeln deutete Mrs. Verney an, dass es an eine Beleidigung grenzte, ihr mit einem so plumpen Trick zu kommen. »Ja, klar. Was hat man denn gestohlen? Den Caravaggio? Oder die kleine Ikone? Ich habe diese beiden Bilder vor zwanzig Jahren schon einmal gesehen. Da habe ich eine Weile in Rom gewohnt und mir möglichst viel angeschaut.«

»Die Ikone wurde gestohlen.«

»Ach Gott«, sagte sie, mehr aber auch nicht.

»Wissen Sie etwas darüber?«

»Sollte ich etwas wissen?«

»Wenn man so früh aufsteht und offenbar eine Vorliebe für Morgenspaziergänge hat …«

Ein Lächeln huschte über Mrs. Verneys Gesicht. Jetzt konnte sie sich in etwa vorstellen, wie viel die Polizei herausgefunden hatte.

»Nur wenn ich nicht mehr schlafen kann«, sagte sie. »Aber das kommt mit zunehmendem Alter ja immer öfter vor. Und ich bin in der Tat auf dem Aventin spazieren gegangen, darauf wollen Sie doch sicher hinaus. Soll ich Ihnen die ganze Geschichte erzählen?«

»Legen Sie los.«

»Ich habe also meinen Morgenspaziergang gemacht und bin zufällig an dem Kloster vorbeigekommen.«

»Hören Sie mal«, sagte Flavia. »Sie meinen doch nicht im Ernst, dass ich Ihnen das abnehme?«

»Aber so ist es gewesen«, sagte Mrs. Verney mit einer schönen Mischung aus Verwunderung und Verärgerung über die Bezweiflung ihrer Worte. »Ich habe einen Mann aus der Kirche kommen sehen und dachte mir, vielleicht ist da schon eine Frühmesse oder irgendso was.«

»Und dann überkam sie urplötzlich die Frömmigkeit, wie?«

»Wohl eher eine gewisse Nostalgie. Ich habe doch, wie gesagt, dieses Kloster schon einmal besucht, vor vielen Jahren, als ich noch jung und munter gewesen bin. Und da war es doch nur natürlich, dass ich noch mal hineinschauen wollte.«

»Aha.«

»In der Kirche sah ich dann einen Mann mit einer stark blutenden Kopfwunde auf dem Boden liegen. Ich habe die Wunde versorgt, so gut mir das möglich gewesen ist, und dann ein Telefon gesucht, um Hilfe herbeizuholen. Wie geht es ihm denn eigentlich?«

»Er wird wohl wieder gesund.«

»Na, bitte! Aber man bedankt sich durchaus nicht bei mir. Man verhört mich, als hätte ich mich eines Verbrechens verdächtig gemacht. Das ist, gelinde gesagt, sehr unschön.«

»Du meine Güte! Dann müssen Sie mir aber erklären, warum Sie eigentlich gar keinen Dank für ihre Hilfsbereitschaft haben wollten.«

»Muss ich Ihnen das wirklich erklären? Ich weiß ja nicht, was Jonathan Ihnen so alles über mich erzählt hat. Aber ich konnte mir schon denken, dass Sie es verdächtig finden würden, mich dort anzutreffen. So früh am Tag und in so einer Situation. Das konnte die Sache nur komplizieren.«

»Ah. Um wie viel Uhr war das denn eigentlich?«

»Das weiß ich nicht genau. Zwischen sechs und sieben, würde ich meinen.«

»Unsere Zeugen sagen, dass es um Viertel vor sieben war.«

»Dann wird es wohl so sein.«

»Und Ihr Anruf ist um 7 Uhr 40 eingegangen. Eine lange Zeit für die Suche nach einem Telefon.«

Sie schüttelte den Kopf und erwiderte ganz ruhig: »Nicht unbedingt. Es hatte noch nirgends ein Café geöffnet und es gibt ja nur sehr wenige Telefonzellen in Rom. Ich habe so schnell wie möglich angerufen.«

»Kannten Sie den Mann, der aus der Kirche kam?«

»Nein. Müsste ich ihn kennen? Wie heißt er?«

»Er hieß Peter Burckhardt. Ein Kunsthändler.«

»Er *hieß* …?«

»Er ist tot. Man hat ihn erschossen.«

Jetzt kam ihr einen Moment lang die unbekümmerte Miene abhanden. Das hat sie noch nicht gewusst, dachte Flavia. Und es gefällt ihr gar nicht. Interessant. Was hat Sie nur vor?

»Ach je«, sagte Mrs Verney.

»Jetzt haben wir es also mit schwerer Körperverletzung, Raub und Mord zu tun. Und unsere Ermittlungen kreisen um Sie.«

»Sie bringen mich mit dem Mord in Verbindung? Wann ist der Mann denn umgebracht worden?«

»Gestern Mittag, vermutlich zwischen elf und eins. Sie können mir doch sicher sagen, wo Sie da gewesen sind?«

»Ja. Ich war im Barberini, dann zum Mittagessen in meinem Hotel und danach beim Einkaufen. Ich kann Ihnen die Belege geben, da steht sicher die Uhrzeit drauf, das ist doch inzwischen allgemein üblich.«

»Das werden wir überprüfen«, sagte Flavia. Nicht, dass sie sich viel davon versprochen hätte. Man fand dabei bestimmt keine Ungereimtheiten.

»Kann ich jetzt gehen?«

»Nein.«

»Was wollen Sie noch von mir?«

»Ich habe da ein Problem.«

»Hör ich mir gern an, wenn Ihnen das hilft.«

»Wir wissen ja, dass Sie eine Diebin sind, genauer gesagt, eine Meisterdiebin. Wie war das noch gleich? Zirka dreißig bedeutende Diebstähle und bei keinem ist auch nur der Schatten eines Verdachts auf Sie gefallen.«

»Wenn Sie es sagen, wird es wohl stimmen.«

»Dann tauchen Sie auf einmal in Rom auf. Wir erhalten Kenntnis davon und stellen Ihnen ein paar Fragen. Und bekommen sogar einen anonymen Hinweis auf den geplanten Diebstahl. Das macht mich stutzig. Sie haben doch sonst immer alles bis ins kleinste Detail geplant und nie einen Fehler begangen. Bei den Kunstdiebstählen, die auf ihr Konto gegangen sind, waren die Bilder irgendwann einfach verschwunden. Ohne jeden Hinweis auf ihren Verbleib. Und ohne Gewalt. Außerdem hätte ich gedacht, dass Sie die Sache sofort abblasen, wenn irgendetwas schief läuft, und nach Hause fliegen. Aber nein, Sie sind immer noch hier, obwohl wir durch einen Tipp aus der Unterwelt vorgewarnt waren und Blut geflossen ist.«

»Daraus müssten Sie eigentlich schließen, dass ich nichts mit dem Ganzen zu tun haben kann.«

Flavia schnaubte verächtlich. »Das hätten Sie wohl gern.«

»Haben Sie eine bessere Erklärung?«

»Noch nicht.«

»Dann müssen Sie mich gehen lassen.«

»Aber natürlich! Wir hatten nie die Absicht, Sie hierzubehalten. Das war doch nur ein kleiner Plausch. Der Erste von vielen, würde ich sagen.«

Mary Verney atmete auf. Sie war ganz verschwitzt, ihr Herz pochte. Eine schwache Leistung, dachte sie. Ich habe dieser verflixten Polizistin zuviel verraten. Und sie hat ja Recht, diese ganze Geschichte ist ein Fiasko.

Flavia hielt ihr die Tür auf und staunte über die Ruhe und Unbekümmertheit, mit der sie hinausging. Mrs. Verney hatte überhaupt nichts preisgegeben. Flavia tappte noch genauso im Dunkeln wie vor dem Gespräch.

Dafür kam man bei eher routinemäßigen Nachforschungen einen Schritt weiter. Burckhardt hatte in einem Hotel in der Via Caetani gewohnt. Eine ganz normale Straße, sollte man meinen, etwas zu viel Verkehrslärm vielleicht, aber längst nicht soviel wie in den Durchgangsstraßen ringsum.

Doch gleich um die Ecke, in der Via delle Botteghe Oscure, lag die alte Zentrale der Democrazia Christiana, und ganz in der Nähe davon hatten Terroristen den ermordeten Aldo Moro an den Straßenrand geworfen. Das lag natürlich schon viele Jahre zurück. Ab und zu legte noch jemand zum Gedenken an den früheren Staatspräsidenten einen Blumenstrauß an der Stelle nieder, wo man damals seine Leiche gefunden hatte. Und die Democrazia Christiana gab es ja gar nicht mehr.

Dennoch war die Polizei hier nach wie vor sehr präsent. Vielleicht fürchtete man eine plötzliche Wiederkehr jener finsteren Zeit, vielleicht aber auch den Zorn der Wähler, die von den Politikern jahrelang hintergangen worden waren. Oder man hatte einfach vergessen, die alten Anweisungen außer Kraft zu setzen. Wahrscheinlich gab es überall in Europa Häuser und Straßen, die einfach nur deshalb von Polizisten bewacht wurden, weil ihre Vorgänger und deren Vorgänger es auch schon so gemacht hatten. Ein französischer Kollege aus Paris hatte einmal erzählt, ein Haus in Neuilly-sur-Seine, das zeitweilig die Botschaft eines kleinen Landes beherbergt hatte, sei auch dann noch jahrelang rund um die Uhr bewacht worden, als man längst ein Bordell daraus gemacht hatte. Aber das konnte wohl doch nicht ganz stimmen.

Dagegen waren in der Via Caetani wirklich immer noch regelmäßig Polizisten auf Streife, und auch die Videokamera hatte man nicht abgebaut.

Alberto rief Flavia an und sprach von interessantem Filmmaterial, das sie sich gleich mal ansehen sollte.

Fünfzehn Minuten später war sie dort und ließ sich den Videofilm zeigen. Aus großer Entfernung aufgenommen, miserable Bildqualität. Nicht gerichtsverwertbar, sollte es denn zu einer Gerichtsverhandlung kommen. Und doch das Interessanteste, was sie seit Tagen gesehen hatte, allein schon deswegen, weil man bei dem Auto nicht nur den Wagentyp, sondern auch drei Ziffern der Autonummer erkennen konnte.

»Am besten gleich noch mal«, sagte sie. Und noch einmal sahen sie Peter Burckhardt und einen größeren Mann die Straße entlangkommen und in einen Lancia steigen.

»Burckhardt scheint nicht unter unmittelbarem Zwang zu handeln«, sagte Flavia. »Er wird jedenfalls nicht mit einer Pistole oder sonst etwas bedroht.«

»Nein.«

»Haben Sie den Wagen schon ermittelt?«

»Die Untersuchung läuft noch. Das Ergebnis müsste aber jeden Moment da sein. Sind Sie weitergekommen?«

»Nein, eigentlich nicht. Aus der Frau, von der ich mir einiges versprochen habe, kriege ich nichts heraus.«

»Wer ist das denn?«

»Eine Engländerin, die sich sehr für Kunst interessiert und nicht ganz koscher ist. Leider bin ich mir fast sicher, dass sie die Ikone nicht gestohlen hat.«

»Natürlich nicht. Das war ganz bestimmt Burckhardt.«

»Da bin ich mir nicht so sicher. Er ist ja nicht in die Kirche eingebrochen, jemand hat ihm von innen aufgemacht. Und ob er wirklich Pater Xavier niedergeschlagen hat, möchte ich bezweifeln.«

Mehr wollte Flavia dazu jetzt nicht sagen, und das brauchte sie auch nicht, weil ein Computerausdruck ausgespuckt worden war, während sie noch gesprochen hatte. »Ah!«, rief Alberto. »Noch ein Glückstreffer!«

»Wie meinen Sie das?«

»Es ist ein Mietwagen. Er wurde letzten Freitag am Flughafen angemietet. Von einem gewissen M. K. Charanis. Der Mann hat einen griechischen Pass und wohnt im Hassler.«

»Dann sollten Sie ihn dingfest machen. Können Sie ein paar Leute mobilisieren?«

Flavia kam um zehn Uhr abends völlig zerschlagen nach Hause, ihr Magen knurrte, sie hatte rasende Kopfschmerzen.

Als Argyll sie sah, verkniff er sich seinen Kommentar dazu, wie spät es auch heute wieder geworden war, ließ stattdessen ein Bad ein und holte ihr etwas zu essen. Sie war so erschöpft, dass sie kaum noch richtig kauen konnte. Doch die schrecklichen Verspannungen im Nacken begannen sich dank seiner liebevollen Nackenmassage zu lösen. Und das Bad tat ebenfalls unheimlich gut.

Sie erzählte ihm von der Jagd auf Charanis und fuchtelte dabei immer mal wieder mit dem Schwamm herum. »Dabei waren wir schon ganz nah an ihm dran«, sagte sie zum Abschluss. »Mit ein bisschen mehr Glück ...«

Es war ein grauenhafter Polizeieinsatz gewesen. Während die Carabinieri sich beim Aufspüren von Charanis noch von ihrer besten Seite gezeigt hatten, zeigten sie sich beim Versuch, ihn zu verhaften, von ihrer schlechtesten. Dabei hätte es doch völlig genügt, wenn Flavia und Alberto mit ein paar Mann Verstärkung in das Hotel spaziert und an die Tür seines Zimmers geklopft hätten. Aber nein, irgendein großes Tier – Flavia tippte auf Albertos unmittelbaren Vorgesetzten mit seinem Hang zur Melodramatik – hatte beschlossen, dass es an der Zeit wäre, mal wieder die Anti-Terror-Truppe losstürmen zu lassen.

Das hatte ein Chaos heraufbeschworen, die Leitung eines der exklusivsten italienischen Hotels zur Weißglut gebracht und bei einem Großteil der Gäste einen extrem schlechten Eindruck hinterlassen. Und es hatte vermutlich auch noch Charanis mit der Nase darauf gestoßen, dass er gesucht wurde – jedenfalls dann, wenn er sich die Nachrichten in jenem Fernsehsender ansah, der ein Aufnahmeteam mitgeschickt hatte und eine ganz unterhaltsame Demonstration polizeilicher Stärke sendete. Immerhin ließ sich Alberto dazu bewegen, eine Erklärung abzugeben, in der von Drogendealern die Rede war, aber auch Flavia zweifelte daran, ob das viel nützen würde.

Ansonsten hatte sie entsetzt mit ansehen müssen, wie haufenweise schwerbewaffnete Idioten mit den

Gewehren herumfuchtelten, in Funkgeräte brüllten und in Stellung gingen, um einen Mann zu überwältigen – der leider schon am Abend vorher abgereist war.

»Ganz schön blöd«, sagte Argyll und reichte ihr ein Handtuch.

»Das kannst du laut sagen.«

»Ist dieser Charanis ein alter Bekannter von euch?«

Sie schüttelte den Kopf. »Ich habe vorher noch nie von ihm gehört. Wir haben um Amtshilfe gebeten, aber das kann dauern. Bei unserer letzten Anfrage an die griechische Polizei hatten wir noch keine Antwort als der Mann, um den es ging, an Altersschwäche starb.«

»Spricht das nicht für Bottandos internationale Behörde?«

»Es spricht einfach nur für die rasche Beantwortung von Anfragen. Einen kostspieligen Beamtenapparat braucht man dazu nicht.«

»Ja, und was machst du jetzt?«

»Schlafen gehen, glaube ich.«

»Ich spreche natürlich von deinem Fall.«

»Da gibt es nicht viel zu tun. Charanis sollen die Carabinieri suchen. Und bei Mary Verney kann ich im Moment wohl nicht viel ausrichten. Morgen werde ich mit Pater Xavier sprechen, aber das ist praktisch auch schon alles.«

Sie trocknete sich ab, wobei ihr Argyll behilflich war, und seufzte erleichtert auf. »Jetzt fühle ich mich wieder wie ein Mensch«, sagte sie. »Du hast nicht zufällig etwas Interessantes herausgefunden?«

»Kann ich dir so nicht sagen.«

»Warum nicht?«

»Na, weil ich nicht weiß, was dich interessiert. Einen Moment.«

Als er die Tür öffnete, kam kühle Abendluft herein. Er war schnell wieder im Bad und brachte eine Kopie einer Zeitschriftenseite mit.

»Das ist eine anthropologische Studie über Besuche übernatürlicher Wesen.« Er zeigte ihr rasch die mit Notizen vollgekritzelte Rückseite, damit sie sah, wie fleißig er gewesen war. »Von Burckhardt vor drei Jahren veröffentlicht.«

»Na ja …«

»Unsere Ikone wurde doch von einem Engel gebracht!«

»Und was schreibt er?«

»Dass es viele solche Geschichten gibt. Im Mittelalter müssen die Engel die reinsten Laufburschen gewesen sein. Sie haben ständig Gemälde und Statuen an alle möglichen Orte getragen. Nach Loreto sogar ganze Häuser. Und Burckhardt stellt die These auf, dass diese Geschichten oft einen historischen Kern haben.«

»Aha.«

»Sein Beispiel ist eine Kirche in Spanien, in der Nähe der Pyrenäen, in der eine wunderkräftige Statue steht. Von einem Engel dorthin gebracht, so überliefert die Sage. Wogegen Burckhardt annimmt, dass ein Wohltäter der Kirche die Statue schenkte und bei diesem Anlass auch Geld unter die Armen verteilte. Diese Geschichte wurde dann von Generation zu Generation weitergegeben, wobei man die Beschenkung der Armen immer unmittelbarer auf die Statue bezog, bis man schließlich glaubte, sie selber habe die Armen beschenkt. Das war dann natürlich ein Wunder. Und aus dem Wohltäter wurde ein Engel.«

»Die Ikone aus dem Kloster San Giovanni soll die Menschen von der Pest geheilt haben.«

»Beschenkung der Armen. Bessere Ernährung. Stärkung der Abwehrkräfte. Klingt doch ganz plausibel.«

»Steht das auch in dem Artikel?«

»Nein, das habe ich mir überlegt. Aber an einer Stelle verweist er auf das Kloster San Giovanni. Inhaltlich für uns uninteressant, aber es zeigt, dass er mal im Klosterarchiv war. Und das ist schon von Interesse, oder?«

Sie wiegte den Kopf. »Damit ist wohl nicht furchtbar viel anzufangen.«

»Weißt du, ich muss mir erst einen Überblick über das ganze Material verschaffen. Das ist nicht so einfach, wenn man bei Null anfängt.«

»Ich wäre dir sehr dankbar, wenn du dranbleiben würdest. Vielleicht findest du auch noch konkretere Anhaltspunkte.«

»Mach ich«, sagte er. »Und weißt du auch warum?«

»Warum?«

»Weil's Spaß macht«, entgegnete er und grinste sie an.

13

Kaum war sie am nächsten Morgen im Büro, übermittelte ihr Alberto auch schon eine unerfreuliche Nachricht. Sie sollten ins Außenministerium kommen. Sofort. Bisher hatte dergleichen Bottando erledigt. Bottando war jedoch nicht da, und sie hatte die Leitung übernommen. Sie war noch nie im Außenministerium gewesen, geschweige denn bei einer Besprechung unter dem Vorsitz eines hohen diplomatischen Lackaffen.

Der schien seinerseits im Umgang mit Polizisten ungeübt zu sein und hegte offenbar den Verdacht, dass Leute wie sie schweißige Hände hatten und nicht gerade oft ein Bad nahmen. Er saß hinter seinem Schreibtisch, als müsste er die Stellung halten gegen einfallende Barbaren, machte dabei aber höflich Konversation, bis ein vornehmer Herr hereingeführt wurde.

Dieser Herr kam allerdings von der griechischen Handelsmission, worüber sich alle Anwesenden wunderten, bis er sie darüber aufklärte, dass man noch lange nicht mit Handelsfragen befasst zu sein brauchte, bloß weil man der Handelsmission angehörte.

»Eigentlich habe ich ja den Leiter Ihrer Abteilung herbestellt – warum ist er nicht persönlich gekommen?«, fragte jetzt auf einmal der Mann hinter dem Schreibtisch. Flavia reagierte ein wenig ungehalten und sah, dass Alberto ihr einen amüsierten Blick zuwarf.

»*Ich* leite die Abteilung«, sagte sie und wunderte sich ein wenig darüber, wie leicht ihr die Worte über die Lippen gingen. »Und Sie haben mich durchaus nicht herbestellt. Sie haben mich darum gebeten, zu kommen. Ja, und wenn ich recht sehe, dann spielen Sie, mein Herr, hier alberne Spielchen.«

»So ist es, gnädige Frau!«, rief der Grieche ganz begeistert. »Das sind alberne Spielchen!« Er nickte und zwinkerte ihr sehr übertrieben zu.

»Nun gut«, sagte der vornehme Italiener. »Dann können wir jetzt ja fortfahren. Ich habe nicht viel Zeit, und Signor Fostiropoulos ist ebenfalls ein viel beschäftigter Mann.«

»Wogegen wir natürlich alle Zeit der Welt haben«, erwiderte Flavia. »Was sind schon ein, zwei Morde?«

»Darum sind wir ja hier, nicht wahr?«, sagte Fostiropoulos.

»Ach ja? Mir ist nicht recht klar, warum wir hier sind.«

»Sie haben doch Nachforschungen über Signor Charanis angestellt.«

»Ja.«

»Und ich kann Ihnen mitteilen, dass Sie da auf dem Holzweg sind. Es ist absurd, Signor Charanis etwas Unredliches zu unterstellen.«

»Ich weiß ja noch nicht einmal, wer dieser Charanis ist.«

»Ein sehr begüterter Mann mit weit reichenden geschäftlichen Interessen, in allem sehr korrekt. Er genießt großes Ansehen.«

»Und hat offenbar große Macht, wenn er Sie herschicken kann, damit Sie für ihn eintreten.«

»Vergreifen Sie sich nicht im Ton, Signorina«, sagte der Mann hinter dem Schreibtisch. »Und werden Sie nicht unverschämt.«

»Aber nein«, sagte Fostiropoulos galant. »Das heißt, er ist durchaus ein mächtiger Mann, aber ich bin nur hier, weil es mir Leid täte, wenn Sie Ihre Zeit mit fruchtlosen Nachforschungen vertun.«

»Er sammelt nicht zufällig Gemälde?«

»O doch! Aber das ist ja kein Verbrechen.«

»Sie haben mir noch nicht gesagt, warum Sie sich so sicher sind, dass es fruchtlose Nachforschungen wären.«

»Erstens ist Signor Charanis in Athen, und zwar schon seit letzter Woche. Zweitens suchen Sie doch einen Mann in den Dreißigern und Charanis ist zweiundsiebzig. Und drittens ist der Gedanke absurd, dass er so etwas tun könnte. Er könnte sich das Bild doch kaufen. Er könnte das ganze Kloster aus der Portokasse bezahlen.«

»Wir haben aber herausgefunden, dass das Mordopfer in einen Mietwagen gestiegen ist, der unter dem Namen Charanis angemietet wurde.«

»Verbrecher pflegen sich falscher Namen zu bedienen.«

»Hier ist ein Foto von dem Mann, der mit dem Opfer in den Wagen gestiegen ist.« Flavia reichte ihm die grobkörnige Reproduktion eines Bildes aus dem Videofilm. Fostiropoulos nahm das Foto – und behielt es, was Flavia nicht uninteressant fand. Einem Geheimdienstmann wie Fostiropoulos, der vermutlich langjährige Berufserfahrung hatte, war wohl nicht so leicht anzumerken, ob stimmte oder nicht, was er gerade sagte. Sie hatte dennoch das Gefühl, dass er etwas vertuschen wollte, als er erklärte: »Ich kenne diesen Mann nicht. Der ist natürlich nicht Signor Charanis. Er ist ja, wie gesagt, schon über siebzig.«

»Verstehe.«

Der Grieche erhob sich. »Ich glaube, damit habe ich meinen Teil getan. Ich beende diese Besprechung sehr ungern so abrupt, aber ich muss leider gleich weg. Hoffentlich finden Sie diesen Mann. War mir ein Vergnügen, Signorina.«

Er nickte zuerst Alberto zu, der überhaupt nicht zu Wort gekommen war, und dann dem Ministerialbeamten, der ihn zeremoniell verabschiedete und erleichtert aufatmete, nachdem er die Tür geschlossen hatte.

»Das hätte ins Auge gehen können«, sagte er.

»Wie?«

»Schwerwiegende diplomatische Verwicklungen wären durchaus möglich gewesen. Sie haben ja keine Ahnung, was für ein mächtiger Mann das ist. Gottlob konnte ich die Gefahr durch beherztes Handeln abwenden.«

»Was für diplomatische Verwicklungen? Und was für ein beherztes Handeln? Ich habe nichts davon bemerkt.«

»Er war sehr erbost.«

»Wie bitte?«

»Sie wissen doch hoffentlich, wie hoch wir es ihm anrechnen müssen, dass er persönlich hergekommen ist.«

»Und was ist mit uns?«, fuhr sie ihn an. »Wir sind

schließlich auch persönlich hergekommen. Und Sie haben uns gegenüber ja durchaus kein Weisungsrecht. Im Übrigen hat der Mann uns doch gar nichts gesagt.«

Der Ministerialbeamte musterte sie kühl und sie musterte ihn nicht weniger kühl. Sie wusste gar nicht genau, warum sie sich so verhielt, aber es machte ihr Spaß, soviel war sicher. Ob es Bottando auch so großes Vergnügen machte, sich Dreistigkeiten herauszunehmen? Zählte das zu den heimlichen Privilegien dieser Position?

»Sie setzen haltlose Anschuldigungen in Umlauf, um von eigenen Patzern abzulenken, und dann erwarten Sie im Ernst, dass er Ihnen weiterhilft? Wenn er ein weniger souveräner Geist wäre, hätte er auf Ministerebene Beschwerde geführt und es dabei bewenden lassen.«

»Mensch, halten Sie die Luft an!«

»Wie bitte?«

»Anfragen bei den griechischen Behörden bleiben eigentlich immer wochenlang liegen. Diesmal kommt dagegen gleich am nächsten Tag ein hochrangiger Beobachter zu einer Besprechung und will uns klarmachen, dass wir auf dem Holzweg sind. Müsste das nicht sogar Ihnen ein bisschen komisch vorkommen?

»Nein.«

»Es ist ja leicht einzusehen, dass der Mann, nach dem wir fahnden, kein zweiundsiebzigjähriger Millionär sein kann. Dazu braucht man wirklich keine Besprechung. Was wollte er dann damit erreichen? Hm?«

Ein Schulterzucken, und dann war die Besprechung zu Ende.

»So ein Schwachkopf«, sagte Flavia, als sich die Tür hinter ihnen geschlossen hatte. »Reine Zeitverschwendung.«

»Glauben Sie ihm? Fostiropoulos, meine ich.«

»Was er gesagt hat, wird schon stimmen, aber was hat er wohl alles nicht gesagt? Von dieser Seite werden wir keine Unterstützung erhalten.«

Sie gingen die Treppe hinunter, zum Empfang, wo sie sich anstellen mussten, um den Besucherausweis abzugeben. Als die Dame ihre Identität überprüft und ihre Namen abgehakt hatte, sagte sie: »Das ist für Sie abgegeben worden, Signorina«, damit reichte sie Flavia einen Brief.

Flavia öffnete das kleine Kuvert und las:

»Liebe Signorina di Stefano,

Sie erweisen mir doch sicher die Ehre, sich mit mir auf einen Drink im Castello zu treffen, heute Abend um sechs.

Fostiropoulos.«

Sie seufzte tief. »Was ich doch für ein Glückspilz bin! Wir haben zwar nichts von ihm erfahren, aber dafür darf ich mich heute Abend von ihm anmachen lassen.«

»Einfach nicht hingehen«, riet Alberto.

»Wer weiß, vielleicht krieg ich doch noch was aus ihm heraus. Und wenn ich nicht hingehe, drohen womöglich gleich wieder diplomatische Verwicklungen. Ich hasse es, wenn Leute beruflichen Angelegenheiten unbedingt einen persönlichen Touch geben müssen. Erst recht, wenn ›Touch‹ wohl vor allem ›betatschen‹ bedeutet.«

»Man hat's nicht leicht bei der Polizei. Jetzt wissen Sie, warum Bottando befördert wird.«

»Ach, davon haben Sie schon gehört?«

»Ja, klar, so was spricht sich rum. Hoffentlich verändert sich dadurch nicht allzu viel. Was wird eigentlich aus Ihnen?«

»Man hat mir die kommissarische Leitung des Dezernats angeboten.«

»Respekt, Respekt!« Er machte eine galante Verbeugung.

Sie grinste ihn an. »Was meinen Sie? Wäre das etwas für mich?«

Er dachte gründlich darüber nach.

»Nun sagen Sie schon!«

»Natürlich ist das etwas für Sie. Aber wenn Sie zu allen so grob sind wie zu diesem Ministerialbeamten, wird man Bottando anbetteln, er solle doch zurückkommen.«

»Bin ich so grob zu ihm gewesen?«

»Schrecklich undiplomatisch.«

»Na ja, ich war eben ein bisschen nervös.«

»Versuchen Sie doch gewinnend zu lächeln, wenn Sie wieder jemand sagen, er sei ein unerträglicher Schwachkopf.«

»Meinen Sie?«

»Könnte der Sache die Spitze nehmen.«

»Vielleicht haben Sie Recht. Mir fehlt in solchen Sachen eben noch die Erfahrung.«

»Sie kriegen das schon hin.«

»Was steht bei Ihnen heute an?«

Alberto stöhnte auf. »Was meinen Sie wohl? Stupide Routine. In Hotels und Flughäfen nachfragen und Kreditkarten überprüfen. Und immer wieder erläutern, wie es dazu kommen konnte, dass wir zur Verhaftung eines Mannes, der längst abgereist war, mit sechs Wagen und fünfunddreißig Mann angerückt sind und ein Waffenarsenal aufgeboten haben, das für einen Bürgerkrieg ausgereicht hätte. Zu allem Übel muss ich das auch noch Leuten erklären, die nie etwas anderes tun, als anderen Leuten zu sagen, wie sie ihre Arbeit machen sollten, und denen diese Aufgabe in der Regel zugefallen ist, weil sie sich so unmöglich angestellt haben, als sie selber noch aktiv waren, dass man sie zum Schutz der Öffentlichkeit aus dem Verkehr ziehen musste.«

Flavia nickte. »Hab ich mir fast gedacht.«

»Und was machen Sie?«

»Das weiß ich noch gar nicht so genau. Ich werde mich im Krankenhaus erkundigen, ob Pater Xavier bei Bewusstsein ist und mit mir sprechen kann. Wenn das möglich ist, könnte es interessant werden, wenn nicht, werde ich wohl den ganzen Tag am Schreibtisch sitzen und Däumchen drehen und darauf hoffen, dass sich irgendwas tut.«

Dagegen brach Jonathan an diesem Morgen mit der Zuversicht auf, dass er etwas Sinnvolles zustande bringen würde. Wie und mit welchen Methoden ein Verbrechen begangen worden war, hatte ihn noch nie sonderlich interessiert. *Warum* es verübt worden war, fand er viel interessanter. Wäre das die entscheidende Frage, wäre die Kriminalistik für ihn ein viel spannenderes Feld. Dann würde zwar nur selten jemand verhaftet, aber das brauchte ihn ja nicht zu kümmern. Wie die Ikone gestohlen worden war, gab nun wirklich niemand ein Rätsel auf: Jemand war in die Kirche gegangen und hatte das Bild herausgeholt. Ganz einfach. Schon interessanter war die Frage, wer sie gestohlen haben könnte, aber nach allem, was er von Flavia gehört hatte, gab es nur ein paar verschiedene Möglichkeiten. Dagegen lag noch völlig im Dunkeln, warum sie gestohlen worden war. Hier lag die eigentliche Problematik, genau das Richtige für einen klugen Kopf.

Für das Gemälde und die Geschichte von dem Engel hatte man sich schon seit ein paar Jahrhunderten nicht mehr allzu sehr interessiert. Jetzt war auf einmal alles anders. Und er wollte herausfinden, warum. Das hatte er sich bereits beim Aufwachen zur Aufgabe gemacht. Wenn es sein musste, konnte er dieser Frage auch die ganze Woche nachgehen, denn er hatte seinen Studenten ein Thema für einen Aufsatz gestellt, über dem sie wohl mehrere Tage brüten würden. Flavia hatte er von seinem Vorhaben nichts gesagt, um sie dann gleich mit Ergebnissen überraschen zu können. Als Ausgangspunkt diente ihm die Frage, was Burckhardt wohl dazu bewogen hatte, in Aktion zu treten.

Als er im Kloster angekommen war, erläuterte er Pater Jean, was er sich vorgenommen hatte.

»Sehen Sie sich ruhig um, wenn Sie sich davon etwas versprechen«, sagte der alte Mann.

»Können Sie mir sagen, was er hier alles eingesehen hat?«

»Wer?«

»Burckhardt. Der Tote aus dem Fluss. Er hat in einem Artikel verschiedene Archivalien aus diesem

Kloster angeführt. Sofern er nicht völlig unseriös gearbeitet hat, müsste er also hier gewesen sein.«

Pater Jean schüttelte den Kopf. »Tut mir Leid.«

»Darüber wird hier nicht Buch geführt?«

»Nein. Es kommt nicht oft vor, dass jemand in unser Archiv will. Und dann geben wir ihm einfach den Schlüssel.«

»Gibt es einen Katalog?«

»Wir hatten im Grunde schon so etwas wie einen Katalog«, sagte Pater Jean lächelnd. »Aber man kann ihn eigentlich nicht mehr zu Rate ziehen.«

»Besser als gar nichts.«

»Daran zweifle ich.«

»Warum?«

»Weil alles sozusagen im Kopf von Pater Charles katalogisiert gewesen ist. Er hat das Archiv in- und auswendig gekannt.«

»Aber er lebt nicht mehr?«

»Doch, doch. Er lebt und ist wohlauf, aber er ist schon über achtzig, und sein Gedächtnis macht nicht mehr mit. Manchmal hat er lichte Momente, aber immer seltener.«

»Und er hat nie einen Katalog erstellt?«

»Nein. Wir wollten einen erstellen und hätten es auch getan, aber dann bekam Pater Charles einen Schlaganfall. Jetzt müssten wir von Null anfangen, und so wichtig ist es uns wohl auch wieder nicht.«

»Das erschwert mir natürlich die Arbeit. Könnte ich ihn nicht doch besuchen? Vielleicht habe ich Glück.«

»Das wird wohl möglich sein. Ich kann Sie jetzt aber nicht zu ihm bringen. Wir müssen schon wieder mit einer Krise fertig werden.«

»Was ist passiert?«

»Wir sehen uns mit dem Wiederaufleben alter Formen des Volksglaubens konfrontiert.«

»Und das ist ein Problem für Sie?«

»Ach, wissen Sie, unser Orden ist so sehr mit Krankenhäusern und Schulen beschäftigt, dass wir gar nicht mehr recht wissen, was wir mit religiöser Ergriffenheit anfangen sollen, schon gar nicht, wenn es um Aberglauben und Bilderverehrung geht.«

»Jetzt kann ich nicht mehr ganz folgen.«

»Oh, diese Ikone. Sie haben doch sicher davon gehört, dass sie unser Viertel vor der Pest und den Bombern geschützt haben soll?«

Argyll nickte.

»Aber bis auf ein paar alte Leute wie Signora Graziani hat das kaum noch jemand interessiert. Habe ich jedenfalls gedacht. Aber seit man die Ikone gestohlen hat, ist das allen wieder sehr präsent. Ja, so sind sie, die Römer. Man hat den Eindruck, dass sie ganz diesseitig und materialistisch geworden sind, aber man braucht nur ein bisschen an der Tünche zu kratzen ...«

»Und was passiert jetzt?«

»Alles mögliche. Man trifft sich spät nachts zum Gebet und bittet um ihre Rückkehr. Man fürchtet sich ganz im Ernst davor, dass dem Viertel Unheil droht, seit sie nicht mehr hier ist. Man zeigt tiefe Reue und heftet Sündenbekenntnisse an die verschlossene Kirchentür, um sie milde zu stimmen, damit sie wiederkommt ...«

»Aber die Ikone ist doch gestohlen worden.«

»Erstaunlich viele Leute meinen offenbar, dass sie fortgegangen ist, um ihr Missfallen zu äußern«, sagte

Pater Jean kopfschüttelnd. »Und dass sie erst dann zurückkehrt, wenn alle reumütig und bußfertig sind. Man kennt solche Phänomene natürlich aus Geschichtsbüchern, aber ich hätte nie gedacht, dass ich so etwas miterleben würde. Wissen Sie, das ist nicht gespielt, es ist ihre ehrliche Überzeugung. Und leider geben sie uns die Schuld.«

»Warum?«

»Weil wir sie von ihrer Muttergottes ferngehalten haben. Eigentlich ist es ja General Bottandos Schuld, weil er gesagt hat, wir sollten abschließen.«

»Das ist seine Aufgabe als Polizeibeamter.«

»Richtig. Und es wäre unsere Aufgabe gewesen, nicht auf ihn zu hören, da bin ich mir inzwischen fast sicher. Ja, und jetzt muss ich zu der Beratung.«

»Klar. Aber könnten Sie mir schnell noch sagen, wo Pater Charles jetzt ist? Vielleicht wäre er doch in der Lage, mir irgendeinen Hinweis zu geben ...«

»Er ist natürlich hier im Kloster. Wissen Sie, wir pflegen unsere Kranken selber.« Er räusperte sich und sah auf seine antiquierte Uhr. »Kommen Sie, ich bringe Sie schnell zu ihm. Wenn er wach ist, lasse ich Sie bei ihm. Dann müssen Sie selber sehen, wie Sie zurechtkommen.«

Sie gingen eilig durch einige Korridore und mehrere Treppen hinauf und kamen in einen Gang mit kleinen Fenstern und schmalen Türen, die schief verzogen in den Angeln hingen. An den Wänden warf alte Farbe Blasen und blätterte ab.

»Nicht sehr einladend, fürchte ich«, bemerkte Pater Jean. »Aber er will partout kein anderes Zimmer.«

»Er will unbedingt hier bleiben?«

»Sogar als er Superior geworden ist, hat er darauf beharrt. Er wohnt schon seit sechzig Jahren hier oben. Als er krank wurde, hätten wir ihn gern in ein helles Zimmer im Erdgeschoss umquartiert, weil da mehr Bewegungsfreiheit wäre, und weil die Ärzte meinten, eine heitere Umgebung könnte seinen Geist beleben. Aber er wollte nichts davon hören. Er war eben noch nie ein Freund von Veränderungen.«

Er klopfte, wartete eine Weile und öffnete dann die Tür.

»Charles?«, fragte er leise in den dunklen Raum hinein. »Bist du wach?«

»Ja«, sagte eine Greisenstimme, »ich bin wach.«

»Ich habe hier jemand, der dich besuchen möchte. Er würde dir gern ein paar Fragen zu unserem Archiv stellen.«

Es entstand eine lange Pause; am anderen Ende des Zimmers knarrte ein Stuhl. Ein muffiger Geruch nach mangelnder Lüftung und Greisenhaftigkeit lag in der Luft. Argyll machte sich auf eine schwierige und unergiebige Begegnung gefasst.

»Führe ihn doch herein.«

»Kannst du dich unterhalten?«

»Das tue ich doch schon.«

»Sie haben Glück«, flüsterte Pater Jean. »Er wird wohl bald das Zeitliche segnen, aber vielleicht erfahren Sie vorher noch etwas von ihm.«

»Was flüsterst du denn da, Jean?«, fragte Pater Charles ärgerlich. »Schick mir den Besucher herein. Sag ihm, er soll die Fensterläden öffnen, damit ich sehe, wen ich vor mir habe. Und dann lass uns allein.«

Gütig lächelnd ging Pater Jean mit leisen Schritten

davon, und Argyll befiel eine sonderbare Nervosität. Er tastete sich durch den dunklen Raum, klappte die Läden auf und machte das Fenster nicht wieder zu. Im ersten Moment traf ihn das gleißende Sonnenlicht fast wie ein Schlag.

Dann sah er, dass er in einem schmucklosen Raum stand, möbliert mit einem Bett, zwei Stühlen, einem Schreibtisch, einem Bücherregal. An einer Wand hing ein Kruzifix, von der Decke baumelte eine nackte Glühbirne. Auf einem der beiden Stühle saß Pater Charles und schaute ihn ruhig an. Argyll traute sich nicht, Platz zu nehmen, solange er nicht dazu aufgefordert worden war.

Er hatte sich den Pater wohl eher als verhutzeltes Männlein vorgestellt, zittrig und altersschwach. Eine gründliche Täuschung. In jüngeren Jahren musste Pater Charles ein Hüne von Mann gewesen sein, und auch noch im Alter und trotz seiner Krankheit war er eine imposante Erscheinung; so groß und kräftig und breitschultrig, dass einem der Stuhl, auf dem er saß, zu klein vorkam. Viel wichtiger war indessen, dass der alte Mann ihn mit wachem Verstand musterte, und wenn er sich dabei unheimlich viel Zeit nahm, dann tat er das in dem Bewusstsein, dass *er* bestimmen konnte, wie es weiterging.

Nachdem er das durch sein langes Schweigen auch seinem Gegenüber klargemacht hatte, fragte er: »Mit wem habe ich denn das Vergnügen?«

Argyll stellte sich vor, und zwar laut und deutlich.

»Nehmen Sie Platz, Signor Argyll. So brauchen Sie aber nicht mit mir zu sprechen, ich bin weder taub noch begriffsstutzig.«

Argyll sah ihn verlegen an.

»Und schauen Sie mich nicht so verlegen an. Pater Jean hat ja Recht, ich bin wirklich nicht mehr das, was ich einmal war – aber eben doch oft noch ganz klar. Wenn ich merke, dass sich mein Bewusstsein trübt, sage ich Ihnen Bescheid und beende das Gespräch. Ich will nicht, dass man mich in dem Zustand erlebt, in den ich dann leider gerate. Dazu bin ich zu stolz, fürchte ich. Sie hätten aber auch keine Freude daran.«

»In Ordnung«, entgegnete Argyll.

»Na, dann sagen Sie mir mal, was Sie von mir wollen, junger Mann.«

Argyll begann es ihm zu erklären.

»Ah, unsere Muttergottes aus dem Osten! Warum interessieren Sie sich denn für sie?«

Er erzählte von dem Diebstahl, und der alte Mann hörte ihm aufmerksam zu.

Dann schüttelte er den Kopf und sagte: »Nein, das kann gar nicht sein.«

»Doch, es ist leider so.«

»Da irren Sie sich. Sie wird uns nicht verlassen, das ist ihr gar nicht möglich.« Er lächelte vor sich hin. »Sofern in der Weltpolitik kein erheblicher Wandel eingetreten ist, seit ich zum letzten Mal Zeitung gelesen habe. Und das war gestern, müssen Sie wissen.«

Soviel zum wachen Verstand des alten Mannes.

»Seien Sie unbesorgt, sie wird wieder in Erscheinung treten, wenn sie es für richtig hält.«

Darüber ließ sich nicht diskutieren, Argyll konnte nur versuchen, auf Umwegen ans Ziel zu gelangen. »Die anderen Patres machen sich trotzdem Sorgen und sind an meiner Hilfe interessiert. Es mag völlig überflüssig sein, aber ihnen zuliebe könnten Sie vielleicht doch …«

Ein Lächeln huschte über Charles' Gesicht. »Ich bin durchaus nicht verrückt, mein Herr. Es ergibt Sinn, was ich sage.«

»Aber natürlich«, erwiderte Argyll verbindlich.

»Tun Sie nicht so gönnerhaft. Dazu sind Sie viel zu jung.«

»Tut mir Leid.«

Pater Charles beugte sich vor und studierte Argylls Gesichtszüge. »Ich glaube, ich habe jetzt nicht mehr viel Zeit. Sie sollten mir rasch sagen, worum es geht, damit ich antworten kann, solange ich noch dazu in der Lage bin.«

Argyll erläuterte ihm rasch, dass Burckhardt etwas über die Ikone in Erfahrung gebracht haben musste, bevor er sich plötzlich auf die Jagd nach ihr machte, und dass er diese neuen Erkenntnisse hier aus dem Klosterarchiv bezogen haben könnte.

»Das ist natürlich nur eine Vermutung, aber wenn ich wirklich herausfinden würde, warum er sich so sehr für das Gemälde interessiert hat, wäre ich einen großen Schritt weiter.«

Pater Charles begann nachdenklich zu nicken, und Argyll fürchtete schon, der alte Mann könnte sich in seinen Gedanken verlieren, aber dann blickte er mit einem flüchtigen Lächeln auf und sagte: »Ja, er ist letztes Jahr hier gewesen, ich kann mich gut daran erinnern. Ich habe ihn nicht sehr freundlich behandelt, fürchte ich.«

»Ach ja?«

»Burckhardt hat rein mechanistisch gedacht, wenn Sie verstehen, was ich damit meine.«

Argyll schüttelte den Kopf.

»Burckhardt interessierte sich nur für Maltechniken und hatte keinen Sinn für die Wirkkraft der Ikonen. Er sah in Leuten, die zu der Muttergottes beten, nur ein kurioses Beispiel für einen alten Aberglauben und wollte die Legenden, die sich um die Ikone ranken, auf einen rationalen Kern reduzieren, um ihnen alles Wunderbare zu nehmen. Er befasste sich aus kalter Berechnung mit verschiedenen Formen der Frömmigkeit und machte für sich ein lukratives Geschäft daraus. Und deshalb war ich ihm gegenüber wohl nicht sehr hilfsbereit. Er musste sich selber zurechtfinden und hat viel übersehen.«

»Oh ...«

»Bei Ihnen kann ich mir viel besser vorstellen, dass ich Ihnen sage, wo sie finden, was ihm verborgen geblieben ist. Wissen Sie warum?«

»Weil die Ikone verschwunden ist und ich einen Beitrag zur Rückgewinnung leisten könnte?«

»Nein«, entgegnete er kopfschüttelnd. »Sie braucht ihre Hilfe doch gar nicht, sie kann zurückkehren, wenn sie es wünscht.«

Argyll lächelte ihm zu.

»Nein, weil Sie ein gütiger Mensch sind und gar nicht unbedingt wollen, dass man das merkt. Wissen Sie, wenn ich dazu in der Lage bin, gehe ich noch oft zum Beten in die Kirche. Und neulich habe ich gesehen, wie sie hereingekommen sind und vor der Muttergottes eine Kerze entzündet haben. Und dass sie ganz verlegen geworden sind, als Signora Graziani danke gesagt hat.«

»Mein protestantisches Gewissen«, sagte Argyll, »findet das manchmal nicht so gut.«

»Auf jeden Fall haben Sie sich gütig gezeigt. Auch gegenüber von Signora Graziani.«

Es war lange her, dass ihm jemand ins Gesicht gesagt hatte, er sei ein gütiger Mensch. Er wusste nicht so recht, wie er darauf reagieren sollte, und murmelte vorsichtshalber »danke«.

»Ich wollte Ihnen kein Kompliment machen, ich wollte Ihnen nur erklären, warum ich Ihnen Urkunden anvertrauen werde, die ich Burckhardt vorenthalten habe.«

»Dafür bin ich Ihnen sehr dankbar.«

»Am besten schreibe ich Ihnen auf, wonach Sie suchen müssen. Ich würde Ihnen gern dabei helfen, aber ich fürchte, mein Kopf macht jetzt gleich wieder seine Mätzchen.«

Argyll gab ihm ein Blatt Papier und einen Stift. Pater Charles schrieb ihm rasch etwas auf und reichte ihm das Blatt. »Im vierten Schrank das dritte Schubfach von unten. Ganz hinten. Bitte gehen Sie jetzt.«

»Das ist sehr liebenswürdig …«

»Gehen Sie«, sagte er mit einer energischen Handbewegung. »Lassen Sie mich ganz schnell allein.«

Die nächsten acht Stunden quälte sich Argyll, der in Latein noch nie gut gewesen war, durch lateinische Urkunden. Er fühlte sich verpflichtet, sie selber zu lesen, ohne jemanden zu Rate zu ziehen, es blieb ihm also nichts anderes übrig, als sich Wort für Wort und Wendung für Wendung durch die Sätze zu arbeiten und mit Gerundien und Gerundiva zu kämpfen, bis er sich sicher sein konnte, dass seine Übersetzung stimmte.

Leider konnte er in dem Aktenbündel kein Ordnungsprinzip erkennen, die Schriftstücke schienen beinahe willkürlich zusammengepackt zu sein. Urkunden über die Aufnahme neuer Patres in das Kloster, Seiten aus dem Diarium, Abschriften der Frachtbriefe von Schiffen, datiert auf das Jahr 1453, ein Ansprache des Papstes, eine Auflistung des Grundbesitzes eines Edelmanns, Anmerkungen zu religiösen Festen, vor allem Marienfesten. Das alles musste irgendwie zusammengehören, Pater Charles hatte ihn deutlich genug darauf hingewiesen. Aber wie? Er konnte sich keinen Reim darauf machen.

Trotzdem hatte er das Gefühl, dass er das Vertrauen des alten Mannes enttäuschen würde, wenn er einen Altphilologen hinzuziehen würde oder einen Mediävisten, dem es ein Leichtes wäre, das ganze Material rasch zu sichten und ihm zu sagen, welche Bewandtnis es damit hatte. Ihm und nur ihm war es zugänglich gemacht worden. Also musste er allein damit zu Rande kommen, das war wirklich nicht zuviel verlangt. Auch wenn er heute und morgen und womöglich auch noch das ganze Wochenende damit zu tun haben würde.

Er machte eine Zigarettenpause, setzte sich im Klosterhof auf einen Stein in die Sonne und ließ sich durch den Kopf gehen, was er bisher gelesen hatte, wurde aber nicht schlau daraus. Vielleicht fand er in der zweiten oder dritten Aktenmappe einen Anhaltspunkt? Menzies kam ins Kloster und ging zur Kirche. Argyll winkte ihm zu, hatte jetzt aber keine Lust, sich mit ihm zu unterhalten. Pater Jean trat aus einem der Gebäude und fuhr in einem kleinen Fiat davon. Und vor dem Kloster wurde gesungen.

Er war so geistesabwesend, dass es mehrere Minuten dauerte, bis ihm auffiel, dass das seltsam war, und noch länger, bis er aufstand, um nachzusehen, was da draußen vor sich ging. Er trat durch die Klosterpforte, blickte die Straße entlang und sah vor dem Portal der Kirche ein Gruppe von zwanzig singenden Leuten stehen, vor allem Frauen, die meisten alt. Einige von ihnen hielten ein Kreuz oder einen Rosenkranz in der Hand. Und diese Gruppe hatte viele Zuschauer angezogen, auch einen Fotografen und einen Reporter, den Argyll flüchtig kannte. Er ging zu ihm hin und fragte ihn, was die Leute denn da machten.

»Sie halten eine Mahnwache«, antwortete der Reporter mit einem versonnenen Lächeln.

»Ach Gott.«

»Sie wollen hier ausharren, bis das Gemälde zurückgebracht wird.«

»Da können sie unter Umständen lange warten.«

Der Reporter nickte, betrachtete ganz niedergeschlagen die Menschenmenge und dachte laut darüber nach, wie er die Sache aufziehen könnte: Sollte er von anrührender Frömmigkeit berichten? Oder sich lieber über einen wunderlichen Aberglauben mokieren? Eine schwierige Entscheidung.

Argyll ließ ihn mit seinem Dilemma allein und ging wieder ins Kloster: sonst wäre ihn der Reporter womöglich noch um Hintergrundinformationen angegangen.

Flavia hatte sich gleich gedacht, dass Fostiropoulos sie warten lassen würde, und so war es dann auch. Als er schwungvoll eintrat und sie anstrahlte, war sie schon bei der dritten Zigarette und dem zweiten Schälchen mit Nüssen. Er küsste sie gleich zweimal auf beide Wangen, als wären sie die besten Freunde, und bestellte eine Flasche Champagner. Genau so hatte sie sich das vorgestellt. Das konnte ja heiter werden. Der Champagner schmeckte allerdings richtig gut.

»Was halten Sie von di Antonio, unserem gemeinsamen Freund?«, fragte er, während er vorsichtig einschenkte.

»Wer ist das?«

»Na, der Mann, bei dem wir heute Morgen die Besprechung hatten.«

»Ach so. Nicht viel.«

»Ein fürchterlicher Umstandskrämer. Solche Leute gibt es leider in jedem diplomatischen Dienst. Seine Personalakte trägt vermutlich den Vermerk: ›Darf nur in Rom zum Einsatz kommen!‹ So ist das eben in Behörden. Da gibt es im Laufe der Jahre immer mehr Umstandskrämer, Nichtskönner, sogar Leute, die bewusst die Arbeit sabotieren. Aber aus irgendeinem Grund versucht man erst gar nicht, sie loszuwerden.«

»Sie sprechen sicher aus leidvoller Erfahrung.«

»Stimmt«, sagte er lächelnd. »Eigentlich müsste es alle fünfundzwanzig Jahre eine Revolution geben. Alle hinausbefördern und ganz von vorn anfangen! Mao ist aus der Mode gekommen, aber er hatte Recht.«

»Ich habe die Erfahrung gemacht, dass sowieso immer wieder dieselben Leute an der Spitze stehen«, sagte Flavia. Ob es unter dem Deckmantel dieser ungezwungenen Unterhaltung um etwas ganz anderes ging? »Auch wenn man sich noch so sehr darum bemüht, sie loszuwerden.«

»Es ist natürlich oft so, aber doch nicht immer. Und man erkennt diese Leute immer auf den ersten Blick. An ihrer Art ändert sich überhaupt nichts. Nehmen wir mein Metier.

»Die Wirtschaftsspionage?«

»Sagen wir lieber, die Handelsbeziehungen, Flavia. Sie haben doch nichts dagegen, wenn ich Sie Flavia nenne?«

»Nein, nein.«

»Ich heiße Gyorgos. Ja, und bis vor einigen Jahren hatte man noch klare Vorstellungen davon, was man machte und warum man es machte. Da ging es noch gegen östliche Geheimagenten und Kommunisten und so weiter, da schützte man bei uns die Flanke Europas. Das waren noch Zeiten! Dann war mit einem Schlag alles anders. Und seither tun sich seltsame Dinge.«

»Was denn zum Beispiel?«

»Es ist schon merkwürdig. Den Leuten sind die alten Gewissheiten abhanden gekommen, prompt greifen sie auf noch ältere zurück. Eine alte Feindschaft hat sich erledigt, schon konzentriert man sich wieder auf eine noch viel ältere. Verstehen Sie?«

»Nein.«

»Wirklich nicht? Sie enttäuschen mich.«

»Versuchen wir es noch einmal.«

»Der alte Charanis ist ein komischer Kauz. Was wissen Sie über ihn?«

»Nicht viel. Ich habe von ihm nur mal als Kunstsammler gehört, aber ich dachte, dass er gar keine Bilder mehr kauft. Hat er nicht irgendwann gesagt: ›Ich weiß sowieso schon nicht mehr wohin mit all den Bildern?‹«

»Doch«, entgegnete Fostiropoulos lächelnd. »Als er alt wurde und über den Tod nachgedacht hat und fromm geworden ist. Da hat er dann keine alten Meister mehr gesammelt, sondern Kirchen mit Kunstwerken beschenkt. Mit Ikonen zum Beispiel. Aber sogar damit hat er inzwischen aufgehört.«

»Aber Sie werden doch zugeben, dass das alles kein reiner Zufall sein kann.«

»Schon möglich. Er ist, wie gesagt, ein komischer Kauz. Und erstaunlicherweise ein überzeugter Demokrat.«

»Warum ist das erstaunlich?«

»Wissen Sie, als es damals, in den Sechzigerjahren, in Griechenland zum Militärputsch kam, war Charanis gegen die Obristen. Dabei gab es in den hundert Familien, denen in Griechenland praktisch alles gehört, sonst eigentlich niemand, der gegen sie war. Nun gut, er hat sich gesagt, der Putsch ist schlecht fürs Geschäft, er ist aber auch aus romantischen Gefühlen heraus dagegen gewesen. Weil Griechenland doch die Wiege der Demokratie ist. Zwar war er schon immer ein Kommunistenfresser, aber niemals ein Parteigänger der nationalistischen Schurken, die sich damals an die Macht geputscht haben.«

»Dann hat der Mann wohl eine blütenweiße Weste?«

»Nun ja, früher hat er offenbar geradezu zwanghaft Kunst gesammelt. Mit großem Erfolg. Das Nationalmuseum möchte unbedingt als Erbe seiner Sammlung eingesetzt werden. Ein schwieriges Unterfangen, weil ein Mann wie Charanis, allein schon aus alter Gewohnheit, knallhart verhandelt. Er will so hohe Steuerermäßigungen und so viele staatlichen Aufträge und sonstige Vergünstigungen, dass noch nicht sicher ist, ob man sich einig wird. Und außerdem sind dem Museumsdirektor offensichtlich ein paar Bilder nicht ganz geheuer.«

»Ach ja?«

»Niemand weiß, wo sie herstammen und wie sie in seinen Besitz gelangt sind. Aber das tut jetzt nichts zur Sache.«

»Finden Sie?«

»Ja. Er hat nämlich seit mindestens fünf Jahren gar nichts mehr gekauft und lehnt es kategorisch ab, je wieder ein Bild zu erwerben.«

»Eigentlich schade.«

»Er lebt jetzt sehr zurückgezogen. Aber er ist natürlich immer noch ein bisschen größenwahnsinnig, bewohnt also ein eigenes Kloster nur für sich. Und in der Zelle, in der er meditiert, stehen Computer und Faxgeräte und so weiter.«

»Wo liegt dieses Kloster?«

»In der Nähe vom Berg Athos. Er verbringt mehr und mehr Zeit dort und kleidet sich sogar wie irgendjemand aus dem Mittelalter. Es heißt, dass er Buße tut für seine Sünden, und wenn das stimmt, hat er sich viel vorgenommen.«

»Aber wir können ihn vergessen? Ist es das, was Sie mir sagen wollen? Also noch einmal dasselbe wie heute Morgen? Wozu dann dieses Treffen?«

»Weil ich gern in Ihrer reizenden Gesellschaft bin, meine liebe Signorina, und weil ich Sie darauf hinweisen wollte, dass Ihre Fahndung noch ein wenig der Präzisierung bedarf.«

»Ich weiß, ich stehe auf dem Schlauch …«

»Nein, nein, durchaus nicht. Aber Sie suchen doch eine Person mit Namen Charanis.«

»Ah! Bruder, Sohn, Tochter, Cousin?«

»Wissen Sie, der arme Mann hat wenig Freude an seinen Kindern. Es dürfte für sie aber auch kein Vergnügen gewesen sein, ihn zum Vater zu haben. Er hat sie mit materiellen Gütern überhäuft, dafür aber auch enorme Erwartungen in sie gesetzt. Und weil der Konkurrenzgeist bei ihm nun einmal sehr stark ausgeprägt ist, wollte er der Sieger bleiben, auch wenn er gegen seinen kleinen Sohn gespielt hat. Schon als der arme Junge erst vier Jahre alt war, ging es seinem Vater beim Tischtennis nur darum, möglichst hoch zu gewinnen. Es geht freilich das Gerücht, dass es auch noch einen anderen Grund für sein Verhalten gab.«

»Was für einen?«

»Mikis' Mutter soll neun Monate vor seiner Geburt eine Affäre mit einem anderen Mann gehabt haben. Offenbar hat sie es Charanis nachgemacht, der damals eine leidenschaftliche Affäre mit einer anderen Frau hatte. Und dann saß er in der Klemme. Zugeben zu müssen, dass die Ehefrau untreu gewesen ist, geht gegen die Ehre. Ein Kind von einem anderen Vater großzuziehen, ist auch nicht besser.«

»Er entschied sich für letzteres, und der Junge hatte dafür zu büßen?«

»Genau. Sogar nach der Scheidung von seiner Frau hat er den Jungen bei sich behalten. Vor allem, um ihr eine Lektion zu erteilen, fürchte ich. Und Mikis ist zu einem Mann mit einem schwierigen Charakter herangewachsen. Er hat eine Aversion gegen die etablierten Autoritäten, und die lebt er neuerdings in der Politik aus.«

»Im Staatsdienst«, sagte Flavia. »Hätte schlimmer kommen können.«

Gyorgos schnitt eine Grimasse. »Nein, leider nicht. Er hat sich mit rechtsextremen Nationalisten der übelsten Sorte zusammengetan. Gegen diese Leute erscheinen einem die Obristen der alten Militärjunta wie lasche Liberale. Ein typisches Verhaltensmuster, würde ich sagen. Da will einer unbedingt Ordnung schaffen, das ganze Land einer eisernen Disziplin unterwerfen, Ausländer zusammenschlagen, weil er meint, damit kann er zeigen, dass er ein härterer Bursche ist als sein Vater.«

»Solche Leute gibt es heutzutage jede Menge. Was bedeutet das im politischen Kontext Griechenlands?«

»Diese Leute haben eine Abneigung gegen Slawen, gegen Araber, eigentlich gegen alle Ausländer; sie wollen Ordnung schaffen und alle Griechen zu wahrer Vaterlandsliebe bekehren. Das übliche Gebräu. Und sie beziehen sich natürlich ständig auf unsere glorreiche Vergangenheit.«

»Athen?«

»O nein.« Er langte mit seiner Pranke in ein Schälchen und schob sich einen ganzen Haufen Nüsse in den Mund.

»Nicht verraten! Diese Leute beziehen sich auf Alexander den Großen und wollen Persien erobern?«

»Das käme wohl sogar einem Extremisten wie dem jungen Charanis ein bisschen zu ehrgeizig vor«, sagte Gyorgos, nachdem er mit einem Schluck Champagner nachgespült und sein Glas wieder gefüllt hatte. »Nein. Sie beziehen sich auf das byzantinische Reich und haben es auf Istanbul abgesehen, ehemals Byzanz oder

Konstantinopel, die Hauptstadt des byzantinischen oder oströmischen Reichs. Wenn aus Leningrad wieder St. Petersburg geworden ist, warum sollte dann aus Istanbul nicht wieder Konstantinopel werden?«

Fostiropoulos langte sich noch einmal Nüsse, zögerte einen Moment, nahm das Schälchen, kippte es auf seinen Handteller aus und schob alles auf einmal in den Mund. Während er geräuschvoll kaute, schaute er sie lächelnd an, um zu sehen, ob sie begriffen hatte, worauf er hinauswollte.

»Da hat er sich aber viel vorgenommen.«

»Sie greifen, wie gesagt, auf alte Gewissheiten zurück. Man darf diese Leute nicht unterschätzen. Sie träumen von Macht und Herrlichkeit und suchen sich aus der Religion und der Geschichte zusammen, was sie brauchen. Das ergibt ein Gebräu, an dem sich manche Leute gern berauschen.«

»Diese Hirngespinste bereiten Ihnen doch nicht ernstlich Sorge?«

»Offiziell nicht. Und sei es nur, weil man es sich nicht mit dem alten Charanis verderben will. Inoffiziell sind wir uns hingegen sicher, dass diese Leute bei den Morden in Thessaloniki ihre Finger im Spiel hatten. Vor einigen Monaten wurden dort fünf Muslime bei lebendigem Leib verbrannt. Noch sind diese Wahnsinnigen ein kleines Grüppchen, aber sie werden stärker. Das bereitet uns sehr wohl Sorge.«

»Wissen Sie, wo der junge Charanis sich aufhält?«

Er schüttelte den Kopf. »Vor drei Wochen war er drei Tage in London, danach wieder in Athen. Jetzt ist er verschwunden, seit über einer Woche hat ihn niemand mehr gesehen.«

»Er hat sich in London aufgehalten?«

Fostiropoulos nickte. »Das interessiert Sie? Warum?«

»Ich habe da nur so eine Idee. Sagen Sie, könnten Sie mir einen Gefallen tun?«

»Aber natürlich.«

»Könnten Sie in Erfahrung bringen, welche Bilder der Sammlung Charanis dem Museumsdirektor nicht ganz geheuer sind?«

»Mit dem größten Vergnügen«, entgegnete er und sah auf seine Uhr. »Kann ich noch etwas für Sie tun?«

»Ein ordentliches Foto vom jungen Charanis wäre gut. Ich habe nur ein ganz verschwommenes.«

Gyorgos griff lächelnd in sein Jackett. »Nichts leichter als das«, sagte er und reichte ihr einen Umschlag. »Sie sagen mir doch Bescheid, wenn Sie ihn irgendwo aufstöbern? Das wäre sehr wichtig für uns.«

»Gut.«

»Jetzt muss ich mich aber beeilen. Es hat mich sehr gefreut, Signorina.«

Und schon saß Flavia allein am Tisch, mit ein paar übrig gebliebenen Nüssen und gerade noch genug Champagner in der Flasche, dass es für ein letztes Glas reichen würde. Ach, was soll's, dachte sie und schenkte sich ein.

14

Beim Frühstück hatte sich Flavia – warum übe ich mich nicht gleich ein bisschen im Motivieren von Mitarbeitern? – bei ihm bedankt und ihn gebeten, an der Sache dranzubleiben. Das gab Jonathan Auftrieb, er machte sich also mit neuem Elan an die Arbeit und kämpfte sich noch unverdrossener als gestern durch die schwer zu entziffernden Handschriften und die Ungereimtheiten des mittelalterlichen Küchenlateins.

Jetzt hatte er ja auch mehr, woran er sich halten konnte, Flavias Gespräch mit Fostiropoulos hatte einen neuen Hinweis erbracht. Byzantinische Ikonen. In seinen Urkunden kamen immer wieder ziemlich zusammenhanglos Scholaren und Exilanten aus Byzanz vor. Bei ihnen musste er ansetzen, da war er sich fast sicher. Zumal es sehr dafür sprach, dass die Ikone um die Mitte des 15. Jahrhunderts ins Kloster gekommen war, wenn man ihrem Erscheinen die Errettung von der Pest zuschrieb.

Die Osmanen nehmen Konstantinopel ein, nur noch auf westlichen Schiffen können Byzantiner im letzten Moment entkommen. Vielen dieser Flüchtlinge wird im Westen eine Pension zugesprochen, vom Papst oder von einem Monarchen, den sein Gewissen plagt, weil er den Byzantinern nicht zu Hilfe gekommen ist, als es noch nicht zu spät gewesen wäre. Einige Exilanten versuchen auf einen Gegenangriff hinzuarbeiten, reisen von Land zu Land, bitten um Unterstützung. Die anderen sehen ein, dass es keine Hoffnung mehr gibt, dass mit dem Fall von Konstantinopel zweitausend Jahre römischer Geschichte ein blutiges Ende gefunden haben. Sie richten sich also, so gut es eben geht, im Exil ein. Wer sich nicht dazu entschließen kann, dem orthodoxen Glauben abzuschwören, wird Lehrer, wer sich dazu entschließen kann, geht ins Kloster. Vielleicht ist es den Exilanten ein Trost, dass dem Fall des byzantinischen Reichs ein heroischer Kampf voranging und dass der letzte Kaiser, Konstantin, sein ausblutendes Heer gegen den Feind führte, bis er niedergestreckt und sein Leib dermaßen zerstückelt wurde, dass er nicht mehr identifiziert werden konnte.

Keine schöne, aber eine packende Geschichte, und Argyll fand es reizvoll, sich mit einem Teil davon, und sei er noch so klein, ganz genau auseinanderzusetzen. Einige Exilanten waren ins Kloster San Giovanni geflüchtet. Und er ging jede Wette ein, dass einer von ihnen die Ikone mitgebracht hatte. Nur hatte das eigentlich nicht viel zu bedeuten. Viele kamen nicht mit leeren Händen aus Byzanz, manche brachten sogar so viel mit, dass es eine Schande war, weil sie die Schiffe mit Beute beladen und damit anderen die Flucht unmöglich gemacht hatten. Es gab hunderte solcher Bilder. Warum hatten es diese Leute, die von einem neuen Byzanz fantasierten, ausgerechnet auf diese Ikone abgesehen?

Die Mahnwache war größer geworden. So hoch man am Portal hinaufgreifen konnte, waren die Türflügel fast völlig mit angehefteten Blumen und Gebetszetteln bedeckt, man sah kaum noch Holz. Gestern Abend hatte nur eine Hand voll Leute vor dem Portal ihr Lager aufgeschlagen, jetzt waren es ein paar Dutzend, und sie meinten es offenbar ernst, denn sie hatten Schlafsäcke mitgebracht. Gestern waren fast nur betagte Frauen gekommen, aus alter Anhänglichkeit und aus dem Gefühl heraus, dass wieder einmal etwas gewaltsam aus ihrem Kosmos entfernt worden war. Jetzt waren auch erstaunlich viele junge Leute da, sicher zehn, vielleicht auch fünfzehn, darunter einige mit der ernsten Miene von Theologiestudenten, aber auch freischwebende Sinnsucher aus ganz Europa, die auf den Stufen des alten Klosters fündig zu werden hofften. Argyll unterhielt sich ein wenig mit ihnen. Die einen hatten traditionelle Vorstellungen von Religion, die anderen sprachen mit dunklen, aber eindringlichen Worten von der Großen Mutter. Und mindestens zwei waren dazugestoßen, weil sie sich dachten, hier lässt es sich gut übernachten. Auch alle anderen schienen zufällig vorbeigekommen zu sein, und die meisten wussten wohl selber nicht so genau, warum sie blieben, aber das schien niemand zu stören, man war ganz gelassen und fühlte sich wohl, nur Argyll war sehr unbehaglich zumute. Er begrüßte Signora Graziani, die etwas abseits von den anderen saß, und sagte ihr, dass die Polizei intensiv an dem Fall arbeitete. Sie lächelte ihm freundlich zu und fand es anerkennenswert, dass man sich so viel Arbeit machte, hielt die Ermittlungen der Polizei aber offenbar für völlig überflüssig.

Ein wenig irritiert betrat Argyll das Kloster und stellte fest, dass die Ordensbrüder schon ziemlich entnervt waren. Die einen sahen in der Frömmelei vor der

Kirche ein Ärgernis, das man wohl ertragen musste, bis es von allein wieder verschwand. Die anderen fanden es absurd, was da für ein sentimentales Spektakel veranstaltet wurde und dachten wohl darüber nach, wie man die Leute verscheuchen könnte. Nur Pater Paul blieb ganz gelassen und schien das Geschehen sogar mit Wohlwollen zu betrachten.

»Das ist glaubwürdig«, sagte er, während er mit Argyll bei der Klosterpforte stand und sich in aller Ruhe die Leute auf den Stufen vor der Kirche ansah. »Auch ganz weit reichende Entwicklungen sind aus solchen Anfängen erwachsen. Aus dieser schlichten Volksfrömmigkeit. Aber bei uns gibt es außer mir wohl niemand, der auch nur in Betracht zieht, dass hier Gottes Wille geschieht. Kommt Ihnen das nicht auch sonderbar vor?«

»Schon irgendwie. Aber ich kann dazu kaum etwas sagen. Ich bin Anglikaner, hatte also nie viel mit Religion zu tun.«

Pater Paul schmunzelte über seine Bemerkung, die er offenbar für einen Scherz hielt, und schloss die Pforte. »Ich habe vorgeschlagen, dass wir die Kirchentür aufmachen, damit die Leute hineingehen können, falls es regnet«, sagte er. »Aber mein Vorschlag wurde abgelehnt. Man fürchtete, Mr. Menzies könnte sich gestört fühlen.« Er schüttelte den Kopf und ging davon.

Die zweite Aktenmappe war so dick wie die erste und ihr Inhalt schien auch nicht viel erhellender zu sein. Er machte sich sehr aufmerksam an die Arbeit, übersetzte und las weiter, dachte nach und notierte sich vielerlei. Wenn man sich dermaßen konzentrierte, hatte man irgendwann rasende Kopfschmerzen. Aber so kam er wenigstens voran.

Im Jahre 1454 wurden zwei Männer in das Kloster aufgenommen. Dass sie in den Urkunden nur mit ihren neuen Namen – Pater Felix und Pater Angelus – bezeichnet wurden, war ärgerlich, aber nicht weiter verwunderlich. Doch allein schon die Jahreszahl und der Umstand, dass eigens darauf hingewiesen wurde, eine Taufe sei für entbehrlich erachtet worden, ließ den Schluss zu, dass die beiden erst vor kurzem per Schiff aus dem verwüsteten Konstantinopel nach Rom gekommen waren, zumal der eine schon in vorgerücktem Alter und der andere Witwer war.

Es gab also zwei neue Mönche, und es wäre ungewöhnlich gewesen, wenn sie nichts in das Kloster eingebracht hätten. Ob sie die Ikone mitgebracht hatten? Argyll lehnte sich zurück und tippte sich mit dem Bleistift gegen die Zähne. Und dann lächelte er zufrieden. Wie beim Kreuzworträtsel, dachte er. Alles ganz einfach, wenn man erst mal draufgekommen ist. Er beugte sich vor und strich auf seinem Blatt den Namen Felix durch. Ein Engel hatte die Ikone gebracht. Lateinisch: Angelus. Also doch wohl Bruder Angelus.

Na, Bruder Engel, dachte er, wie bist du denn zu dem Bild gekommen? Hast du es noch schnell aus einer brennenden Kirche geholt, während du zum Hafen geschlichen bist und die Hauptstraßen gemieden hast, um keinen feindlichen Soldaten zu begegnen? Oder war das Bild ein Erbstück, das du schon vorausgeschickt hattest, weil dir eine Katastrophe möglich schien? Oder hast du es womöglich einem anderen Flüchtling gestohlen, um dir damit einen Platz in einem komfortablen Kloster zu sichern? Was bist du eigentlich gewesen? Ein Priester, ein Adliger, ein einfacher Untertan?

Interessante Fragen, auf die es in den Urkunden, die vor ihm lagen, leider keine Antwort gab. Es war ein seltsames Sammelsurium von Schriftstücken mit Datierungen vom 15. bis zum 18. Jahrhundert, allem Anschein nach ohne Sinn und Verstand zusammengepackt. Aber es hatte sich jemand die Mühe gemacht, sie zusammenzusuchen, und das war noch gar nicht so lange her. Wohl am ehesten handelte es sich dabei um Pater Charles, als er noch nicht Superior geworden war. Dann hatte er dafür gesorgt, dass niemand die Dokumente zu sehen bekam. Aber warum? Argyll hatte bisher überhaupt nichts Brisantes entdeckt, und leider auch kaum etwas Interessantes.

Er warf einen skeptischen Blick auf die dritte Aktenmappe. Vielleicht wurde er da fündig? Aber wenn er das alles auch noch gründlich durcharbeiten musste, dann war er ja wochenlang beschäftigt. Er hätte im Lateinunterricht eben doch besser aufpassen sollen. Aber da konnte er ja noch nicht wissen, dass es tatsächlich einmal von Nutzen sein würde. Er blätterte den dritten Packen durch und träumte dabei von italienischen Texten, die ihm die Arbeit ungemein erleichtert hätten. Plötzlich stöhnte er auf, weil es nicht besser wurde, sondern noch viel schlimmer: Griechisch! Zehn Seiten in Griechisch! Womit hatte er das verdient?

Jetzt musste er passen. Er sah sich eine Passage etwas näher an, und es schüttelte ihn. Jetzt konnte er nur noch darauf hoffen, dass Pater Charles heute Morgen in guter Verfassung und sehr hilfsbereit war.

Das Gemelli-Krankenhaus war ein alter Kasten auf dem neuesten Stand der medizinischen Technik. Und nur weil die Krankenschwestern hier Ordensschwestern waren, durfte man nicht meinen, sie könnten nicht genauso rabiat werden wie ihre Kolleginnen in weltlichen Häusern. Schon die Kranken drohten ja ständig den Betrieb zu stören, und jeder Besuch war eine Zumutung! Als Flavia sich zu der Station durchgekämpft hatte, auf der Pater Xavier lag, war sie schon ganz groggy.

Die letzte Runde, gegen die Stationsschwestern, war dann weniger schlimm. Nicht etwa weil sie umgänglicher gewesen wären, sondern weil sich der Priester einschaltete, den Pater Jean ins Krankenhaus geschickt hatte, damit er beim Superior Wache hielt. Das Wort eines Geistlichen hatte hier eben viel mehr Gewicht als das einer Polizistin.

»Vielen Dank«, sagte Flavia erleichtert, nachdem auch noch die letzte Schwester ihre Krallen eingezogen und das Feld geräumt hatte.

»Die Schwestern sind eben sehr fürsorglich«, sagte er sanft. »Pater Xavier hatte heute schon zweimal Besuch. Sie fürchten, er könnte sich überanstrengen.«

»Wer hat ihn denn schon besucht?«

»Pater Paul hat einen kurzen Krankenbesuch gemacht. Und dann ist auch schon ein Kollege von Ihnen hier gewesen. Deshalb sind die Schwestern jetzt wohl so ungehalten. Man erwartet von Ihnen, dass Sie sich besser miteinander abstimmen …«

»Ein Kollege von mir? Wer war das denn?«

»Das weiß ich nicht. Ein sehr freundlicher Herr. Er hat Pater Xavier sehr rücksichtsvoll behandelt.«

Das konnte eigentlich nur einer von Albertos Leuten gewesen sein, wahrscheinlich sein Kumpel Francesco. Dabei hatte sie doch mit Alberto eine klare Absprache getroffen, wonach *sie* mit dem alten Priester reden würde. Und wenn er es sich anders überlegt hatte, wäre es nicht mehr als fair gewesen, ihr vorher Bescheid zu sagen.

»Ende vierzig, stämmig, schütteres Haar, stark schwitzend, etwas übel riechend?«, fragte sie.

»Nein, nein«, entgegnete er. »In den Dreißigern, würde ich sagen. Sehr gut gekleidet. Dreitagebart. Sehr selbstbewusst. Außergewöhnlich elegant für einen Polizeibeamten, soweit ich das beurteilen kann.«

Flavia reichte ihm ein Foto von Mikis Charanis.

»Ja, das ist er.«

Sie schloss verzweifelt die Augen und fragte: »Wann war er hier?«

»Ungefähr vor fünfzehn Minuten. Das heißt, da ist er gegangen. Er war nicht länger als zehn Minuten bei ihm.«

»Waren Sie seither bei Pater Xavier im Zimmer?«

»Nein. Ich habe die ganze Zeit hier draußen gesessen ...«

Flavia eilte zur Tür, vor der sich schon wieder eine Krankenschwester postiert hatte, schob sie energisch beiseite und hoffte inständig, dass ihr schlimmster Albtraum nicht Wirklichkeit geworden war.

Pater Xavier lag im Bett und sah sie ohne große Neugier an. »Guten Morgen, Signorina.« Für einen Schwerkranken machte er einen recht munteren Eindruck. Und er hatte mit Sicherheit keine Kugel im Kopf, wofür Flavia sehr dankbar war. Aber da hatten sie einfach nur Glück gehabt. Charanis hätte ihn ganz leicht umbringen können, wenn er gewollt hätte. Verdammt noch mal! Alberto hatte doch gesagt, er würde einen Mann als Wache abstellen!

Sie ließ sich auf den einzigen Stuhl im Zimmer fallen und atmete tief durch, um sich von ihrem Schreck zu erholen. Es war wohl besser, wenn sie dem Kranken unnötige Aufregungen ersparte, und die eigene Inkompetenz brauchte sie ja auch nicht unbedingt an die große Glocke hängen.

»Wie ich höre, hatten Sie Besuch von einem Kollegen aus einer anderen Abteilung«, sagte sie und brachte so etwas wie ein Lächeln zustande. »Ich gehöre zur Abteilung Kunstraub. Der Diebstahl der Ikone fällt in unser Ressort. Wenn Sie mir einfach noch mal dasselbe sagen könnten wie meinem Kollegen?«

»Er wollte wissen, was in der Kirche passiert ist, und hat mich gefragt, ob ich weiß, wo die Ikone jetzt ist. Ich konnte es ihm aber nicht sagen.«

Flavia runzelte die Stirn. »Er hat gefragt, wo die Ikone jetzt ist?«

»Hat er damit seine Kompetenzen überschritten?«, fragte Pater Xavier lächelnd. »Ist das Ihre Aufgabe? Aber ich kann es Ihnen leider auch nicht sagen. Ich bin in der Kirche gewesen und habe gebetet. Dann setzt meine Erinnerung aus.«

»Sie haben den Angreifer nicht gesehen?«

Er schüttelte den Kopf »Er muss von hinten gekommen sein.«

»Haben Sie gesehen, ob die Ikone noch an ihrem Platz hing?«

»Darauf habe ich nicht geachtet. Ich fürchte, ich bin

Ihnen keine große Hilfe. Weder Ihrem Kollegen noch Ihnen.«

»Sie sind also in die Kirche gegangen, um zu beten?«

»Ja.«

»Machen Sie das oft?«

»Aber ja, ich bin doch Priester.«

»Um sechs Uhr früh?«

»Wissen Sie, Signorina, als ich Novize war, mussten wir alle sowohl um drei Uhr als auch um fünf Uhr aufstehen und in die Kirche gehen. Ich bleibe bei diesem alten Brauch, halte es allerdings nicht für richtig, auch andere dazu zu verpflichten.«

»Verstehe. Haben Sie in der Kirche irgendetwas gehört? Oder jemand gesehen? Vielleicht sogar mit jemand gesprochen?«

»Nein.«

»Es ist Ihnen gar nichts Außergewöhnliches aufgefallen?«

»Nein.«

»Es schmerzt mich, dass ich Ihnen das sagen muss, Pater Xavier – aber Sie lügen. Und Sie sind ein schlechter Lügner.«

»Dass Sie die Frechheit besitzen, mir so etwas vorzuwerfen! Ihr Kollege war nicht so unverschämt.«

»Nun, ich kann es Ihnen leider nicht ersparen. Sie wollten sich in der Kirche mit Burckhardt treffen. Der Orden hatte zwar beschlossen, nichts zu verkaufen, aber daran konnten Sie sich nicht halten, Sie brauchten ganz dringend Geld, um die Verluste aus Ihren Aktiengeschäften abzudecken. Deshalb sind Sie um sechs Uhr früh in die Kirche gegangen, haben das Hauptportal aufgeschlossen und auf ihn gewartet. Das ist völlig klar. Es gibt keine andere Erklärung.«

Sie machte eine Pause und schaute ihn forschend an, um zu sehen, ob sie richtig lag. Sein Schweigen überzeugte sie davon, dass sie ins Schwarze getroffen hatte. Sie ließ ihn eine Weile schmoren, um ihn dann gleich mit einem Gedanken zu konfrontieren, der ihr gerade erst in den Sinn gekommen war.

»Und weil Sie keine Scherereien mit Ihrem Orden haben wollten, versuchten sie es so zu deichseln, dass es wie ein Diebstahl aussah. Dieser anonyme Anrufer, der vor einem Einbruch in das Kloster gewarnt hat, das waren Sie.« Damit er gar nicht dazukam, alles abzustreiten, sprach sie gleich weiter: »Nun brauche ich mich ja zum Glück nicht um Ihr Verhältnis zu Ihrem Orden zu kümmern. Es kann mir also egal sein, ob Sie sich über den Beschluss des Konvents hinwegsetzen durften oder nicht. Vielleicht könnte ich sogar auf sich beruhen lassen, wie viel unnötige Arbeit Sie uns mit Ihren falschen Angaben gemacht haben. An sich müsste ich das anzeigen, aber im Moment haben wir wirklich Wichtigeres zu tun. Und da muss ich Sie um rückhaltlose Offenheit bitten.«

»Sonst …?«

»Nun ja, wie Sie bemerkt haben werden, bin ich zu Ihren Gunsten davon ausgegangen, dass Sie das Geld dem Orden zuführen und nicht für sich behalten wollten.«

»Und so war es ja auch«, sagte er entrüstet. »Ich würde den Orden niemals schädigen. Sie meinen, dass ich Geld haben möchte? Für mich persönlich? Ich habe nie Geld besessen, ich wüsste gar nichts damit anzufangen. Aber der Orden braucht Geld. Es gibt so viel zu tun, und alles kostet unheimlich viel. Und dann werfen mir auch noch ständig ein paar alte Quertreiber Knüppel zwischen die Beine.«

»Wenn Ihnen der Orden so sehr am Herzen liegt, sollten Sie mir erst recht alles sagen. Sonst sorge ich für einen derartig unappetitlichen Skandal, dass Ihre Ordensbrüder den Tag verwünschen werden, an dem Sie ins Kloster gegangen sind.«

Sie schielte zu ihm hinüber, um zu sehen, wie er darauf reagierte, und erschrak ein wenig, als sie eine großen Träne seine Wange hinunterlaufen sah.

»Kommen Sie schon«, sagte sie sanft. »Bringen Sie es hinter sich. Dann geht es Ihnen gleich besser.«

Sie stand auf, holte Papiertaschentücher, drückte sie ihm in die Hand und schaute weg. Als er sich die Augen gewischt hatte, tat sie so, als hätte sie nichts gesehen, und er tat so, als wäre nichts gewesen.

»Es muss wohl sein«, sagte er schließlich. »Ich mache mir wegen dieser Sache bittere Vorwürfe, ich habe mich verhalten wie ein dummer alter Mann. Vor zwei Jahren, kurz nachdem ich Superior geworden war, machten mir Finanzmakler aus Mailand ein ganz besonderes Angebot. Wir sollten eine Viertelmillion Dollar investieren, dann würden sie uns garantieren, dass sich unser Geld innerhalb von fünf Jahren verdoppelt.«

Flavia nickte abwesend, dann fuhr sie hoch und sah ihn entgeistert an. »Sie werden doch nicht darauf eingegangen sein?«

»Doch«, sagte Pater Xavier. »Es schien eine einmalige Chance zu sein. Mit diesem Geld hätte ich Missionsstationen in Afrika finanzieren können. Und alles andere wäre weitergelaufen wie bisher. Dann hätte nicht einmal Pater Jean etwas dagegen sagen können.«

»Und Sie sind gar nicht auf den Gedanken gekommen, dass das riskant sein könnte? Dass Vorsicht geboten ist, wenn einem jemand so ein Angebot macht?«

Er schüttelte traurig den Kopf. »Sie haben die Garantie dafür übernommen, dass alles genau nach Plan läuft. Und sie haben betont, dass sie dieses Angebot nur einigen wenigen ausgewählten Investoren machen.«

Jetzt schüttelte Flavia traurig den Kopf.

»Letzten Monat hat man mir dann mitgeteilt, dass aufgrund unvorhersehbarer Umstände die Wertentwicklung des Anlagekapitals noch zu wünschen übrig lasse. Dann habe ich mich natürlich kundig gemacht. Leider ist der Vertrag so abgefasst, dass ich jetzt nicht einmal das übrig gebliebene Geld zurückfordern kann.«

»Wer wusste von Ihrer Investition?«

»Niemand.«

»Sie haben das Angebot weder dem Konvent ihres Ordens unterbreitet noch von einem Finanzexperten prüfen lassen?«

»Nein. Das war furchtbar dumm von mir, das ist mir völlig klar, das brauchen Sie mir gar nicht zu sagen.«

»Gut, dann sage ich es Ihnen nicht. Wie viel davon ist verloren gegangen?«

Ein Stoßseufzer entrang sich ihm. »Fast alles. Genaue Zahlen wollen sie nicht nennen.«

»Das wundert mich nicht.«

»Kurz darauf kam dann ein Brief von Signor Burckhardt. Er wollte die Ikone kaufen. Für eine Summe, die fast den ganzen Verlust wettgemacht hätte.«

»Großer Gott! Das ist absurd! Warum wollte er denn so viel dafür zahlen?«

»Er hat gesagt, dass er nicht lange verhandeln will und lieber gleich ein Angebot macht, das wir nicht ablehnen können. Mit jemand wie Pater Jean hat er natürlich nicht gerechnet.«

Was für ein Händler, fragte sich Flavia, bietet eine Viertelmillion Dollar, wenn er sich gute Chancen ausrechnen kann, dass er das Bild auch für einen Bruchteil davon bekommt? Sicher nur ein Händler, der auf Provisionsbasis arbeitet. Fünf Prozent von einer Viertelmillion sind nun einmal mehr als fünf Prozent von fünfzigtausend. Burckhardt muss schon einen Käufer an der Hand gehabt haben.

»Sprechen Sie doch weiter.«

»Es wurde also eine Sitzung einberufen, bei der es darum ging, ob wir uns von einigen unserer Wertgegenstände trennen könnten, und Jean hat für ein kategorisches Nein gesorgt.«

Er machte eine Pause und schaute sie an, um zu sehen, ob sie ein wenig mit ihm fühlte. »Und ich musste doch unbedingt Geld beschaffen.«

»Da haben Sie sich gesagt, das Bild wird trotzdem verkauft.«

»Ja. Und ich glaube, dass ich als Superior durchaus das Recht dazu hatte. Burckhardt wollte mir das Geld in die Kirche bringen, die Ikone in Empfang nehmen und gleich wieder gehen. Und dann … dann hätte ich einen Diebstahl angezeigt.«

»Moment mal. Er wollte Ihnen das Geld bringen? Reden Sie etwa von Bargeld?«

»Ja. Ich habe auf Barzahlung bestanden, ich wollte mich nicht noch einmal zum Narren halten lassen.«

Das wurde ja immer schlimmer. Sie hatte schon mit allen möglichen Blödheiten zu tun gehabt, aber so etwas war ihr noch nicht untergekommen.

»Und dann?«, fragte sie. »Was ist schiefgegangen?«

»Das kann ich Ihnen nicht sagen. Ich bin kurz nach sechs in die Kirche gegangen, habe das Portal aufgeschlossen, die Muttergottes abgehängt und in eine Reisetasche gelegt. Dann habe ich gewartet. Bis mich jemand niedergeschlagen hat.«

»Und dieser Jemand hat die Ikone gestohlen.«

»Nein«, sagte er mit Nachdruck.

»Woher wissen Sie das?«

»Sie ist noch da gewesen. Das weiß ich.«

»Woher denn? Sie waren doch bewusstlos?«

»Sie hat mit mir geredet.«

»Wie bitte?«

»Ich lag im Sterben, das habe ich genau gespürt, aber dann hat mir die barmherzige Muttergottes das Leben gerettet. Sie kam zu mir und sagte: ›Ganz ruhig, hab keine Angst, ich sorge dafür, dass alles wieder gut wird.‹ Eine sanfte, gütige Stimme voller Mitgefühl. Und schon war ich ganz ruhig und mir wurde so warm ums Herz.«

Die Katholikin in Flavia kämpfte mit der Zynikerin in ihr. Der kurze Kampf endete unentschieden. Schließlich hatte ihn sein Erlebnis kooperationsbereit gemacht, und das war doch ein wahres Wunder. Deswegen glaubte sie noch lange nicht, dass die Ikone nicht von demjenigen gestohlen worden war, der ihn niedergeschlagen hatte.

»Es war ein Wunder«, fuhr Pater Xavier fort. »Wenn ich daran denke, läuft es mir eiskalt über den Rücken. Sie hat mir vergeben, dabei hatte ich es wirklich nicht verdient. Und was machen Sie jetzt mit mir?«

»Ich weiß nicht, was man mit Ihnen macht. Darüber befinden zum Glück andere Leute. Ich rekonstruiere nur den Tathergang. Aber Sie haben sich viel Ärger eingehandelt, glauben Sie mir.«

Vom Gemelli-Krankenhaus ging Flavia zu Fuß ins Büro. Ein langer Spaziergang durch die Innenstadt, der sie über den Fluss führte und dann durch die mittelalterlichen Viertel. Man hätte meinen können, sie wüsste mit ihrer Zeit etwas Besseres anzufangen. Die reinste Zeitverschwendung. Und dann vertrödelte sie unterwegs auch noch zwanzig Minuten in einer ruhigen Bar, bei einem Kaffee und einem Glas Wasser. Aber sie hatte das Gefühl, dass sie in Ruhe nachdenken musste.

Und außerdem fand sie, dass es etwas zu feiern gab. Auch wenn es gewiss nicht ihr Verdienst war. Im Gegenteil. Sie konnte von Glück sagen, dass sie sich jetzt nicht mit einem weiteren Mord herumschlagen musste. Charanis war im Krankenhaus gewesen und hatte mit Pater Xavier geredet. Er hielt sich also noch in Rom auf, wusste aber offenbar auch nicht, wo die Ikone war. Er war sich wohl ganz sicher gewesen, dass sie im Besitz von Burckhardt war, und als der Kunsthändler ihm nicht sagen wollte – oder nicht sagen konnte – wo sie versteckt war, hatte er ihn umgebracht. Und er war auch jetzt noch hinter dem Bild her.

Und wenn Charanis das Bild nicht hatte, wer zum Teufel hatte es dann? Das war wohl die wichtigste Frage, und gerade deshalb empfahl es sich vermutlich, sie zurückzustellen und vorerst gar nicht darüber nachzudenken. Am verdächtigsten hatte sich natürlich Mary Verney gemacht – aber wenn sie es hatte, warum war sie dann noch hier?

Flavia nippte an ihrem Kaffee und sah den Passanten zu. Es waren vor allem Büroangestellte, hin und wieder aber auch Touristen, die der rege Fußgängerverkehr in die Seitenstraße lockte, wo sie dann immer wieder stehen blieben, verwundert in ihren Stadtplan schauten, ihn auch mal andersherum hielten, bis sie schließlich kehrtmachten und zum Ausgangspunkt zurückschlenderten. Ich weiß, wie das ist, dachte Flavia. Ich weiß es nur zu gut. Sie zahlte und stand auf.

Auf ihrem Schreibtisch lag eine Nachricht von Fostiropoulos. Das war ja erstaunlich schnell gegangen. Und was er zu berichten wusste, war sehr aufschlussreich: Der Direktor des Athener Museums, das mit Charanis verhandelte, hatte vor allem bei *einem* Bild der Sammlung Charanis große Bedenken. Bei einem Tintoretto unbekannter Herkunft. Bisher hatte er seine Bedenken für sich behalten, da er dem steinreichen potenziellen Gönner nicht zu nahe treten wollte, solange er nichts Genaueres wusste, aber es würde ihn brennend interessieren, woher das Bild stammte.

Sie brauchte zwanzig Minuten, bis sie es herausgefunden hatte. Das Bild war vor sechsundzwanzig Jahren aus einer Burg in Österreich verschwunden und nie mehr gesehen worden. Keine Spuren, keine Hinweise, keine Anhaltspunkte. Das hörte sich sehr nach Mary Verney an. Genau so hatte sie gearbeitet, als sie noch in Bestform war. Das war einer ihrer Diebstähle. Einer derjenigen, von denen sie letztes Jahr nichts erfahren hatten. Jetzt war sie fällig!

Eine halbe Stunde später wurde Mary Verney verhaftet. Diesmal gab es keine Nettigkeiten und keine persönliche Note. Einfach nur ein Auto und drei große, kräftige Polizisten. Die hatten Anweisung, sie auf den Rücksitz zu packen und dann in eine Zelle im Keller zu stecken. Keine Erklärungen. Gar nicht mit ihr reden. Kein Wort. Möglichst finster und einschüchternd auftreten. Die Frau in Angst und Schrecken versetzen.

Die drei Polizisten leisteten gute Arbeit. Mary Verney hatte, trotz ihres kriminellen Lebenswandels, nie Ärger mit der Polizei gehabt. Sogar Politessen machten sie nervös. Daher machte es ihr sehr zu schaffen, dass die italienische Polizei sich ihr jetzt plötzlich von ihrer unliebenswürdigsten Seite zeigte und dass man sie dann auch noch drei Stunden lang schmoren ließ. Als Flavia schließlich in die Zelle trat, mit einer Akte als Requisit, hatte sie den Eindruck, dass Mrs. Verney endlich ins Grübeln gekommen war. Die Polizistin gab sich ganz sachlich und ein wenig gelangweilt. Schon wieder eine, die man einsperren musste. Eine lästige Angelegenheit, aber was will man machen?

Flavia saß mehrere Minuten lang stumm in der Zelle, las in ihren Unterlagen und machte mit dem Bleistift Randnotizen.

»Gut«, sagte sie schließlich. »Ich sage Ihnen am besten gleich, was gegen Sie vorliegt und wie die Anklage lauten wird: Unterlassene Hilfeleistung, Verabredung zur Verübung eines Diebstahls, Verabredung zur Verübung eines Mordes.«

»Mary Verney fuhr hoch. »Was für ein Mord?«

»Der Mord an Peter Burckhardt.«

»Das ist absurd!«

»O nein. Sie haben sich doch mit einem gewissen Mikis Charanis zusammengetan. Er hat von Ihnen erfahren, dass Burckhardt am Morgen des Diebstahls und des Angriffs auf Pater Xavier in der Kirche war.«

»Ich kenne diesen Charanis gar nicht.«

»Dabei haben Sie doch schon vor sechsundzwanzig Jahren für seinen Vater einen Tintoretto gestohlen. Auch das können wir beweisen.«

»Unsinn!«

»Sie haben sich nicht zur Ruhe gesetzt, sie wollten diese Ikone stehlen. Für den Vater oder für den Sohn. Interessiert mich gar nicht, für welchen der beiden. Aber ich muss mich doch sehr über Sie wundern, Mrs. Verney. Ich hätte gedacht, dass Sie wissen, wann Sie aufhören müssen. Jetzt haben Sie sich alles vermasselt.«

Mary Verney wusste nur zu gut, dass Flavia Recht hatte. Sie hatte von Anfang an gespürt, dass es diesmal nicht gut ausgehen konnte, sie brauchte sich jetzt also nicht darüber zu wundern, dass sie in einer Zelle saß und sich wohl auf eine lange Haftstrafe gefasst machen musste. Und das alles wegen eines Mannes, den sie gern gehabt und dem sie vertraut hatte, der aber nicht einmal so mutig gewesen war, sich persönlich mit ihr auseinanderzusetzen.

Gab es noch einen Ausweg? Wenn sie den Mund

hielt, kam sie zweifellos ins Gefängnis. Was Mikis Charanis wohl nicht daran hindern würde, seine Drohung wahr zu machen, weil er nicht glauben würde, dass sie nichts gesagt hatte. Und wenn Sie mit der Wahrheit herausrückte? Würde er seine Drohung erst recht wahr machen.

»Vielleicht ist Ihnen ja daran gelegen, dass wir uns irgendwie verständigen«, sagte Flavia.

»Nein, eigentlich nicht. Aber lassen Sie mal hören.«

»Natürlich nur, wenn Sie mir weiterhelfen können.«

»Es fragt sich, ob ich das will.«

Sie schienen ein Patt erreicht zu haben, aber auf solche Spielchen hatte Flavia heute wirklich keine Lust. Sie hatten schon zu viele miteinander gespielt. »Sie spekulieren auf einen Deal? Sie rücken mit etwas heraus, wenn Sie von mir dafür etwas bekommen? Daraus wird nichts. Ich will von Ihnen die ganze Wahrheit hören, unbeschönigt und ungekürzt. Und dann will ich noch wissen, wie ich nachprüfen kann, was Sie sagen. Und im Voraus bekommen Sie gar nichts von mir. Gehen Sie darauf ein, oder lassen Sie es bleiben.«

Wieder eine lange Pause, dann schüttelte Mary den Kopf. »Ich mache hier Urlaub und bin neulich rein zufällig auf dem Aventin spazieren gegangen. Ich habe weder etwas gestohlen noch jemanden verletzt. Mehr gibt es nicht zu sagen.«

Scheinbar ganz gelassen legte sie die Hände in den Schoß und musterte die Polizistin, die ihr gegenübersaß, mit einem ruhigen Blick.

Flavia funkelte sie zornig an. »Ich glaube Ihnen kein Wort. Sie stecken in dieser Sache drin bis über die Ohren.«

Mrs. Verney schüttelte den Kopf. »Wie oft muss ich Ihnen noch sagen, dass ich diese Ikone nicht habe?«

Jetzt verlor Flavia die Beherrschung. »Das weiß ich! Die hat Menzies! Er hat sie zu sich nach Hause genommen, um sie zu säubern. Morgen ist er damit fertig, dann gibt er sie uns zurück. Er hätte uns eigentlich sagen können, dass er sie mitnimmt, aber er hat es nun einmal nicht getan, und das ändert nichts daran, dass Sie nach Rom gekommen sind, um die Ikone zu stehlen. Aber die Sache ist schiefgegangen. Jetzt ist ein Mann tot und einer liegt im Krankenhaus. Sagen Sie mir jetzt, was passiert ist?«

Mary schüttelte auch jetzt wieder den Kopf, aber ein Glitzern in ihren Augen verriet, dass sie wusste, wer sich als Siegerin fühlen durfte. Sie hatte die Nerven behalten. Flavia war zu weit gegangen. »Ich habe dazu nichts zu sagen. Stellen Sie mich unter Anklage oder lassen Sie mich gehen.«

Flavia knallte den Aktendeckel zu und ging mit großen Schritten aus der Zelle. Im Flur lehnte sie sich an die kühle Betonwand.

»Was soll ich jetzt mit ihr machen?«, fragte der diensthabende Beamte.

»Noch ein paar Stunden hier behalten und dann laufen lassen.« Flavia ging in ihr Büro und fragte sich, was sie da bloß gemacht hatte. Dann nahm sie ein Taxi, zum Kloster San Giovanni, um Dan Menzies zu besuchen.

Als Argyll auf der Suche nach einer Lösung seiner Schwierigkeiten mit dem Griechischen zu Pater Charles' kleinem, kargem Zimmer hinaufstieg, kam ihm auf der Treppe Pater Paul entgegen, so gelassen und heiter wie immer.

»Ich glaube, das wäre im Moment keine gute Idee«, sagte Pater Paul. »Er ist nicht auf der Höhe.«

»Es würde nicht lange dauern. Und ich könnte sehr viel Zeit sparen. Ich muss ein kniffliges Problem lösen und mir scheint, dass er die Lösung schon kennt.«

»Sie können es natürlich gern versuchen, aber selbst wenn Sie eine vernünftige Antwort bekommen, sollten Sie nicht für bare Münze nehmen, was er sagt. Er hat sehr heftige Anfälle von geistiger Verwirrtheit.«

»Und wie lange dauert so ein Anfall?«

»Manchmal nur ein paar Stunden, manchmal mehrere Tage.«

»Mehrere Tage kann ich nicht warten.«

»Ich kann Ihnen leider gar keinen Rat geben. Aber gehen Sie ruhig zu ihm. Es tut ihm gut, wenn jemand um ihn ist, auch wenn er einen gar nicht versteht. Ich besuche ihn, so oft wie möglich. Er hat mir den Weg in den Orden gezeigt, ich verdanke ihm also sehr viel. Und ich bin gern bei ihm. Aber Sie werden im Moment kaum etwas von ihm erfahren.«

»Er wird doch nicht … aggressiv?«

»Nein, nein. Jedenfalls nicht handgreiflich.«

»Aber er wird verbal aggressiv? Ich frage nur, damit ich mich darauf einstellen kann.«

»Er sagt manchmal schreckliche Dinge. Das kann einem schon Angst machen. Und manchmal …«

»Ja?«

»Spricht er, als wäre er plötzlich jemand anders.«

Während das für Pater Paul offenbar die schlimmste Äußerungsform von Pater Charles' Geisteskrankheit war, bereitete sie Argyll noch am wenigsten Sorge. Er sagte Pater Paul, er werde es einfach mal versuchen, und stieg die letzten Stufen hinauf. Meinetwegen kann er mimen, wen er will, wenn er mir nur zügig den griechischen Text übersetzt.

Es machte ihn aber schon ein bisschen nervös, dass er es mit einem halb Verrückten zu tun bekommen würde. Nicht ohne Beklommenheit klopfte er an: zweifellos hatte er viel zu viele historische Horrorfilme gesehen. Keine Reaktion. Er wartete ein paar Minuten und legte das Ohr an die Tür. Dann öffnete er sie leise und spähte hinein.

Auch heute lag das Zimmer wieder im Dunkeln, aber weil er jetzt wusste, wo er hinschauen musste, genügten ihm die schmalen Lichtstreifen, die durch die Ritzen in den Fensterläden fielen, um Pater Charles zu sehen. Er kniete vor seinem Stuhl. Solange er betete, konnte Argyll ihn nicht stören, das gehörte sich einfach nicht. Er trat den Rückzug an.

Plötzlich hob Pater Charles den Kopf und sagte etwas, wandte sich dabei aber nicht zur Tür um. Er sprach wohl Griechisch, allerdings so schnell, dass Argyll nichts verstand.

Unschlüssig blieb er stehen. Jetzt wandte sich der Pater zu ihm um, winkte ihn herein und sagte noch einmal das Gleiche. Er hatte ihn also durchaus wahrgenommen, und Argyll stellte erleichtert fest, dass er in seinem Gesicht nichts von dem Irrsinn sah, auf den er gefasst gewesen war. Pater Charles strahlte vielmehr eine heitere Gelassenheit aus, er hatte die Augen halb geschlossen, seine Gesten waren langsam und beinahe lässig.

Der Pater sah ihn an und streckte ihm die Hand entgegen.

Er ergriff sie, aber ein leichtes Stirnrunzeln des alten Mannes deutete darauf hin, dass etwas anderes von ihm erwartet wurde. Pater Charles wollte nicht, dass er ihm die Hand schüttelte und auch nicht, dass er ihm aufhalf …

Argyll hatte eine Eingebung und folgte ihr aufs Geratewohl: Er beugte sich vor und küsste ihm die Hand. Das war ziemlich kühn, aber offenbar genau das Richtige. Pater Charles nickte zufrieden, ließ sich vom Boden aufhelfen, setzte sich auf den Stuhl und bedeutete Argyll, sich zu seinen Füßen auf den Boden zu hocken. Argyll kam der Aufforderung nach und wartete auf weitere Anweisungen.

Noch einmal etwas auf Griechisch. Argyll nickte, als hätte er es verstanden. Dann etwas auf Lateinisch. Und dann eine ihm völlig unbekannten Sprache. Sanskrit? Assyrisch? Hebräisch? Pater Charles schien sich darüber zu wundern, dass sein Besucher partout nichts verstand, setzte aber gleich zu einem neuen Anlauf an. Zuerst versuchte er es mit Deutsch, dann mit einer Sprache, die sich nach Bulgarisch anhörte, und dann mit Französisch. Das war schon ziemlich gut. Argyll nickte heftig und setzte zu einer Antwort an.

»Es steht Ihnen jetzt nicht zu, sich zu äußern«, sagte Pater Charles, als sei es bedauerlich, dass sich das für seinen Besucher nicht von selbst verstand. »Sie werden mir die schuldige Achtung erweisen, auch wenn man mich zu Fall gebracht und im Stich gelassen hat.«

»Entschuldigen Sie, Pater Charles.«

»Und Sie werden sich auch der richtigen Anrede bedienen.«

»Verzeihen Sie«, sagte Argyll verlegen, »aber wie lautet die Anrede?«

»Erlauchte Hoheit.«

»Sie sind doch Mönch«, sagte Argyll. »Könnte ich nicht ›Pater‹ sagen?«

Pater Charles musterte Argyll eingehend. »Wie ich sehe, überzeugt mein Inkognito. Wer sind Sie, junger Mann? Ich sehe Sie nicht zum ersten Mal. Aber Sie wissen wohl gar nicht Bescheid?«

Was sollte er dazu sagen? Er schüttelte einfach nur den Kopf.

»Ja, man hält mich für einen Mönch, aber ich trage die Kutte nur zur Tarnung«, fuhr er fort. »Sie kommen also vom Heiligen Vater? Von Kalixt?«

Argyll musste lächeln. Er kannte sich nicht gut aus in kirchlichen Dingen, aber dass der Papst nicht Kalixt hieß, das wusste er dann doch.

»Dann hat er es also niemand gesagt.« Pater Charles schien sich ein wenig zu amüsieren. »Nicht einmal Ihnen. Das passt zu ihm. Aber wenn Sie mir als Abgesandter dienen sollen, müssen Sie Bescheid wissen. Sonst begehen Sie womöglich einen Fehler, der alles zunichte macht. Zuvor müssen Sie allerdings schwören, dass Sie schweigen werden, dass auch entsetzlichste Qualen Ihnen nicht die Zunge lösen können. Sind Sie dazu bereit?«

Ach, was soll's, dachte Argyll. Völlig verrückt, aber irgendwie auch rührend, wie erhaben er sich fühlt in seinem Wahn. Er schwor einfach drauflos.

Pater Charles nickte. »Dann werde ich Ihnen jetzt

sagen, wer ich bin: Konstantinos XI. Paleologos Dragases, Kaiser von Byzanz, Gottes Statthalter auf Erden, Erbe des Augustus und des Konstantin.

Wie erhaben er wirkte! Argyll sah ihn verblüfft an.

Kaiser Konstantin lächelte huldvoll. »Ich weiß, auch Sie dachten, ich sei tot, aber ich lebe noch! Doch was ist aus mir geworden! Aus dem Herrscher über den halben Erdkreis! Ich muss mich als Mönch ausgeben und in dieser Kammer verstecken. Nur einige wenige Leute wissen Bescheid, und zu diesen Leuten gehören jetzt auch Sie. Sie dürfen niemandem etwas sagen, sonst ist alles verloren. Bis wir gerüstet sind, müssen wir die Welt in dem Glauben lassen, der Kaiser sei in Konstantinopel beim Kampf gegen die Ungläubigen gefallen. Und dann wird er plötzlich wieder auf den Plan treten, beschirmt von der Gottesmutter Maria. Dabei ist das Moment der Überraschung von entscheidender Bedeutung. Ein kleiner Trick, der unter den gegebenen Umständen zu rechtfertigen ist, finden Sie nicht auch?«

Argyll nickte.

»Es wird schon noch einige Zeit dauern«, sagte der alte Mann nachdenklich, aber mit einem kampflustigen Glitzern in den Augen. »Unsere Lage ist allerdings nicht so aussichtslos, wie es scheinen mag. Die Venezianer und die Genuesen werden uns helfen, werden uns helfen müssen wegen ihrer wirtschaftlichen Interessen. Georg von Serbien ebenfalls, weil es ihn als Nächsten trifft, wenn nichts geschieht. Und auf die Ritter des heiligen Johannes auf Malta dürfte Verlass sein. Dann gibt es ja auch noch den Peloponnes. Es darf uns diesmal aber kein Fehler unterlaufen, dazu haben wir viel zu wenig Leute. Ich plane einen Angriff mit drei Spitzen: Die Ritter landen in Anatolien und binden das Heer, das dort steht. Georg rückt durch den Balkan bis zur Meerenge vor. Dort stoßen die Venezianer und Genuesen zu ihm, die von See her kommen.«

»Und Ihr, erlauchte Hoheit?« Argyll hatte sich mitreißen lassen und sah fast schon die Wimpel der Schiffe, die klar zum Auslaufen im Hafen lagen. »Ihr müsst das Kommando übernehmen!«

Pater Charles lächelte. »Ja, natürlich. Und jetzt werde ich Ihnen noch ein Geheimnis enthüllen. Zum Fall Konstantinopels ist es nicht grundlos gekommen. Damit hat uns Gott eine bittere Lektion erteilt. Darin äußert sich Sein Missfallen über die Kirchenspaltung, Sein Missfallen darüber, dass der Osten und der Westen mit mehr Eifer gegeneinander gekämpft haben als gegen den gemeinsamen Feind. Aber durch Seine Güte wird sich alles zum Guten wenden.«

Er verstummte und legte den Kopf schief. »Gehen Sie rasch zur Tür. Ich fürchte, dass wir belauscht werden.«

Argyll hatte in einer unbequemen Haltung auf dem Boden gesessen. Als er aufstand, knackten seine Gelenke.

»Da ist niemand. Wir werden nicht belauscht.«

Er ging zurück und setzte sich wieder auf den Boden. Pater Charles' Gesicht hatte sich gerötet vor Aufregung. Er beugte sich vor, um ihm ins Ohr zu flüstern.

»Seit sechs Monaten verhandle ich im Hinblick auf die Überwindung der Kirchenspaltung. Der Osten und der Westen werden sich wieder vereinigen, dadurch wird die Christenheit stärker und mächtiger als je zuvor. Schon vor dem Fall Konstantinopels wurde mir, als ich in der Kirche der heiligen Weisheit war, ein Zeichen gegeben. Da kam unsere Reue zu spät, aber seither weiß ich, was mir aufgegeben ist, und jetzt ist das Ziel schon ganz nah. Ich habe mich mit Kalixt geeinigt. Er wird für unser Vorhaben seinen ganzen Einfluss geltend machen. Und die Ungläubigen werden nichts davon erfahren, bis ich vor den Mauern Konstantinopels stehe, an der Spitze von Heerscharen französischer, deutscher und englischer Ritter.«

»Und bis es soweit ist, halten Sie sich hier versteckt und geben sich als Bruder Angelus aus?«

Er nickte mit diebischem Vergnügen. »Ein geschickter Schachzug, nicht wahr? Es würde doch niemand für möglich halten, dass ich in so beschränkten Verhältnissen lebe. Ich habe hier ja nur meinen Diener Gratian. Aber meine Abgesandten und auch die des heiligen Vaters knüpfen in ganz Europa ein engmaschiges Netz. Bald werden wir es über die Ungläubigen werfen und sie samt und sonders vernichten. So, jetzt wissen Sie, warum es unbedingt geheim bleiben muss.«

»Ja, natürlich. Aber sehr lange wird es sich wohl nicht geheim halten lassen.«

»Muss es ja auch nicht. Wir haben ohnehin nicht viel Zeit. Der heilige Vater wirft sein ganzes Gewicht in die Waagschale, aber er ist alt und krank, und am päpstlichen Hof gibt es Kräfte, die mir feindlich gesinnt sind. Auch deshalb muss unser Plan geheim gehalten werden. Wir müssen bald angreifen und gleich zum entscheidenden Schlag ausholen.«

Argyll nickte. Das kam ihm ganz vernünftig vor. »Aber gibt es da nicht noch ein anderes Problem?«

»Was für ein Problem?«

»Man glaubt, dass Sie beim Fall Konstantinopels den Tod gefunden haben. Wird man Sie nicht für einen Schwindler halten, wenn Sie plötzlich sozusagen von den Toten auferstehen? Wird man Ihnen nicht die Gefolgschaft verweigern?«

Pater Charles erhob den Zeigefinger. »Ein kluger Gedanke, junger Mann. Aber das habe ich natürlich bedacht und in meinem Plan berücksichtigt. Man wird mir glauben, wer ich bin. Es wäre allerdings gar nicht schlimm, wenn es nicht so wäre.«

»Warum nicht?«

»Weil man *ihr* folgen wird.«

»Wem?«

»Der Hodigitria.«

Argyll sah ihn verwundert an. Pater Charles lachte in sich hinein, wurde aber gleich wieder ganz ernst.

»Das verschlägt Ihnen den Atem, hab ich Recht, junger Mann? Das heiligste Bild im ganzen Reich ist erhalten geblieben. Das Bild der Gottesmutter Maria, gemalt vom heiligen Lukas, dem Gott die Hand führte. Ihr wahres Abbild und das ihres einzigen Sohnes.« Er senkte die Stimme und sprach in einem heiseren Flüsterton weiter. »Es befindet sich hier, in diesem Gebäude. Alle wahren Christen werden ihr folgen. Und der, dem die Muttergottes den Segen gibt, ist zum Herrscher des christlichen Reiches ausersehen.«

Als er schließlich Pater Charles' Zimmer verließ, traf ihn die Rückkehr ans Tageslicht und in die Normalität wie ein Schock. Er war so desorientiert, als hätte ihn eine Zeitmaschine in ein anderes Jahrhundert versetzt. Eigentlich hätte er sich jetzt in ein Taxi setzen und zu Flavia fahren müssen, um ihr zu erzählen, was er herausgefunden hatte.

Er tat das aber nicht, weil es ihm völlig nebensächlich erschien. Stattdessen fuhr er zur Universitätsbibliothek, weil ihn die Geschichte, die er gehört hatte, so sehr beschäftigte, dass er unbedingt herausfinden wollte, was es damit auf sich hatte. Er war sich fast sicher, dass Pater Charles das historische Geschehen im Grunde richtig wiedergegeben hatte. Der alte Mann war zwar völlig verrückt, aber alles andere als dumm. Vermutlich war er über den Diebstahl des Bildes so heftig erschrocken, dass es irgendwo in seinem Hirn einen Kurzschluss gegeben hatte, und seither fand er keine Distanz mehr zu der Epoche, mit der er sich intensiv beschäftigt hatte, und identifizierte sich mit dem Kaiser. Deswegen brauchte die Geschichte, die er erzählt hatte, noch lange nicht unsinnig zu sein.

Zunächst galt es jetzt nachzuprüfen, ob er in der Literatur auf Stellen stieß, die im Widerspruch zu Pater Charles' Aussagen standen. Er suchte sich die einschlägige Literatur zusammen, trug sie stapelweise in eine Ecke der Bibliothek, errichtete eine kleine Festung aus Büchern um sich und begann zu lesen. Ouspensky über Ikonen. Pastor über die Päpste; Runciman über die Belagerung Konstantinopels; Ducas' Schilderung des Falls aus eigener Anschauung. Und alle möglichen Lexika, Enzyklopädien, Aufsatzsammlungen.

Er las unglaublich schnell und so konzentriert wie nur selten. Nach einer Stunde hatte er noch nichts gefunden, was mit Pater Charles' irrer Geschichte nicht zu vereinbaren gewesen wäre. Nach zwei Stunden auch noch nicht. Zwar nahm man an, der Kaiser sei am letzten Tag der Belagerung gefallen, aber seine Leiche war nicht gefunden worden. Und es gab keinen Beleg dafür, dass der konservierte, auf eine Lanze gespießte Kopf, den der türkische Sultan Mehmet II. als Beweis seines Triumphes an allen Fürstenhöfen des nahen und mittleren Ostens vorführen ließ, der richtige Kopf gewesen war. Der Kaiser Konstantin war ganz einfach verschwunden und nie mehr gesehen worden. Niemand fand seine Leiche. Niemand sah ihn sterben.

Das besagte natürlich nicht, dass es sich bei Bruder Angelus aus Konstantinopel um den Kaiser gehandelt hatte, aber es war durchaus denkbar.

Und das Gemälde? Die Hodigitria? Es erwies sich rasch, dass das die Ikone war, die man im ganzen Osten am innigsten verehrt hatte, eine Muttergottes, die das Kind auf dem rechten Arm trug und die linke Hand ausgestreckt hielt. Im Jahre 1087 wurde ihr die Errettung der Stadt vor dem Untergang als Verdienst angerechnet. Deshalb trug man sie in feierlicher Prozession an der Stadtmauer entlang. Und so hielt man es dann immer in Kriegszeiten und anderen Notsituationen. Der Legende nach hatte der heilige Lukas das Bild nach dem Leben gemalt. Der Evangelist qualifizierte sich damit nicht nur als Schutzpatron der Maler, sondern wirkte auch staatstragend: Die Ikone symbolisierte die Einheit von Kaiser, Stadt, Reich und Christenheit. Wie jede Stadt, die sich den Türken nicht ergeben hatte und erst nach einer Belagerung eingenommen werden konnte, erlitt Konstantinopel eine Orgie des Plünderns und der Gewalt, und man ging davon aus, dass die Ikone dabei vernichtet worden war. Aber auch das war nicht belegt. Niemand hatte die Zerstörung des Bildes bezeugen können. Und am Abend vor dem letzten Sturmangriff hatte man das Gemälde nicht, wie es Brauch war, in einer Prozession an der Stadtmauer entlanggetragen. Dabei hätte man göttlichen Beistand doch nötiger denn je gebraucht. Zudem musste das Fernbleiben der Hodigitria die Soldaten demoralisieren. Warum hatte es dann keine Prozession gegeben? War die Ikone schon nicht mehr in der Stadt gewesen? Es gab im Grunde keine andere Erklärung. Man hatte sie wohl bereits auf eine der venezianischen Galeeren geschmuggelt, die sich aus dem Hafen schlichen, um an den Belagerern vorbeizuschlüpfen. Der Kaiser war sicher zu dem Ergebnis gelangt, dass selbst die Jungfrau Maria die Stadt nicht mehr retten konnte. Deshalb ließ er sie in Sicherheit bringen, entschloss sich in letzter Minute zur Flucht und kam nach Rom, um einen Gegenangriff vorzubereiten.

Es gab jedoch keinen Gegenangriff. Es sammelten sich keine Heerscharen. Man überwand die Kirchenspaltung nicht. Niemand rührte einen Finger. Aus Konstantinopel wurde Istanbul, und dabei blieb es dann auch.

Argyll machte sich an die Bücher über die Päpste. Der Name war schon mal richtig. Kalixt III. Er saß seit 1455 auf dem Stuhl Petri und widmete sein Pontifikat der Wiedergewinnung des Ostens. Ohne Erfolg. Einen Versuch zur Überwindung der Kirchenspaltung hatte man in den Jahren zuvor unternommen, beim Konzil von Venedig. Sein klägliches Scheitern hatte beide Seiten verbittert. Im Jahre 1458 starb Kalixt. Sein Nachfolger hatte größeres Interesse an Bauprojekten und tat sich als Förderer der Kunst hervor. Wenn Kaiser Konstantin noch lebte, konnte er nach Kalixts Tod seine Hoffnung auf eine Revanche begraben.

Pater Charles hatte davon gesprochen, dass der Kaiser in der Nacht vor dem entscheidenden Sturmangriff in der Kirche der heiligen Weisheit gewesen war, in der Hagia Sophia. Und bei Ducas fand Argyll einen Bericht über diese Nacht in der Kirche. Er schilderte, wie die dezimierte Einwohnerschaft, die wusste, dass das Ende nahte, in die Hagia Sophia strömte, um zu beten und zu beichten. Dabei wurde – zum ersten und wohl auch zum letzten Mal – überhaupt nicht darauf geachtet, wer orthodox war und wer katholisch. Orthodoxe beichteten bei katholischen Priestern, Katholiken beichteten bei orthodoxen Priestern. Bis die Trompeten erschallten und ihn zum Kampf riefen, war auch der Kaiser zugegen. Bei den Szenen, die er hier sah, mochte ihm eine Erleuchtung gekommen sein. Aber er hatte sicher Recht, wenn er sich sagte, dass das alles viel zu spät kam. Ein paar Stunden später drangen feindliche Soldaten in die Kirche ein. Viele der Versammelten wurden getötet, die anderen versklavte man, und am nächsten Tag wurde aus der ehrwürdigsten aller Kirchen eine Moschee.

Argyll musste gähnen, sah auf seine Uhr und bekam einen Schreck. Schon halb sieben. Er war fast vier Stunden hier. Die Zeit war ihm vergangen wie im Fluge. Er hatte sich so in die Vergangenheit vertieft, dass er gar nicht gespürt hatte, wie sehr ihm der Rücken weh tat und wie heftig die Nackenmuskeln gegen die unfaire Behandlung protestierten. Schnell stellte er die Bücher an ihren Platz zurück und ging zum Telefon, um herauszufinden, wo sich Flavia aufhielt.

Ein paar Minuten später saß er im Taxi.

Als er sie gefunden hatte, kamen ihm dann doch Bedenken. Pater Charles mochte noch so verrückt sein, aber Argyll hatte geschworen, sein Geheimnis zu wahren. Andererseits war nicht einzusehen, warum sich sein Schwur auch auf die Ikone beziehen sollte. Und woher er seine Informationen hatte, behielt er ohnehin lieber für sich. Wenn man sagte: Das hat mir ein byzantinischer Kaiser aus dem 15. Jahrhundert erzählt, verlor man an Glaubwürdigkeit.

Er musste also ein bisschen improvisieren: »Ich habe mir die ganzen Urkunden vorgenommen und nebenher auch sonst noch viel gelesen. Jetzt weiß ich zwar nicht mehr, wo mir der Kopf steht, aber ich glaube, dass ich rausgekriegt habe, was es mit der Ikone auf sich hat. Es dürfte die so genannte Hodigitria sein. Und dieser Charanis hält sie mit Sicherheit für dieses Bild. Sagt dir der Name etwas?

Flavia schüttelte den Kopf. »Wird wohl eine ganz bestimmte Ikone sein?«

»Ja. Maria mit dem Kind. Sie hält es auf dem rechten Arm und streckt die linke Hand aus. Es gibt offenbar tausende Ikonen dieser Art.«

»Und warum ist diese eine dann so was Besonderes?«

»Der Legende nach gehen sie alle auf ein einziges Bild zurück. Dieses Original soll der heilige Lukas nach dem Leben gemalt haben. Der Name ergibt sich aus dem Ort, an dem sie in Konstantinopel untergebracht war. Das war *die* Ikone des byzantinischen Reichs. Die Schutzpatronin. Das wichtigste Emblem. Solange dieses Bild in Konstantinopel ist, hieß es, bleibt die Stadt uneinnehmbar, und der östliche Mittelmeerraum christlich.«

»Hat sich allerdings als Irrtum erwiesen«, bemerkte Flavia trocken.

Argyll nahm ihr diese abfällige Bemerkung fast ein wenig übel. »Das Bild soll beim Einfall der Türken zerstört worden sein, aber wenn ich richtig sehe, stimmt das gar nicht«, erklärte er mit strenger Miene. »Man hat es vorher schon aus der Stadt geschmuggelt und in Sicherheit gebracht. Seine Wunderkraft ist also gar nicht auf die Probe gestellt worden. Ein Grieche, der sich Bruder Angelus nannte, hat es nach Rom geschmuggelt und dem Kloster San Giovanni überlassen. Und da ist es bis vor ein paar Tagen gewesen. Deshalb will es Charanis unbedingt haben.«

»Und Burckhardt hat Bescheid gewusst?«

»Es scheint so. Er war im Archiv und wird wohl ein paar Hinweise gefunden haben, aus denen er es sich vieles zusammenreimen konnte.«

»Meinst du, dass das wirklich so ist, Jonathan?«

»Dass der heilige Lukas das Bild gemalt hat? Nein. Es scheint im 8. Jahrhundert zum ersten Mal erwähnt worden zu sein. Eine heilige Fälschung, wenn man so will. Ich kann auch nicht mit Sicherheit sagen, dass es die Hodigitria ist. Aber es spricht einiges dafür. Und daher rührt jedenfalls das Interesse an dem Bild. Hast du es inzwischen gefunden? Oder hat es womöglich dieser Charanis an sich gebracht?«

Sie schüttelte den Kopf. »Er ist noch in Rom und nach wie vor auf der Suche. Wir haben also die Chance, ihn zu schnappen. Mit Hilfe von Mary Verney.«

»Du meinst, dass sie mitspielt?«

Flavia grinste nervös. »Hoffentlich. Sie weiß noch nichts davon.«

»Aus welchen Motiven mischt sie da eigentlich mit?«

»Das wüsste ich auch gern! Es geht ihr offensichtlich nicht um Geld. Dieser Mann muss großen Einfluss auf sie haben. Er muss sie praktisch in der Hand haben, sonst würde sie keine so unsinnigen Risiken eingehen. Sag mal, hast du Lust, dich heute Abend nützlich zu machen?«

»Mach ich doch schon seit heute Mittag.«

»Dann sind noch ein paar Stunden ja kaum der Rede wert.«

»Was soll ich tun?«

»Zu Dan Menzies fahren. Ihn einfach nur im Auge behalten. Ich komme dann nach, in einer Stunde oder so.«

15

Nach etwa acht Stunden auf der Wache wurde Mary Verney freigelassen und verließ das Gebäude mit einem ziemlich guten Gefühl. Sie hatte die Nerven behalten und dem Druck nicht nachgegeben. Am Anfang hatte sie sich noch überlegt, ob sie vielleicht doch mit Flavia zusammenarbeiten sollte. Bei Mikis Charanis handelte es sich um einen gefährlichen Irren, und sie war, ganz auf sich gestellt, in einer sehr schwachen Position.

Aber Flavia war zu weit gegangen. Als Mary Verney dann sicher sein konnte, dass man kein überzeugendes Beweismaterial gegen sie hatte, sah es schon wieder viel besser aus, und als sie erfuhr, wo die Ikone war, hatte sie auch wieder eine Perspektive. Mit etwas Glück konnte sie ihren Auftrag doch noch ausführen. Und ein bisschen Glück hatte sie weiß Gott verdient.

Im Grunde war es doch so: Charanis hatte ihre Enkelin und wollte die Ikone haben. Sie wollte ihre Enkelin wiederhaben, konnte ihm die Ikone aber nicht zum Tausch anbieten. Solange sie sich das Bild nicht bei Menzies geholt hatte. Wenn er sie wirklich besaß! Sie war nicht so blöd, gar nicht in Betracht zu ziehen, dass Flavia sich getäuscht haben könnte oder sie reinlegen wollte. Es war jedenfalls gut, dass sie seine Adresse gleich in Erfahrung gebracht hatte, als ihr zu

Ohren gekommen war, dass er in der Kirche arbeitete. Und es war gut, dass er ihr nie begegnet war.

Was gab es denn für eine Alternative? Mit der Polizei zusammenarbeiten und Charanis in eine Falle locken? Schön und gut. Nur würde sein Vater, der über große Macht verfügte, dann alles daran setzen, dass er wieder freikam. Und selbst wenn Mikis doch ins Gefängnis musste, hatte er immer noch seine Helfershelfer, und die würden sich, sobald klar wäre, wer ihn hinter Gitter gebracht hatte, an ihr und ihrer Enkelin rächen. Sie durfte nicht zulassen, dass ihrer Enkelin etwas passierte, und sie wollte nicht den Rest ihres Lebens ständig über die Schulter blicken müssen.

Es war nicht ihre Art, sich einfach in ihr Schicksal zu ergeben. Sie betrachtete ihr Leben als einen einzigen Kampf, in dem es darum ging, sich und die ihren zu schützen. Nur aus diesem Grund hatte sie ja auch zu stehlen begonnen. Sie war jedoch daran gewöhnt, die Dinge auf ihre Art zu erledigen, selber das Tempo anzugeben, auf ihren eigenen Vorteil bedacht zu sein. Dass jetzt auf einmal Gangster *und* die Polizei sie bedrängten und einengten, machte sie ganz krank. Dabei hatte sie für Flavia durchaus Verständnis, sie hielt sich ja im Allgemeinen für eine gesetzestreue Bürgerin. Dass das seltsam war, merkte sie sogar selber, aber wenn man einmal davon absah, dass sie vom Stehlen lebte, war sie es wirklich. Besorgt schüttelte sie den Kopf, wenn sie in der Zeitung las, dass die Zahl der Verbrechen zunahm; sie war der Ansicht, dass Kriminelle hart bestraft gehörten, allerdings gab sie im Allgemeinen den Eltern die Schuld. Auch in ihrem Fall. Wobei sie das, was sie selbst tat, in eine ganz andere

Kategorie einordnete. Außer bei dieser Geschichte jetzt, da sie erpresst worden war, hatte sie nie jemand ein Haar gekrümmt und nie etwas zerstört. Sie nahm lediglich eine Umverteilung von Gütern vor und hatte deswegen kaum Gewissensskrupel. Die meisten Leute, die sie bestohlen hatte, konnten den Verlust leicht verschmerzen. Was Charanis machte, verletzte hingegen ihr Gerechtigkeitsgefühl, aber sie konnte nichts dagegen tun.

Als sie sich gerade einen Drink einschenkte, klingelte das Telefon. Der Portier. Ein Besucher. Ihr Herz setzte einen Moment aus, als sie seine Stimme hörte, aber während sie ihm zuhörte, fing sie sich wieder. Und dann sagte sie sehr kühl: »Was für eine Überraschung. Vielleicht sollten Sie heraufkommen, Herr Charanis.«

Mary hatte ihn sehr lange nicht gesehen. Vor vielen Jahren hatte sie ihm ein Bild persönlich zugestellt – und war einen Monat lang bei ihm geblieben. Eine sehr schöne, viel zu kurze Zeit mit dem bezauberndsten und aufregendsten Mann, dem sie je begegnet war. Und dieser Mann scheute sich nicht, ihr so übel mitzuspielen. Damals hatte sie ihn nur von seiner liebenswürdigen Seite kennen gelernt. Wenn er unbedingt etwas haben wollte, sah es anders aus.

Jetzt war sie bereits in den Fünfzigern, und er war ja viel älter als sie, aber als sie auf ihn wartete, begann ihr Herz zu pochen. Gleichzeitig hatte sie aber auch Angst vor dem Wiedersehen. Weil er sich ihr gegenüber scheußlich benahm, aber auch weil sie fürchtete, dass seine gealterte Erscheinung sie allzu deutlich auf ihr eigenes fortgeschrittenes Alter hinweisen würde und ihre schönen Erinnerungen sich als Illusionen herausstellen könnten.

Er hatte sich in der Tat verändert. Er war alt geworden und stand gebeugt vor ihr, aber sein etwas schiefes Lächeln und sein schelmischer Blick begann sofort wieder auf sie zu wirken, bis sie sich energisch dagegen wehrte.

»Lange nicht gesehen«, sagte sie kühl.

»Viel zu lange«, antwortete er in seinem Englisch mit starkem griechischem Akzent. »Es freut mich, dass ich dich wiedersehe, Mary.« Sie sahen einander an, es entstand eine lange Pause. Schließlich fügte er hinzu: »Wie geht es dir?«

»Ich finde es seltsam, dass ausgerechnet du mich das fragst«, antwortete sie. »Nach allem, was du mir angetan hast.«

Er nickte. »Ich habe befürchtet, dass du das denkst. Aber du irrst dich. Ich habe gar nichts getan.«

»Du hast meine Enkelin entführt und bist schuld daran, dass ich wahrscheinlich ins Gefängnis komme. Das ist für dich gar nichts?«

»Ach! Deine Enkelin? Sind wir schon so alt?«

»Sie schenkte sich noch einen Drink ein und stellte befriedigt fest, dass sie kein bisschen zitterte.

»Sag mir doch, was passiert ist.«

Weil er sie so ruhig ansah, konterte sie nicht mit einer spöttischen Antwort, sondern begann zu erzählen. Von seinem Sohn, von der Ikone, von ihrer Enkelin. Von der Polizei und von dem Mord an Burckhardt. Während sie erzählte, schaute der alte Mann immer unbeteiligter drein, und sein Kopf sank immer weiter nach vorn, bis es so aussah, als sei er eingeschlafen. Aber sie wusste, dass es nicht so war. Er saß immer so da, wenn er sehr aufmerksam zuhörte.

Und dann blieb er einfach so sitzen.

»Na? Was bekomme ich jetzt von dir zu hören? Dass du damit rein gar nichts zu tun hast? Oder dass du mir kein Wort glaubst?«

Er hob den Kopf und sah sie an. »Ich muss dir wohl leider jedes Wort glauben. Aber ich habe nichts damit zu tun. Gar nichts. Es müsste dir doch klar sein, dass ich dir so etwas niemals antun würde.«

»Zuerst konnte ich mir das wirklich nicht vorstellen. Aber als ich versucht habe, dich zu erreichen, bin ich abgewiesen worden.«

»Wenn ich mich in mein Kloster zurückziehe, gebe ich immer strikte Anweisung, dass mich niemand stören darf.«

»Es fällt mir schwer zu glauben, dass du auf deinen Sohn überhaupt keinen Einfluss hast.«

»Er ist nicht mein Sohn.«

»Wer ist er dann?«

»Charanis zuckte die Schultern. »Er ist geboren worden, nachdem meine Ehe in eine Krise geriet. Ein Versehen. Und doch in gewisser Weise meine Schuld. Und deine Schuld. Ich habe die Vaterschaft anerkannt, aber ich bin ihm kein guter Vater gewesen. Bis vor ein paar Jahren habe ich allerdings immer für alles bezahlt. Dann ist mir der Geduldsfaden gerissen.«

»Warum?«

»Er hat mit Drogen gehandelt. Ohne ersichtlichen Grund. Er hat weiß Gott kein Geld gebraucht. Und auch wenn er welches gebraucht hätte, hätte er von mir für so ein skrupelloses Verhalten keinerlei Verständnis erwarten dürfen. Trotzdem bin ich noch Vater genug oder dumm genug gewesen, meinen Einfluss dafür einzusetzen, dass das Verfahren eingestellt worden ist. Dann habe ich es aber strikt abgelehnt, noch in irgendeiner Form mit ihm zu tun zu haben. Mag sein, dass ich altmodisch bin, aber es gibt Dinge, die ich nicht hinzunehmen bereit bin. Er hat ja sowieso Geld genug und vermisst mich so wenig wie ich ihn. Leider ist er seither immer bösartiger geworden. Das ist kein zu hartes Wort, glaub mir. Weil er sich als politische Potenz der Zukunft betrachtet, schürt er mit seinem Geld den Hass – mit *meinem* Geld, mit dem Geld, das ich verdient und ihm in einem Anfall von Schwachsinn gegeben habe. Um eine gewisse Macht zu erlangen, ist ihm jedes Mittel recht. Eine Zeit lang habe ich noch gedacht, das geht bald vorüber, das wird ihn genauso langweilen, wie ihn bisher noch alles nach kurzer Zeit gelangweilt hat. Aber dann hat man mir zugetragen, was da vor sich geht. Er ist gemeingefährlich, Mary. Vielleicht hat er sogar Menschen auf dem Gewissen. Er scheint zu glauben, damit könne er seine Stärke unter Beweis stellen. Er denkt nur an sich. Er kann Recht und Unrecht nicht auseinanderhalten. Und ich bin schuld daran. Ich hätte einen anderen Menschen aus ihm machen müssen. Wer sonst?«

»Du hast es aber nicht getan. Und ich bezweifle, ob es überhaupt möglich gewesen wäre. Jedenfalls tobt er sich jetzt aus. Aber warum lässt er seinen Zorn ausgerechnet an mir aus?«

»Ungefähr vor einem Jahr habe ich einen Brief bekommen von Burckhardt. Ich habe ihn gut gekannt und sehr geschätzt. Ein ehrlicher und zuverlässiger

Mensch, bei dem ich schon viel gekauft hatte. Er bot mir eine Ikone an, aber ich lehnte sein Angebot ab, obwohl er mir sagte, diese Ikone könne auf jeden Fall das Glanzstück meiner Sammlung sein. Aber ich besitze ja schon fünfhundert, es wird mir gar nicht gelingen, sie bis zum meinem Tod alle zu katalogisieren. Schließlich hat er einen Besuch bei mir gemacht, um mich zu überzeugen.«

»Wovon?«

»Dass er die Hodigitria gefunden hat. Weißt du, was das ist?«

Mary schüttelte den Kopf.

»Die bedeutendste Ikone des byzantinischen Reichs. Und das Material, das er mir vorlegen konnte, sprach durchaus dafür, dass es sich tatsächlich um dieses Bild handelte. Ich habe ihm gesagt: ›Kaufen Sie es für mich, egal zu welchem Preis.‹«

»Schön und gut, aber wie passt das zu all den Dingen, die hier passiert sind?«

»Zuerst hatte ich doch nein gesagt, da hat er das Bild natürlich auch anderen Leuten angeboten. Und sich auch an Mikis gewandt, weil er gehofft hat, von ihm würde ich mich umstimmen lassen. Dass ich gar nicht mehr mit ihm rede, wusste Burckhardt nicht. Und Mikis muss sich gedacht haben, dass er das Bild selber gebrauchen kann, quasi als Banner für seine abscheuliche Politik.«

»Burckhardt hat also in deinem Auftrag gehandelt. Hätte ich mir eigentlich denken können.«

»Ich habe ihm eine schriftliche Zahlungsanweisung für bis zu einer Million Dollar gegeben. Und gleich gesagt: ›Wenn das nicht reicht, bekommen Sie auch noch mehr‹. Er hat mir schließlich durchgegeben, dass das Geschäft unter Dach und Fach wäre, und zwar für eine Viertelmillion. Und dann höre ich von Freunden, dass sich die italienische Polizei für mich interessiert und dass Burckhardt erschossen worden ist. Da wollte ich natürlich wissen, was eigentlich los ist. Deswegen bin ich jetzt hier.«

»Und wie kommst du auf mich?«

»Ich habe da so meine Mittel und Wege«, erklärte er mit einem verschmitzten Lächeln. »In diesem Fall einen guten Bekannten in der Botschaft, einen Mann namens Fostiropoulos.«

»Und wie ist Mikis auf mich gekommen? Warum hat er nicht irgendeinen Schlägertyp angeheuert? Das ist doch ein einfacher Job.«

Charanis blickte eine Weile nachdenklich an die Decke. »Um sich zu rächen, fürchte ich. Er ist voller Rachsucht.«

»Aber wofür denn? Was habe ich ihm getan? Ich habe ihn nicht mehr gesehen, seit er sechs Jahre alt war. Er konnte sich bestimmt kaum an mich erinnern.«

»Er scheint sich sehr gut an dich zu erinnern. Weißt du, er gibt dir die Schuld am Scheitern meiner Ehe mit seiner Mutter. Ihm stellt es sich so dar, als hätten wir im Paradies gelebt, bis du aufgetaucht bist. Das stimmt natürlich nicht. Yanna war schon viel früher unausstehlich geworden. Aber für gewisse Dinge müssen wir wohl alle eine Erklärung finden. Er wusste jedenfalls, dass wir zusammen waren; und dass du mich damals mit Bildern versorgt hast, war in unserer Familie auch kein Geheimnis. Als dann das Nationalmuseum kritische Fragen zur Herkunft eines meiner Bilder stellte, war es für ihn wohl nicht mehr sehr schwierig, die richtigen Schlüsse zu ziehen. Und dann sah er wohl eine Möglichkeit, nicht nur das Bild zu beschaffen, sondern sich auch gleich noch an deiner Familie dafür zu rächen, was du seiner angeblich angetan hast. Sagst du mir, ob du das Bild hast? Gib es mir, wenn du es besitzt. Dann bringe ich das alles in Ordnung.«

»Das ist sehr nett von dir«, entgegnete sie und war ihm wirklich dankbar. »Leider habe ich es nicht. Aber vielleicht bald.«

»Mikis darf es auf keinen Fall bekommen. Das wäre nicht nur gefährlich, sondern auch noch blasphemisch.«

»Ich sehe das anders. Wenn ich das Bild hätte, würde ich es ihm sofort geben. Mir geht es einzig und allein um Louise, alles andere ist mir egal. Soll meinetwegen der ganze Balkan in Flammen aufgehen.«

Charanis schüttelte den Kopf.

»Meinst du, dass er Louise wirklich etwas antun würde?« Erst jetzt wagte sie sich der Antwort auf diese Frage zu stellen.

»Bis er die Ikone hat, wird er ihr nichts tun. Was er dann macht, weiß ich nicht. Man muss bei ihm auf alles gefasst sein. Er hat eine grausame Lust daran, andere zu quälen.«

Ihr Herz begann zu hämmern. Es war also noch schlimmer, als sie gedacht hatte. Sie konnte sich nicht darauf verlassen, dass er sich an die Abmachung hielt. Wenn sie sich weigerte, ihm das Bild zu geben, brachte er Louise um. Aber auch wenn sie es ihm gab musste sie darauf gefasst sein, dass er sie umbrachte. Es blieb ihr nichts übrig als seinem Vater zu sagen, was sie vorhatte.

Er ließ es sich eine Weile durch den Kopf gehen. Ein Seufzer entrang sich ihm. »Dann habe ich wohl keine andere Wahl mehr. Im Grunde wusste ich wohl schon immer, dass es früher oder später so weit kommen würde.«

Flavia trommelte noch spät am Abend alle verfügbaren Leute zu einer Besprechung zusammen. Es gab einiges zu tun, sie hatten nicht viel Zeit, und es durfte nichts schiefgehen. Wenn sich Mary Verney aus dem Staub machen konnte und wenn ihnen auch Mikis Charanis entkam, dann hagelte es geharnischte Proteste, und das machte einen sehr schlechten Eindruck. Sie merkte, dass sie schon wie eine richtige Behördenchefin dachte: Sie wollte vermeiden, dass man sich im Ministerium sagte, die Frau hat eben doch noch zu wenig Erfahrung. Und dass man ihr dann jemand von außerhalb vor die Nase setzte.

Nach intensivem Nachdenken hatte sie einen Plan gefasst, den sie jetzt in die Tat umzusetzen versuchte; es war noch das Beste gewesen, was ihr eingefallen war. Und Bottando war ja leider nicht da. In diesem Stadium hätte sie seinen Rat sehr begrüßt. Aber Bottando putzte Klinken bei den Mächtigen, und sonst hatte sie niemanden, den sie fragen konnte.

»Wir haben einen ziemlich schwierigen Einsatz vor uns«, sagte sie zu ihren Leuten. »Und wir dürfen uns auf gar keinen Fall von Mrs. Verney abhängen lassen. Ich habe ihr gesagt, dass Dan Menzies die Ikone bei sich in der Wohnung hat. Sie will sie unbedingt haben, wir können also davon ausgehen, dass sie versuchen wird, sie sich zu holen. Und wir werden sie nicht daran hindern. Ist das allen klar? Wir lassen sie das Bild mitnehmen. Und passen Sie um Himmels willen auf, dass die Frau niemand von uns sieht.

Wenn sie das Bild hat, geben Sie mir Bescheid und bleiben dran. Lassen Sie sich nicht abhängen, sonst haben Sie die Sache versiebt. Ich will verfolgen können, wie sie das Bild an sich nimmt, wie sie es übergibt und wie sie es Charanis aushändigt.«

»Wird sie es ihm direkt übergeben?«

»Wohl eher nicht. Wenn sie ein Gebäude betritt, warten Sie draußen, bis sie wieder auftaucht. Dann folgt ihr einer und geht in das Gebäude, um herauszufinden, was sie da gemacht hat. Sie wird das Bild vermutlich an einem sicheren Ort deponieren, wo Charanis es abholen kann. Und sie rechnet damit, dass sie beschattet wird. Also aufgepasst! Für uns ist sie eine Art Lockvogel. Und wenn sie Charanis aus der Deckung gelockt hat, wird er von den Carabinieri verhaftet, sie halten acht Mann in Bereitschaft. Unsere Aufgabe besteht nur darin, ihn ausfindig zu machen. Dann werden die Carabinieri alarmiert. Alles klar?«

Sie nickten.

»Schön. Jetzt hält sich Mary Verney in ihrem Hotelzimmer auf. Giulia! Sie überwachen die Hotelhalle. Paolo! Sie bleiben vor dem Hotel. Ach ja, alle nehmen ihr Handy mit. Hoffen wir, dass die Dinger funktionieren. Und Sie beide postieren sich an den zwei Enden der Via Barberini!« Das war auch schon ihr ganzes Einsatzkommando, mehr Leute hatte sie nicht auftreiben können.

Alle nickten, aber keiner sonderlich begeistert. Bis auf Giulia. Sie war noch jung genug, um solche Sachen aufregend zu finden. Die anderen sahen eine langweilige Nacht auf sich zukommen.

Dann ging Flavia zu Fuß in die Via di Montoro und zu Menzies' Wohnung. Der Amerikaner arbeitete eifrig; Argyll lag schlafend auf dem Boden, wo er es bequemer fand als auf dem Sofa.

Und die Ikone, die Hodigitria, stand auf einer Staffelei, im hellen Licht der Abendsonne. Das Bild war klein und ganz dunkel, genau wie Argyll es ihr beschrieben hatte. Sie musste genau hinsehen, um das Gesicht zu erkennen, es wirkte fast ein wenig gebieterisch und blickte mit kühlem Blick aus dem wurmstichigen Holz heraus, auf das es gemalt war. Und obwohl es ja eine Fälschung war, fand sie es sehr beeindruckend und konnte sich gut vorstellen, wie das Original im goldenen und mit Edelsteinen besetzten Rahmen wirkte, wenn es in einer dunklen Kirche hing, umgeben von Kerzen, die Gläubige vor ihm entzündet hatten.

Die Wirkung hat wohl auch mit dem Format zu tun, dachte sie. Das Bild ist klein und unaufdringlich, und das ist eigentlich immer eindrucksvoller als groß und pompös.

Jetzt hatte sie allerdings eine Kopie vor sich, ohne alles Drumherum. Kein Rahmen, kein Altar, kein Weihrauch in der Luft. Und allein schon ohne dieses Drumherum wäre nicht recht einsichtig gewesen, warum es so viel Ärger verursachte. Es kam aber noch dazu, dass das Bild längst nicht fertig war, und wo es fertig war, glitzerte die Farbe noch feucht in der Abendsonne.

»O Gott«, sagte sie. »Das kann doch gar nicht rechtzeitig fertig werden.«

Diese Bemerkung schmeckte Menzies gar nicht. »Darf ich Sie darauf hinweisen, dass ich erst seit vier Stunden an dem Bild arbeite?«, sagte er mit finsterem Blick. »Ich bin schon verdammt weit gekommen. Es wird rechtzeitig fertig. Sie sollten ihre Arbeit tun und mich meine machen lassen. Da, schauen Sie.«

Er nahm das Bild von der Staffelei und drehte es vorsichtig um. »Alte Eiche, drei Millimeter dick. Habe ich selber aus dem Chorgestühl in San Giovanni herausgesägt. Dazu musste ich aber erst mal zum Kloster fahren und eine geeignete Stelle suchen. Längst nicht alt genug, 15. Jahrhundert, aber das muss genügen. Dann habe ich viel Zeit dafür gebraucht, die frisch gesägten Kanten richtig abzudunkeln und einzustauben. Und dann musste ich es ja aus dem Gedächtnis malen. Das Original ist mit einer Art Teer grundiert. Der hat Blasen geworfen, die man durch die Farbe hindurch sehen kann. Diesen Effekt zu erzielen …«

»Schon gut, schon gut«, sagte sie beschwichtigend. »Ich mache mir einfach nur Sorgen. Wird es wirklich fertig?«

»Wie viel Zeit habe ich denn?«

»Ich würde sagen, bis morgen früh um acht.«

Er schnitt eine Grimasse, rechnete nach und meinte dann: »Da ist es fertig. Könnte meine beste Arbeit werden. Meine schnellste wird es sowieso.«

»Eigentlich schade, dass nie jemand davon erfahren wird.«

»Wer das Original gemalt hat, weiß man ja auch nicht. Wenn Sie sich jetzt ruhig verhalten wollen ...«

Er arbeitete schweigend weiter, während Flavia im Zimmer umherging und alle paar Minuten auf die Holztafel blickte, bis Menzies die Geduld verlor.

»Wissen Sie was? Lassen Sie mich allein! Sie rauben mir die Konzentration. Gehen Sie einen Kaffee trinken, lesen Sie Zeitung, machen Sie, was Sie wollen. Und nehmen Sie Ihren Freund mit, sein Schnarchen stört mich.«

»So eine Frechheit«, sagte Argyll ein paar Minuten später. »Im Kloster habe ich beim Sägen geholfen und hinter den Orgelpfeifen Staub zusammengesucht. Und hier habe ich dann Farben angerührt und irgendwelches Zeug zu Pulver zerstoßen und den Kopf in den Kamin gesteckt, um Holzruß rauszuholen, und den habe ich dann in Äthanol gelöst für die Rückseite des Bildes. Er hat mich fast die ganze Zeit auf Trab gehalten.«

Er leerte seinen Kaffee in einem Zug und bestellte gleich noch einen. »Aber es hat großen Spaß gemacht, das kann ich nicht leugnen. Die Kunstfälschung scheint eine dankbare Aufgabe zu sein. Wie konntest du ihn eigentlich dazu überreden, dass er mitmacht? Und bist du dir sicher, dass es klappt?«

Flavia zuckte die Schultern. So schwierig war es auch wieder nicht, in etwas weniger als zwölf Stunden eine Fälschung anzufertigen. Das Bild war ja so verschmutzt, dass man genau hinsehen musste, um überhaupt zu erkennen, was dargestellt wurde. Und Charanis hatte ohnehin nur eine ungefähre Vorstellung von der Ikone. Ein Experte ließe sich sicher nicht täuschen und jemand anderer auch nicht unbedingt sehr lange. Aber das war hoffentlich gar nicht nötig. Vielleicht genügten schon ein paar Minuten. Bei Charanis spielte es gar keine Rolle, ob Menzies den Stil des Malers traf und ob ihm der gleiche heitere Ausdruck gelang. Bei Mary Verney war das anders.

Zu dumm, dass Flavia nicht auf einen Profi zurückgreifen konnte, zum Beispiel auf Bruno Mascholino. Für ein, zwei Monate Haftverkürzung hätte er mit dem größten Vergnügen ein Bild gemalt, und zwar ein viel besseres. Aber er kannte die Ikone leider nicht. Nur Menzies hatte das Bild studiert, als er sich überlegte, wie er es restaurieren sollte, nur er kam infrage, und es hatte sie einige Mühe gekostet, ihn für diese Arbeit zu gewinnen.

»Ich habe ihm eine amtliche Erklärung zugesichert, in der es heißen wird, dass er in keiner Weise in diese Geschichte verwickelt gewesen ist. Ich werde Kritik an den haltlosen Verdächtigungen der Presse üben, und ich habe ihm versprochen, dass Bottando seinen Einfluss bei den Beni Artistici dafür verwenden wird, dass er den Farnesina-Auftrag bekommt.«

»Kein schlechtes Geschäft. Und du meinst, dass er dafür der richtige Mann ist?«

»Das ist mir im Moment völlig schnuppe. Meinetwegen kann die Decke in der Farnesina nachher so aussehen, als wäre sie von Walt Disney. Ich weiß nicht einmal, ob er für *diesen* Auftrag der richtige Mann ist, aber er ist der einzige, der infrage kommt. Was meinst du dazu?«

Argyll kratzte sich am Kinn. »Es könnte schon klappen«, sagte er vorsichtig. »Es ist ein großer Vorteil, dass das Bild so stark verschmutzt ist. Und keiner der Beteiligten hat es je ohne Rahmen gesehen. Mary Verney wird sich vermutlich sagen, dass es von einem fürchterlichen Stümper restauriert wurde. Übrigens habe ich den Eindruck, dass er gar nicht der Berserker ist, als den man ihn gern hinstellt. Er arbeitet mit sehr viel Gefühl. Und er ist zwar ein komischer Kauz, aber eigentlich ganz sympathisch. Wir haben uns zwischen dem Holzsägen und dem Farbenanrühren mal ein bisschen länger unterhalten. Das war richtig nett.«

»Wie schön«, sagte Flavia mit einem sarkastischen Unterton, »dass ihr auch noch Zeit für ein richtiges Gespräch unter Männern gefunden habt. Mich interessiert im Moment allerdings nur, ob er rechtzeitig fertig wird.«

»Ich glaube schon«, sagte Argyll. »Er sieht es als Herausforderung. Es könnte sein, das er an ein paar Stellen ein bisschen schludern muss, aber er wird fertig. Hoffe ich jedenfalls.«

16

Am nächsten Morgen rief Mikis an. Der gewohnte Anruf von Louise war ausgeblieben, das machte sie ganz krank, aber sie ließ es ihn nicht merken. Stattdessen legte sie auf, ging aus ihrem Zimmer und rief von der nächsten Telefonzelle zurück.

»Was ist mit meiner Enkeltochter?«

»Alles zu seiner Zeit.«

»Jetzt ist genau die richtige Zeit.«

»Es geht ihr gut. Man hat sie bereits in die Nähe ihres Wohnorts gebracht. Wenn wir diese Sache hinter uns haben und alles gutgegangen ist, bekommen Sie sofort einen Anruf. Was ist denn nun? Haben Sie die Ikone?«

Sie holte tief Luft. »Ja«, sagte sie. »Das heißt, im Moment noch nicht, aber in einer Stunde habe ich sie.«

»Wo ist sie?«

»Das geht Sie nichts an. Das ist ein Geschäftsgeheimnis.«

»Kommen Sie mir jetzt nicht mit solchen Spielchen, Mrs. Verney. Ich will wissen, wo die Ikone ist.«

»Ich kann nur wiederholen, dass Sie das nichts angeht. Ich hole das Bild in einer Stunde ab. Sie bekommen es heute noch. Mehr brauchen Sie im Moment nicht zu wissen. Ich lasse nicht zu, dass Sie wieder jemand umbringen. Der Mord an Burckhardt war dumm und völlig überflüssig. Damit haben Sie doch nur die Polizei auf den Plan gerufen.«

Sie hörte ihn in den Hörer schnauben. »Er hat behauptet, dass er das Bild nicht hat. Ich war mir sicher, dass er mich anlügt, und so etwas lasse ich mir nicht gefallen.«

»Und als Nächste muss dann wohl ich dran glauben?«

»Wie kommen Sie denn darauf?«, gluckste Charanis. »Wir sind doch Partner! Mit Partnern gehe ich doch nicht so um. Und man kann nie wissen, wann ich wieder Verwendung für Sie habe. Sie sind schließlich eine talentierte Frau. Und niemand ahnt etwas davon. Bei Ihnen würde doch nie jemand Verdacht schöpfen.«

»Doch. Die römische Polizei.«

»Was ist passiert?«

»Man hat mich verhört. Und es hätte mich überhaupt nicht gewundert, wenn ich gleich verhaftet worden wäre. Diese ganze Geschichte ist doch die reinste Katastrophe. Zum Glück hat die Polizei noch keine Beweise, aber das kann sich schnell ändern. Wir dürfen also keine Zeit verlieren. Sie bekommen die Ikone nur, wenn Sie sich an unsere Abmachung halten. Lassen Sie Louise frei.«

»Vorher müssen Sie mich das Bild sehen lassen.«

»Muss das sein?«

»Und ob das sein muss. Sie werden mir das Bild zeigen. Aus einiger Entfernung, wenn das nötig ist.«

Sie dachte scharf nach. »Also gut. Sie sind in anderthalb Stunden beim Ponte Umberto, auf der Seite von Lungotevere Marzio, an der Bushaltestelle. Ich komme dorthin und zeige Ihnen das Bild. Dann lassen Sie Louise frei. Und wenn ihre Mutter mir bestätigt hat, dass das Kind wohlbehalten zu ihr zurückgekehrt ist, sage ich Ihnen, wo sie das Bild abholen können.«

Vom anderen Ende der Leitung kam lange gar nichts.

»Also dann, in anderthalb Stunden«, sagte er schließlich.

Mary Verney legte den Hörer auf. Ihr Herz hämmerte. Und jetzt kam der schwierige Teil.

»Wie finden Sie es? Es hat natürlich schon ein bisschen was Grobes an sich.«

Dan Menzies trat nervös zurück und gestattete Flavia, das Bild von der Staffelei zu nehmen.

»Das Gesicht lässt zu wünschen übrig«, sagte er nervös – wie jemand, der auf ein Lob wartet.

Flavia inspizierte das Gesicht.

»Die Kratzer und die abgeschabten Stellen sind zum Teil auch nicht so toll geworden«, fügte er hinzu. Flavia sah sich auch diese Stellen ganz genau an.

»Aber die Rückseite gefällt mir ziemlich gut. Doch, die habe ich gut hingekriegt. Ich meine, wenn ich mehr Zeit gehabt hätte ...«

Flavia stellte das Bild wieder auf die Staffelei, trat zurück und nickte anerkennend. »Ich finde, dass Sie großartige Arbeit geleistet haben«, sagte sie nach einer Weile. »Dass es so gut werden könnte, hätte ich wirklich nicht gedacht.«

»Finden Sie?«, sagte Menzies dankbar. »Na ja, ich meine, es ist schon ziemlich gut geworden. Es gibt nicht viele Leute, die es so hingekriegt hätten. Nicht in dieser kurzen Zeit. Jemand wie d'Onofrio würde immer noch nach einer geeigneten Holztafel suchen.«

»Ich bin ganz hingerissen«, sagte Flavia. »Eine Sache könnte man sich noch überlegen. Es riecht ein bisschen nach Farbe. Lässt sich dagegen noch was machen? Ich hoffe zwar, dass es gar keine Rolle spielt – Mrs. Verney geht ja davon aus, dass Sie das Bild restauriert haben. Aber wenn es zu intensiv riecht, könnte sie stutzig werden.«

»Wie viel Zeit haben wir noch?«

Sie sah auf die Uhr. »Fünfzehn Minuten. Maximal.«

»Die Mikrowelle«, sagte Menzies.

»Wie bitte?«

»Da stecken wir's rein.«

»Und schalten ein?«

»Um Himmels willen! Wir wollen es doch nicht kochen! Ich brauche nur ein möglichst luftdichtes Gehäuse.«

Er suchte ein paar Substanzen zusammen und gab sie in eine kleine Metallschale auf einem Gestell, mit einer Kerze darunter.

»Was ist das?«

»Vor allem Weihrauch. Das überdeckt nicht nur alle anderen Gerüche, sondern verströmt auch eine gewisse Heiligkeit. Und auch noch zwei, drei andere Sachen, die Rauch entwickeln und Geruch verbreiten.«

»Was denn zum Beispiel?«

Menzies grinste sie an. »Schmutzige Wollsocken. Den Tipp habe ich von einem alten Freund. In zehn bis fünfzehn Minuten müsste der Farbgeruch neutralisiert sein. Allerdings nicht auf Dauer. Aber einen Tag lang könnte es schon wirken. Ich muss natürlich aufpassen, dass es nur glimmt und nicht aufflammt. Sonst kann ich wieder ganz von vorn anfangen.«

Der Geruch, der aus dem Mikrowellenherd kam, als Menzies ihn nach einer Viertelstunde öffnete, erinnerte überhaupt nicht mehr an Farbe. Das Gerät hatte allerdings sehr darunter gelitten, aber das machte nichts. Wenn alles gut ging, konnte sie es als Unkosten abrechnen, wenn nicht, war der Mikrowellenherd ihre kleinste Sorge.

»Gut«, sagte sie. »Ich muss jetzt gehen. Könnten Sie das Bild im Auge behalten, bis es abgeholt wird? Von einer Frau in den Fünfzigern. Sie wird Ihnen sagen, dass sie Polizeibeamtin ist.«

»Ja, natürlich«, entgegnete der Restaurator, auf einmal die Freundlichkeit und Hilfsbereitschaft in Person. »Kein Problem.«

Ein paar Minuten nachdem sie gegangen war gab ihr Paolo durch, dass Mrs. Verney das Hotel verlassen hatte. Dann wollen wir mal sehen, dachte sie.

Die Patres Jean und Xavier saßen einander im Krankenzimmer gegenüber. Sie wussten beide nicht so recht, was sie sagen sollten. Pater Xavier wirkte freilich gelassen und heiter, wogegen Pater Jean nicht zur Ruhe kam. Es war aber auch keine Kleinigkeit, wenn man erfuhr, dass sich das Oberhaupt des Ordens so – unmoralisch verhalten hatte. Der Superior hatte sich einfach über einen unmissverständlichen Beschluss des Konvents hinweggesetzt. Das war empörend, mochte die Mehrheit noch so knapp ausgefallen sein. So etwas war noch nie da gewesen. Und noch beunruhigender fand er, dass Xavier es ausgerechnet ihm gesagt hatte, dem Ordensbruder, bei dem er davon ausgehen konnte, dass er sich diese Mitteilung zunutze machen würde. Jean suchte schließlich schon lange nach einer Handhabe für ein Einschreiten gegen die Reformbestrebungen.

Und jetzt brachte er es nicht über sich. Nicht etwa aus Erwägungen, die mit dem Beichtgeheimnis zu tun hatten, sondern weil er in den letzten Tagen sein eigenes Verhalten einer strengen Prüfung unterzogen hatte und hart mit sich ins Gericht gegangen war. Noch vor wenigen Tagen hätte er ganz anders reagiert. Jetzt hatte er das Gefühl, dass *er* sich entschuldigen müsste und nicht Xavier. Schließlich hatte er ihm den Gehorsam verweigert und alles getan, um seine Autorität zu untergraben. Das hatte zu dieser misslichen Situation geführt, für die er somit so viel Verantwortung trug wie der Superior.

»Ich trete natürlich zurück«, sagte Pater Xavier schließlich. »Und ich bin sicher, dass du zu meinem Nachfolger gewählt wirst.«

»Vielleicht überrascht es dich, dass ich das sage, aber ich möchte dich bitten, deine Entscheidung noch einmal zu überdenken«, antwortete Pater Jean leise. »Es ist eine unglückselige Geschichte, aber meiner Meinung nach solltest du nicht zurücktreten. Ich habe mir genauso viel zuschulden kommen lassen wie du. Obwohl ich dazu verpflichtet gewesen wäre, habe ich dich nicht unterstützt. Ich bin durchaus dazu bereit, das auch im Konvent zu sagen.«

Pater Xavier blickte verwundert auf, war sich allerdings nicht sicher, ob sein alter Gegenspieler nicht schon wieder etwas im Schilde führte.

»Das ist nett von dir, Jean. Aber es hilft alles nichts, ich muss mein Amt niederlegen. Der Irrtum, dem ich erlegen bin, wiegt zu schwer, und früher oder später gelangt es ja doch an die Öffentlichkeit. Ich will den Orden nicht in Verruf bringen. Und es wird ja auch einige Zeit dauern, bis meine Verletzungen heilen.«

»Die Ärzte sagen, dass du wieder ganz gesund wirst.«

»Aber so schnell wird das nicht gehen. Ich könnte also längere Zeit meinen Obliegenheiten gar nicht nachkommen. Da ist es doch besser, wenn ich gleich zurücktrete. Du musst die Führung des Ordens übernehmen.«

Pater Jean schüttelte den Kopf. »Bis vor kurzem hätte ich natürlich mit beiden Händen zugegriffen«, sagte er mit feinem Humor. »Aber jetzt weiß ich, dass ich dafür nicht der richtige Mann bin. Ich bin zu alt und zu engstirnig. Wir brauchen einen anderen, und wenn wir eine gute Wahl treffen, können wir aus einem Tiefpunkt einen wichtigen Wendepunkt in der Geschichte des Ordens machen.«

»Wir?«, fragte Pater Xavier. »Ich habe nicht den Eindruck, dass du den Konvent meinst, wenn du ›wir‹ sagst.«

»Nein. Wenn wir zwei uns einigen und gemeinsam einen Kandidaten vorschlagen, wird er gewählt, das ist doch völlig klar.«

»Wenn wir uns einigen *können*. Wen würdest du vorschlagen?«

Pater Jean zog den Stuhl näher an das Bett.

»Was meinst du zu Pater Bertrand?«, fragte er dann.

»Er hat sich aus unseren Querelen herausgehalten und besitzt Organisationstalent.«

»Und widmet sich ganz seinem Krankenhaus in Bulgarien. Er würde sich nicht dazu bereit finden, nach Rom zurückzukehren. Ein fähiger Mann, daran besteht kein Zweifel, doch er kommt für uns nicht infrage. Aber vielleicht Pater Luc?«

»O nein«, meinte Pater Jean lachend. »Gewiss, ein frommer Mann. Aber im Vergleich zu ihm komme sogar ich mir wie ein radikaler Reformer vor. Wenn er Superior wird, kehren wir womöglich zu der alten Übung zurück, uns Nacht für Nacht zu geißeln. Nein, Xavier. Verschone uns vor Pater Luc.«

»Marc?«

»Zu alt.«

»Jünger als du.«

»Trotzdem zu alt.«

»Francois?«

»Alles andere als ein Organisationstalent. Mit ihm als Superior sind wir in einem Jahr bankrott. Noch bankrotter, als wir es schon sind.«

Sie dachten eine Weile nach.

»Es ist schwierig, nicht wahr?«, sagte Pater Xavier.

»Es müsste jemand sein, der keiner Gruppierung angehört, jemand, der neue Ideen ins Spiel bringen kann. Bei allen, die uns bisher eingefallen sind, wäre doch von vornherein klar, was sie machen würden. Wir bräuchten an sich jemand von außerhalb, jemand wie Pater Paul.« Er hatte diesen Namen einfach nur so genannt, aber dann ging er ihm nicht mehr aus dem Sinn. Obwohl es natürlich ein verwegener Gedanke war.

»Er ist erst in den Dreißigern, war nie mit Führungsaufgaben betraut, hat keine Hausmacht, wird das Amt gar nicht haben wollen – und ist Afrikaner.«

»Stimmt«, sagte Pater Jean. Der Gedanke ließ ihn dennoch nicht mehr los. »Er ist weder Reformer noch Traditionalist. Es wird den Reformern gefallen, wie sehr ihm Missionsstationen am Herzen liegen. Und den Traditionalisten wird gefallen, wie orthodox er in liturgischen Fragen denkt – solange es nicht um Afrika geht. Weiß der Himmel, was er dort anstellen wird. Auf jeden Fall ist er ein fähiger Mann, Xavier.«

»Das weiß ich. Pater Charles hat ihn nach Rom geholt, nicht wahr? Ich muss zugeben, dass ich skeptisch gewesen bin, aber ich habe ihn zu schätzen gelernt.«

»Allerdings – was werden die Leute denken?«, fragte Pater Jean. »Das ist das Einzige, was mich noch zögern lässt. Ein Afrikaner? Und dann auch noch unser jüngster Superior seit dreihundert Jahren?«

»Vielleicht wird es Zeit, dass wir uns über solche Bedenken hinwegsetzen. Außerdem wird unser Orden dann in aller Munde sein. Das mag jetzt allzu pragmatisch klingen, aber überleg doch mal, wie viele Novizen wir dadurch gewinnen können.«

»Was meinst du? Wäre er dem Amt gewachsen? Ich traue es ihm zu. Eher als allen anderen, die infrage kommen. Er ist hingebungsvoll und integer und denkt praktisch.«

Befriedigt verschränkte Pater Xavier die Hände auf dem Bauch. »Er wird das sehr gut machen«, sagte er mit Nachdruck. »Erst recht, wenn wir ihm mit Rat und Tat zur Seite stehen.«

»Willst du ihm zur Seite stehen?«, fragte Pater Jean

in dem Bewusstsein, dass eine Entscheidung von großer Tragweite bevorstand.

Pater Xavier zögerte nur einen kurzen Moment, dann nickte er und erklärte: »Von ganzem Herzen.«

»Ich auch.«

Pater Xavier lachte vergnügt, zum ersten Mal seit Tagen.

»Na, dann haben wir ja ein neues Oberhaupt. Wir müssen nur noch zwei Schreiben aufsetzen. Meine Rücktrittserklärung und einen Brief, in dem wir uns gemeinsam für Pater Paul aussprechen. Ich werde nachher noch ein paar Leute anrufen, aber bei der Besprechung musst natürlich du den Vorsitz führen. Der kritische Punkt ist Pater Pauls Reaktion.«

»Es wäre wohl nicht ratsam, ihm vorher schon etwas zu sagen. Sonst stellt er sich gar nicht erst zur Wahl. Aber wenn wir ihn in der Besprechung damit überraschen und dann gleich zur Wahl schreiten … dann muss er eigentlich annehmen.«

Xavier ließ sich auf das Bett zurücksinken. »Ha, da werden die Jesuiten aufhorchen!«

Als Pater Jean aufstand, um sich zu verabschieden, hatte er das Gefühl, dass ihm eine schwere Last von den Schultern genommen worden war. Mit Tränen in den Augen drückte er dem scheidenden Superior herzhaft die Hand. »Ich bin so froh«, sagte er. »Weißt du was? Ich glaube, uns ist der Weg gewiesen worden.«

17

Menzies saß auf dem Sofa und betrachtete sein Werk. Während er in allen anderen Lebensbereichen zur Selbstgefälligkeit neigte, war er bei der Beurteilung der eigenen Arbeit sehr selbstkritisch – auch wenn er in der Öffentlichkeit ganz anders auftrat. Er stand auf, nahm die Ikone von der Staffelei, drehte sie hin und her, fuhr mit dem Finger über die Farbe. Dann betrachtete er das Bild noch einmal aus größerer Entfernung und war immer noch sehr zufrieden. Er wickelte das Bild sorgfältig in ein Tuch ein. Eine perfekte Nachbildung? Nein. Ein Experte würde feststellen, dass mit dem Bild etwas nicht stimmte. Er bräuchte allerdings einige Zeit, um dahinter zu kommen. Und sonst jemand? Er wickelte Zeitungspapier darum herum und verschnürte die Verpackung mit Bindfaden. Wohl kaum. Nein, bestimmt nicht. Es war eine gelungene Arbeit. In Anbetracht der Umstände sogar eine großartige Arbeit.

Während er sich noch zu der gelungenen Nachbildung beglückwünschte, kam auch schon Mrs. Verney, die sich als Kurier der Polizei ausgab, um das Bild abzuholen. Würde sie merken, dass hier etwas nicht stimmte?

»Inspizieren Sie es lieber noch schnell«, sagte er und gab ihr mit einem besorgten Blick die sorgfältig verpackte Ikone. »Womöglich wird es unterwegs beschädigt, und dann heißt es ja doch, dass das schon so gewesen ist, als man es bei mir abgeholt hat.«

»Da brauchen Sie keine Angst zu haben.«

»Ich muss darauf bestehen«, sagte er. »Und eine Quittung benötige ich auch.«

Sie seufzte tief. »Wie Sie meinen«, sagte sie und begann die Verpackung zu entfernen.

»Sehen Sie es sich genau an.«

Sie betrachtete es eine Weile und meinte dann: »Scheint mir in Ordnung zu sein. Haben Sie schon daran gearbeitet?«

»Ich hatte angefangen«, sagte er. »Weit bin ich noch nicht gekommen.«

»Sie können es bestimmt später fertig machen. Jetzt muss ich aber los. Ich bin sowieso schon zu spät dran.«

»Die Quittung ...?«

Sichtlich ungehalten stellte sie das Bild ab und schrieb rasch auf einen Zettel: »Von Sig. D. Menzies dankend erhalten: eine Ikone mit der Darstellung der Gottesmutter aus dem Besitz des Klosters San Giovanni.« Menzies nahm den Zettel entgegen und las ihn mit belustigter Befriedigung. Eine hübsche Bestätigung meiner Fähigkeiten, dachte er. Das würde er seinen Freunden zeigen.

»Jetzt muss ich aber los.«

»Schön«, sagte Menzies. »Gehen Sie sorgfältig damit um. Es hat schon genug Ärger gegeben.«

»Das können Sie laut sagen.«

Und dann verließ Mary Verney mit der Ikone unter dem Arm den Wohnblock und wandte sich nach links.

In einem kleinen Café auf der anderen Straßenseite

saß ein Mann, der sie herauskommen sah und zu seinem Handy griff.

»Jetzt können Sie auch noch Amtsanmaßung auf die Liste mit ihren Straftaten setzen«, sagte er leise. »Sie hat das Bild und geht in Richtung Campo dei Fiori. Ich bleibe dran.«

Mary Verney ging zu dem Taxistand vor San Andrea. Auf dem Markt war viel Betrieb, aber sie musste zum Glück nicht allzu lange mit der gestohlenen Ikone unter dem Arm auf der Straße herumstehen, da die Rushhour vorbei war. Um sich einen guten Start zu verschaffen, gab sie dem Taxifahrer hunderttausend Lire.

»Hören Sie genau zu«, sagte sie. »Wir machen jetzt eine etwas ungewöhnliche Fahrt. Wenn Sie sich exakt an meine Anweisungen halten, bekommen Sie nachher noch mal hunderttausend. In Ordnung?«

Der Fahrer, der auf einem Auge stark schielte, ein junger Mann mit einem boshaften Lächeln, verzog die Lippen zu einem grässlichen Grinsen. »Aber nur, wenn Sie niemand erschießen.«

»Das würde Sie stören?«

»Dann würde ich mehr verlangen.«

»Ich sehe schon, bei Ihnen bin ich an der richtigen Adresse. Gut. Sie müssen genau um drei auf dem Lungotevere Marzio sein und in südlicher Richtung auf den Ponte Umberto zufahren. Bei der Bushaltestelle, fünfzig Meter vor der Brücke, müsste ein Mann warten. Soweit alles klar?«

Der Fahrer nickte.

»Sie werden in die Fahrspur direkt neben dem Gehsteig wechseln und ganz langsam auf die Haltestelle zufahren. Wenn ich ›stopp‹ sage, halten Sie an. Wenn ich ›los‹ sage, fahren Sie sofort weiter, und zwar so schnell wie möglich. Und dann hören Sie von mir, wie es weitergeht. Alles klar?«

»Eine Frage«, sagte der Mann, der einen ausgeprägten sizilianischen Tonfall hatte.

»Ja?«

»Wo ist dieser Lungotevere ... wie sagten Sie noch gleich?«

»O Gott«, murmelte sie vor sich hin. »Haben Sie einen Stadtplan?«

Fünf Minuten später fuhren sie los. Mit der einen Hand hielt Mary Verney den Stadtplan fest, mit der anderen die Ikone. Gottseidank war es nicht weit, sonst wären sie sicher irgendwo im Verkehr stecken geblieben und hätten es nicht rechtzeitig geschafft. Der Taxifahrer fuhr die Via della Scrofa hinauf, um den Porte Ripetta herum und dann nach Süden. Mary legte die Ikone auf den Schoß. Sie war nervös, ihr Herz schlug heftig.

»Jetzt auf die rechte Spur«, sagte sie. Es herrschte stärkerer Verkehr, als sie gehofft hatte. »Langsam.«

Dann sah sie ihn neben der Bushaltestelle stehen, die Daumen in die Hosentaschen gehakt.

»Stopp!«

Das Taxi hielt an. Mary Verney hielt die Ikone an die Scheibe. Mikis heftete den Blick auf die Ikone, Mary heftete den Blick auf Mikis. Er nickte, machte einen Schritt nach vorn und schob die Hand in die Hosentasche.

»Los!«, schrie sie. »Schnell! Nichts wie weg hier!«

Der Wagen machte einen Satz, aber dann ging es

nicht weiter. Eine Ampel war auf Rot gesprungen, zwei große Lastwagen blockierten die Straße.

»Weiterfahren!«, schrie sie. »Egal wie! Bloß nicht stehen bleiben!«

Der Taxifahrer riss das Steuer herum, rumpelte auf den Gehsteig, drückte mit der Hand auf die Hupe und mit dem Fuß aufs Gas, raste bis zum Fußgängerstreifen, kurvte um einen Touristen herum und schoss so über die Kreuzung, dass es zu einem Unfall gekommen wäre, wenn sie nicht zufällig freie Bahn gehabt hätten. Sie rasten in Richtung Piazza Navona, bogen ab und preschten auf schmalen Straßen übers Kopfsteinpflaster.

Er wich einem alten Touristen aus, der an einem Eis leckte. »Sie werden noch jemand überfahren!«, rief sie.

Keine Antwort. Der Mann fuhr wie ein Berufsrennfahrer. Plötzlich bremste er scharf ab, riss den Wagen herum und rumpelte in eine Art Kaverne unter einem alten Wohnblock.

Er stellte den Motor ab. Mary zitterte vor Angst. Sie saßen ein paar Sekunden schweigend im Wagen.

»Wo sind wir?«

»Bei meinem Schwager in der Werkstatt.«

Er stieg aus und ging zu dem großen alten Tor. Als er es geschlossen hatte, war es mit einem Schlag dunkel. Er knipste zwar das Licht an, aber die verstaubte Glühbirne war kein Ersatz für das Tageslicht. Mary atmete tief durch, um wieder ruhiger zu werden. Dann kramte sie in ihrer Tasche nach einer Zigarette und zündete sie sich mit zitternden Händen an.

»Vielen Dank«, sagte sie. »Sie sind großartig gefahren.«

Der Taxifahrer grinste. »In Palermo ist das ganz normal.«

Sie gab ihm ein Bündel Geldscheine. »Die versprochenen hunderttausend Lire. Und dann noch mal zweihunderttausend dafür, dass Sie mich vergessen. Sie haben mich noch nie gesehen.«

Er steckte das Geld ein und machte eine Handbewegung in Richtung Tor. »Vielen Dank. Und wenn Sie mal wieder einen Chauffeur brauchen …«

»Ja?«

»Dann holen Sie nicht mich.«

Mary nickte, ließ die halb gerauchte Zigarette fallen, drückte sie mit dem Schuh auf dem staubigen Boden aus und nahm die verpackte Ikone.

»Wie komme ich von hier in die Via dei Coronari?«

Der Taxifahrer zeigte ihr die Richtung. Sie trat in einen strahlenden römischen Sommertag hinaus.

Fünfhundert Meter entfernt, in einer anderen Straße, die in eine ganz andere Richtung führte, saß Paolo in seinem Wagen, auf allen Seiten eingekeilt von Autos und LKWs. Er weinte vor Enttäuschung und Scham. Auf so ein halsbrecherisches Manöver war er nicht gefasst gewesen. Und dann hatte sich gezeigt, dass er nicht gewillt war, sein Leben zu lassen. Er schlug mit den Fäusten gegen das Armaturenbrett und langte nach seinem Handy.

»Sie hat mich abgehängt«, sagte er widerstrebend.

»O Gott!«, rief Flavia verzweifelt. »Sagen Sie mir, dass das nicht wahr ist. Das kann doch nur ein schlechter Scherz sein.«

»Tut mir Leid. Was soll ich jetzt machen?«
»Schon mal an Selbstmord gedacht?«

»Verdammt noch mal, was soll denn das?«, sagte Mary Verney wütend. Sie war in einer Bar und hatte vor dem Anruf einen Drink genommen, um ruhiger zu werden. »Wir hatten doch eine klare Abmachung. Und dann ziehen Sie auf einmal die Pistole!«

»Ich habe keine Pistole gezogen«, sagte Mikis Charanis.

»Ach, hören Sie doch auf!«

»Ich habe keine Pistole gezogen«, sagte er noch einmal. »Vergessen Sie diesen hysterischen Quatsch! Ich will diese Geschichte endlich hinter mich bringen und aus Rom verschwinden.«

»Haben Sie das Bild gesehen?«

»Ja.«

»Sind Sie jetzt zufrieden?«

»Fürs Erste. Später werde ich es natürlich ganz genau prüfen. In zirka fünfzehn Minuten müssten Sie einen Anruf bekommen. Und ich rufe in einer halben Stunde noch mal an. Dann teilen Sie mir mit, wo das Bild ist. Und wenn Sie wissen, was gut für Sie ist, sagen Sie die Wahrheit.«

Mary Verney sah auf ihre Uhr. Die nächste Viertelstunde würde die Entscheidung bringen, das spürte sie. O Gott, dachte sie. Hätte es doch nur eine andere Möglichkeit gegeben. Wenn jetzt noch etwas schiefgeht …

Sie sah wieder auf ihre Uhr. Dreizehn Minuten waren schon vorbei. Sie zündete sich eine Zigarette an – *schon wieder eine,* aber was machte das schon in ihrem

Alter? – und überlegte sich noch einmal, was alles schiefgehen konnte.

Das Telefon klingelte. Sie schreckte hoch und hätte beinahe neben den Hörer gegriffen vor lauter Aufregung.

»Sie befindet sich wieder in Freiheit.« Eine eigenartig förmliche Mitteilung.

Es klickte, der Anrufer hatte aufgelegt.

Sofort rief sie bei ihrer Schwiegertochter an, verwählte sich allerdings vor lauter Aufregung. Und verwählte sich ein zweites Mal. Dann kam die Verbindung endlich zustande.

»Hallo, Oma.« Als sie die helle Kinderstimme hörte, wusste sie, dass sie gewonnen hatte. Mit Tränen in den Augen sagte sie ein paar Worte zu Louise. Aber sie konnte sich jetzt nicht mit ihr unterhalten, das musste warten.

»Ist deine Mutter da?«

Sie ließ ihre Schwiegertochter gar nicht zu Wort kommen, weil sie immer unheimlich viel redete und nicht mehr so leicht zu stoppen war, wenn sie erst einmal Fahrt aufgenommen hatte.

»Wie geht es dem Kind?«

»Alles in Ordnung. Aber ich habe keine Ahnung, was da passiert ist …«

»Das erzähle ich dir später. Du setzt dich jetzt mit Louise ins Auto und fährst los.«

»Wohin?«

»Irgendwohin. Nein … Zur Polizei! Du fährst zur nächsten Wache. Und dort bleibt ihr so lange wie möglich. Erzähl denen irgendwas von einem vermissten Hund oder so. Ich lasse euch dann von jemand auf der Wache abholen, wenn alles vorbei ist.«

»Wenn alles vorbei ist? Was denn?«

»Weißt du was, liebes Kind? Mach das jetzt einfach, ja? Länger als eine Stunde sollte es eigentlich nicht dauern.«

Sie legte den Hörer auf und betrachtete das Paket, das neben ihr lag. Das musste sie jetzt abliefern. Hoffentlich ging dabei nichts schief.

Als Flavia den Hörer abnahm und Paolo ihr sehr kleinlaut berichtete, dass er von Mary Verney abgehängt worden war, hätte sie den Apparat am liebsten an die Wand geworfen. Dabei war ihr natürlich klar gewesen, dass etwas schiefgehen konnte. Es ging eigentlich immer etwas schief. Aber schon so früh? Und so ein grober Fehler? Paolo war doch ein erfahrener Beamter. Er kannte die Straßen Roms besser als jeder andere und war ein unheimlich waghalsiger Fahrer. Wie hatte er sich abhängen lassen können, noch dazu von einer Ausländerin, die sich in Rom kaum zurechtfand?

Und schon war alles vorbei. Jetzt konnten sie nur noch darauf hoffen, dass ihnen Mikis Charanis oder Mary Verney oder alle beide beim Verlassen des Landes ins Netz gingen. Wie erbärmlich. Wie peinlich. Wie dumm.

Sie ging auf und ab, was ihr zwar nicht sonderlich beim Denken half – das gelang ihr am besten in der Horizontalen –, aber so konnte sie sich wenigstens der Illusion hingeben, dass sie etwas tat. Es würde eine Übergabe erfolgen, aber diese Übergabe war offenbar eine heikle Angelegenheit, sonst hätte sie längst stattgefunden. Mary Verney war an Charanis vorbeigefahren und dann so schnell davongerast, dass sie sogar

Paolo abgehängt hatte. Es war offensichtlich, dass sie Charanis nicht traute. Er hatte sich davon überzeugen können, dass sie das Bild hatte, und nun musste er wohl seinerseits noch eine Bedingung erfüllen, bevor sie es ihm übergab.

Und wo würde die Übergabe stattfinden? Sie ging ins Nebenzimmer und sah, dass Giulia schon wieder da war.

»Ihre Berichte über Mary Verney«, sagte Flavia.

Das Mädchen holte einen Stoß Blätter aus der Schreibtischschublade.

»Wo hat sie sich aufgehalten? Dass sie in Kaufhäusern und Museen war, weiß ich. Wo sonst noch?«

Giulia zuckte die Schultern. »Bei Kunsthändlern. Wir sind bei fast allen Händlern in der Via dei Coronari gewesen. Dann haben wir einen langen Spaziergang gemacht. Sie hat gesagt, dass sie jeden Tag vier, fünf Kilometer geht.«

»Wohin führte der Spaziergang?«

»Den Corso lang und über den Campo dei Fiori und dann über den Ponte Sisto. In Trastevere haben wir dann gegenüber von Santa Maria Kaffee getrunken. Danach sind wir nach San Pietro hinaufgegangen, und schließlich haben wir vom Gianicolo aus den Sonnenuntergang betrachtet. Schließlich sind wir mit dem Taxi zu ihrem Hotel zurückgefahren. Ich war ziemlich erschöpft, ihr hat man gar nichts angemerkt.«

»Hat sie nichts getan, was Ihnen eigenartig vorkam? War sie irgendwann besonders wachsam? Wollte sie vielleicht etwas auskundschaften? Und was hat sie Ihnen gesagt?«

»Wir haben uns die ganze Zeit unterhalten. Sie ist

sehr nett. Aber sie hat nichts gesagt, was mir komisch vorgekommen wäre.«

»Denken Sie noch mal gründlich darüber nach. Sie wird das Bild bald Charanis übergeben und muss ihm sagen, wo er es in Empfang nehmen kann. Es muss ein Ort sein, an dem sie es für ihn zurücklassen kann, ohne gesehen zu werden. Sie hat allen Grund, ihm zu misstrauen. Es müsste ein stiller Winkel mit gutem Verkehrsanschluss sein.«

»Das gibt es in ganz Rom nicht«, sagte das Mädchen. »Und wenn sie ihn möglichst fern von sich halten will, könnte sie doch auch eine Mittelsperson einschalten.«

»Wen denn zum Beispiel?«

»Einen dieser Kunsthändler.«

Flavia sah sie unverwandt an. Vielleicht war das Mädchen bei der Polizei ja doch richtig. »Bei welchen Händlern ist sie gewesen?«

Giulia gab ihr eine Liste. »Sie hat mich allen als ihre Nichte vorgestellt«, sagte Giulia.

»Die haben sie gekannt?«

»Oh, ja. Alle haben sie sehr herzlich begrüßt. Einige schienen vor ihr auf der Hut zu sein, aber alle haben viel Aufhebens um sie gemacht.«

»Auch der da?« Flavia zeigte auf einen Namen, etwa in der Mitte der Liste.«

»Ja, der auch.«

Flavia hätte dem Mädchen fast einen Kuss auf die Backe gedrückt vor Begeisterung. »Ja, genau, das isser! Der muss es sein!«

»Warum?«

»Weil Sie mir sagen, dass er sie gekannt hat – obwohl er am selben Nachmittag mir gegenüber behauptete, dass er noch nie was von ihr gehört hat. Auf geht's! Kommen Sie! Wir haben keine Zeit zu verlieren!«

Sie rannten durch mehrere Straßen und über die Piazza Navona zur Via dei Coronari. Flavia hatte zwar Verstärkung angefordert, aber es war eher unwahrscheinlich, dass sie rechtzeitig eintraf, weil die Rushhour begonnen hatte. Sie mussten es allein schaffen. Sie und Giulia. Dabei hatte sie noch gar keine Vorstellung davon, was sie machen sollten, wenn sie die Galerie erreichten. Vor dem Haus herumstehen und abwarten? Und wenn er tatsächlich kam? Was dann? Sie hatte eine Aversion gegen Pistolen und war ein furchtbar schlechter Schütze. Und Giulia hatte vermutlich die übliche Schießausbildung hinter sich, aber als Trainee durfte sie ja gar keine Waffe tragen. Wie sollten sie dann aber mit ihm fertig werden, wenn er früher als die Verstärkung kam? Es war nicht anzunehmen, dass er sich bereitwillig verhaften ließ.

Flavia konnte sich mit diesem Problem allerdings nicht näher befassen, weil sie beim Laufen ständig Leuten ausweichen musste. Sie hatte nur diese eine Chance, Mikis Charanis mit der Ikone zu erwischen, und durfte sie sich nicht entgehen lassen. Hoffentlich bestätigte sich ihre Vermutung. Und wenn es ganz anders war? Wenn Mary Verney soeben im Gianicolo das Bild übergab?

Dann ließ sich nichts mehr dagegen unternehmen. Aber jetzt sah sie ja schon die Galerie. Sie lief langsamer weiter und ließ Giulia aufschließen. Und dann standen sie keuchend und ratlos da.

»Was machen wir jetzt?«

»Wir können nur warten. Und das Beste hoffen.«

Flavia sah sich um. »Wir sollten uns irgendwohin setzen, wo wir nicht auffallen.«

Sie setzten sich vor ein Café, an einen Tisch, von dem aus sie die Galerie und auch die Straße in beiden Richtungen gut überblicken konnten.

»Gibt es vielleicht auch einen Hintereingang?«, fragte Giulia.

»Nein. Ich kenne die Galerie.«

Flavia bestellte eine Flasche Wasser, trank einen Schluck und öffnete ihre Handtasche. Eine Weile ließ sie den Blick auf ihrer Pistole ruhen und kramte dann mit einem mulmigen Gefühl nach dem kleinen Beutel, in dem sie das Magazin aufbewahrte. Sie trug ihre Pistole nie geladen bei sich. Neuerdings stand zwar in den Dienstvorschriften, dass die Waffe geladen zu sein hatte, aber dass so ein Ding jederzeit losgehen konnte, davon stand natürlich nichts drin.

Giulia wurde nervös, als sie sah, wie Flavia mit ungeübten Fingern das Magazin in den Griff schob und durchlud.

»Sie haben Recht«, sagte Flavia grimmig, »ich hab's nicht so mit Schusswaffen. Ich habe erst einmal versucht, so ein Ding abzufeuern, und hätte dabei fast Jonathan umgebracht.«

Giulia lächelte unfroh.

»Woher wissen wir eigentlich, dass er nicht schon hier war und längst wieder weg ist?«

Gute Frage. Flavia dachte darüber nach, hob den

Blick und runzelte plötzlich die Stirn. »Woher wir das wissen? Weil er bereits im Anmarsch ist.« Sie zeigte mit dem Kinn in Richtung Piazza Navona.

Giulia drehte den Kopf und musterte den Mann, den sie bisher nur von einem grobkörnigen Foto kannte. Er war groß, sah trotz Bauchansatz ziemlich gut aus und wirkte sehr selbstsicher. Ein Mann, der es wohl nicht so schnell mit der Angst zu tun bekommen würde.

»Am besten warten wir, bis er wieder rauskommt, und stürzen uns von hinten auf ihn«, sagte Flavia. »Dann trägt er die Ikone, hat also nur eine Hand frei. Zu zweit müssten wir es schaffen, ihn umzureißen und auf den Boden zu werfen.«

Giulia nickte, ziemlich verkrampft.

»Nervös?«

Noch ein Kopfnicken, mit zusammengepressten Lippen.

»Ich auch.« Mikis verschwand in der Galerie. »Kommen Sie«, sagte Flavia. »Wir stellen uns rechts und links neben die Tür.«

Sie ließ einen Geldschein auf dem Tisch liegen, und dann versuchten sie wie zwei Frauen beim Shopping über die Straße zu schlendern.

Flavia schwitzte vor Nervosität und sah, dass Giulia vor Angst zitterte. Hoffentlich verpatzte das Mädchen nicht alles. Wenn sie beide fest zupackten, standen ihre Chancen gar nicht so schlecht. Falls Giulia hingegen vor Schreck erstarrte, war Flavia geliefert.

Als sie links und rechts neben der Tür standen, schaute Flavia immer wieder auf die Uhr und gab sich den Anschein einer Frau, die fürchtete, dass man sie versetzt hatte, während Giulia sich auf einen roten Sportwagen mit offenem Verdeck konzentrierte, in dem zwei Twens saßen. Sie hatten die Stereoanlage unverschämt weit aufgedreht und musterten die Passanten mit herausfordernder Miene. Jetzt bitte nicht rübergehen und zu ihnen sagen, sie sollen die Musik leiser stellen, dachte Flavia. Bitte nicht, Giulia. Die Straße war sehr belebt. Hastige Passanten, aber auch Paare, die Arm in Arm das warme Sonnenlicht genossen. Ganz normale Leute, die ein friedliches Leben führten. Und weder Paolo noch sonst ein Polizist in Sicht.

Und dann war es zu spät, noch auf Verstärkung zu hoffen. Die Tür der Galerie ging auf, und Charanis erschien mit einem flachen Paket unter dem Arm. Er blieb einen Augenblick auf der Schwelle stehen, dann trat er auf die Straße. Während sich Flavia vergewisserte, dass sie ihre Waffe griffbereit hatte, drehten die zwei jungen Männer im Auto die Anlage noch weiter auf, klopften im Rhythmus gegen das Blech der Wagentür und nickten im Takt. Giulia wartete mit grimmiger Miene auf ein Zeichen von Flavia.

Flavia sah sie an und nickte, dann machte sie einen Satz und packte Charanis am Arm. Erleichtert stellte sie fest, dass Giulia ihn am anderen Arm packte. »Sie sind verhaftet«, sagte sie.

Sie spürte, wie sich seine Muskeln spannten. Ein paar Passanten blieben stehen, und einer der beiden Twens stieg aus, um sich das Geschehen aus der Nähe anzusehen. Charanis ließ das Bild fallen, beugte sich vor und versuchte sich mit aller Kraft loszureißen. »Helfen Sie uns!«, rief Flavia dem Sportwagenfahrer zu, der sich ihnen näherte. Er sah ihr direkt in die Augen, ein sonderbares Lächeln huschte über sein Gesicht.

Es war gar nicht laut und ging fast völlig in dem Getrommel unter, das von dem Sportwagen herüberdröhnte. Aber Charanis kippte plötzlich mit solcher Wucht nach vorn, dass er Giulias Griff entglitt und auf den Boden plumpste. Der junge Mann hob seelenruhig das flache Paket auf, lief wieder zum Auto und stieg ein. Der Motor heulte auf, und sie brausten davon. Es hatte nicht länger als sieben Sekunden gedauert. Niemand schrie und niemand rannte weg. Es war so schnell und routiniert ausgeführt worden, dass niemand etwas merkte. Bis Blut unter dem umgekippten Mann hervorquoll und im Rinnstein eine große Lache bildete.

Flavia erholte sich als Erste von ihrem Schreck. Giulia starrte entsetzt an ihrem Kleid hinunter, auf dem sich ein großer Blutfleck ausgebreitet hatte. Als Flavia sich davon überzeugt hatte, dass das Mädchen unverletzt geblieben war, befahl sie: »Rufen Sie eine Ambulanz! Schnell!«

Dann ließ sie sich auf ein Knie nieder und versuchte Charanis den Puls zu fühlen. Aber da gab es nichts mehr zu fühlen. Es bildete sich bereits eine aufgeregt schnatternde Menschenmenge, und Flavia hätte jetzt eigentlich dafür sorgen müssen, dass die Leute weit genug vom Tatort wegblieben. Aber sie tat es nicht. Sie setzte sich neben die Leiche und starrte ins Leere. Es war ihr völlig schleierhaft, was das zu bedeuten hatte.

Ein kleiner, grauhaariger Mann hätte es ihr erklären können. Er hatte das Geschehen mit steinerner Miene verfolgt und stand jetzt ganz hinten in der Menge. Seit er sich von Mary verabschiedet hatte, war er sehr aktiv gewesen. Er hatte dafür gesorgt, dass immer jemand in ihrer Nähe war, der sie schützen konnte. Und als er von ihr erfahren hatte, wo die Übergabe stattfinden sollte, hatte er die nötigen Anweisungen erteilt – und sich dazu verpflichtet gefühlt, selbst anwesend zu sein. Er war in seinem langen Leben oft unbarmherzig und auch oft grausam gewesen, aber er hatte sich nie wie ein Feigling verhalten und hatte sich nie seiner Verantwortung entzogen. Er wartete noch eine Weile. Dann ging er die Straße entlang zu der Limousine, die auf ihn wartete, um ihn zum Flughafen zu bringen.

18

Im Kloster wurde zwar niemand gewalttätig, aber von heiterer Gelassenheit konnte auch hier keine Rede sein. Argyll wusste noch nichts von der bevorstehenden Wahl Pater Pauls zum Superior; Pater Paul hatte ja selber keine Ahnung davon, als er zu der eilig einberufenen Besprechung ging – wieder einmal in der Hoffnung, dass er diesmal vortragen könnte, warum er nach Hause wollte. Argyll machten die griechischen Urkunden zu schaffen, durch die er sich mühsam quälte, wobei er ständig ein ›Lernbuch Altgriechisch‹ zu Rate zog, das er in der Bibliothek ausgeliehen hatte. Wenn es wirklich so gewesen war, wie Pater Charles es dargestellt hatte, und nicht doch alles nur seinem senilen Hirn entsprungen war, dann fehlte in dieser Sammlung von Urkunden so einiges. Aber das war nicht weiter schlimm. Er hatte auch so schon genügend Belege dafür gefunden, dass es sich in groben Zügen wohl wirklich so wie geschildert abgespielt hatte; Hinweise auf Bruder Angelus' wahre Identität hatte er bisher allerdings noch nicht gefunden.

Die mühselige Arbeit machte ihn müde, er sah immer öfter abwesend aus dem Fenster; und wenn die bewusste Denktätigkeit dann wieder einsetzte, ging ihm alles mögliche durch den Kopf.

Dann beschäftigte er sich zum Beispiel mit Fragen,

die bei allen anderen offenbar in Vergessenheit geraten waren: Wenn man davon ausging, dass niemand von all denen, die zunächst einmal in Verdacht geraten waren, Pater Charles niedergeschlagen hatte – wer hatte es dann getan? Und wenn die Müllmänner außer Burckhardt und Mary Verney niemand aus der Kirche kommen sahen – wie war das Bild dann hinausgelangt?

Er versuchte sich noch einmal auf den unregelmäßigen Konjunktiv zu konzentrieren, schweifte aber bald wieder ab. An dem fraglichen Tag hatte er auf dem Markt eingekauft. Wie kam er jetzt ausgerechnet darauf? Einfach nur, weil er heute auch einkaufen musste? Und wie war das mit der Tasche, die Burckhardt dabeigehabt hatte? Der Beschreibung nach hätte die Ikone gar nicht hineingepasst. Dann hatte er wohl in der Tasche das Geld mitgebracht und auch wieder mitgenommen. Und Pater Xavier hatte erst kurz zuvor das Portal aufgeschlossen. Folglich war das Bild schon verschwunden, bevor man die Tür abgeschlossen hatte, es konnte also gar nicht … War das ein logischer Gedankengang? Ja, durchaus.

Er stand auf. Niemand ertrug mehr als ein gewisses Quantum Griechisch am Tag, und Argyll hatte im Grunde schon nach zwei Zeilen genug gehabt. Er würde es noch einmal bei Pater Charles versuchen. Er könnte ihm den griechischen Text ja auch vorlesen, wenn der Pater eine lichte Phase hatte. Und wenn nicht? Dann konnte man nicht wissen, was er einem erzählte. Vielleicht erfuhr Argyll, wo Atlantis lag. Oder wo der verschollene Schatz der Tempelritter zu finden war. Sonst konnte er sich ja ohnehin an niemand wenden. Alle waren mit ernster Miene in der Bibliothek verschwunden und noch nicht wieder aufgetaucht.

Pater Charles machte einen sehr munteren Eindruck und schien sich darüber zu freuen, dass er Besuch bekam. Mit einem feinen Lächeln ließ er sich die Urkunden geben.

»Lernt man an englischen Schulen kein Griechisch?«, fragte er überrascht.

»Ich bin etwas aus der Übung.«

»Aha. Was konnten Sie den Urkunden bisher entnehmen?«

Es war wie bei einer Prüfung, und da der alte Mann offenbar keine Erinnerung an seinen gestrigen Besuch hatte, schummelte Argyll ein bisschen und lieferte eine kurze Zusammenfassung des gestrigen Gesprächs.

»Es mag sich ziemlich fantastisch anhören, aber mir scheint, dass dieser Mönch, Bruder Angelus, ein hoher Würdenträger des byzantinischen Reichs war. Und dass er die Ikone in das Kloster mitgebracht hat.«

»Sehr gut«, sagte Pater Charles mit glitzernden Augen. »Eine reife Leistung, mein Herr! Er war in der Tat ein hoher Würdenträger, dessen Identität sich allerdings nicht klären lässt.«

»Wirklich nicht?«

Der alte Mann nickte. »Das war damals ein sorgsam gehütetes Geheimnis – und es ist bis heute ein Rätsel geblieben.«

»Es war der Kaiser!«

Pater Charles zog eine Augenbraue hoch. »Wie kommen Sie denn auf diese Idee? Es gibt nichts, was darauf hindeuten würde.«

»O doch. Aber Sie haben alle Hinweise aussortiert.«

»Sapperlot!« Er machte ein verdutztes Gesicht. »Wie haben Sie das herausgefunden?«

Argyll sagte es ihm lieber nicht.

»Nun ja, es stimmt jedenfalls. Es war der Kaiser.«

»Und warum soll das niemand erfahren?«

»Damit man ihn in guter Erinnerung behält. Sie sind ja nicht der Erste, der Nachforschungen anstellen will. Und für mich ist das immer einer der größten Augenblicke in unserer Geschichte gewesen: Der tapfere Kaiser, der mitten im Schlachtengetümmel fällt! Wäre es nicht traurig, wenn bekannt würde, dass sich der Kaiser auf ein Schiff schlich, seine Männer zurückließ und noch ein paar Jahre lang in einem Kloster kümmerlich sein Leben fristete?«

»Aber er hat doch einen Gegenangriff geplant, nicht wahr?«

»Ja, ich glaube schon, aber auch daraus ist nichts geworden – wie aus den meisten seiner Vorhaben. Am meisten Rückhalt hatte er bei Papst Kalixt, aber der starb, und sein Nachfolger interessierte sich mehr für die Kunst als für die Ostkirche. Und Konstantin – so hieß der Kaiser – starb ungefähr ein Jahr später. Ganz plötzlich.«

»*Zu* plötzlich?«

»Eines Abends, nach dem Essen, wurde er von Magenkrämpfen geschüttelt, und zwei Tage später starb er unter entsetzlichen Qualen. Ich würde sagen, sein Tod wies alle Anzeichen eines Giftmords auf. Und das kam nicht einmal sehr überraschend. Es gab einfach zu viele Leute, die dagegen waren, dass der Papst sein Geld in Kreuzzüge steckte. Damit mehr für sie übrig blieb. Im Übrigen versuchten ohnehin schon alle, mit den Türken ins Geschäft zu kommen. Ein Krieg lag nicht im Interesse des Papstes und auch nicht im Interesse von Venedig oder Genua. Konstantin war ein Träumer und war allen nur noch im Weg. Er ist gestorben, und dadurch konnte die Geschichte von seinem Heldenmut überdauern.«

»Und Sie wollen dafür sorgen, dass das so bleibt?«

Pater Charles nickte. »Ich habe nichts vernichtet, ich bin schließlich kein Wandale. Aber die Schriftstücke, auf die es ankommt, sind gut versteckt. Wenn jemand die Geschichte trotzdem rekonstruieren wollte, müsste er monatelange Kleinarbeit leisten, selbst wenn er schon wüsste, wonach er suchen muss. Wissen Sie, was es mit der Ikone auf sich hat?«

»Ja. Es ist die Hodigitria.«

Pater Charles war sichtlich beeindruckt. Eigenartig, dachte Argyll. Als hätte ich mit zwei verschiedenen Personen zu tun.

»Das nenne ich einen Geistesblitz! Sie haben Recht! Es ist die Hodigitria. Der Kaiser hat sie dem Kloster geschenkt und der Obhut der Familie seines Dieners Gratian anvertraut. Er hat verfügt, dass die Ikone die Mauern dieses Klosters nie verlassen soll, es sei denn zur glanzvollen Rückkehr in ein christliches Konstantinopel, und er hat seinen Diener schwören lassen, dass er jeden umbringen wird, der mit frevlerischer Hand nach ihr greift.«

Jetzt hatte Argyll einen echten und nicht nur einen gespielten Geistesblitz. Er wusste auf einmal ganz genau, was sich in der Kirche abgespielt hatte. Es war mit einem Mal so offensichtlich, dass er sich wunderte, warum er nicht schon früher draufgekommen war.

»Sie waren in der Kirche, stimmt's? Sie waren dort, als Pater Xavier niedergeschlagen wurde?«

Er nickte. »Ich widme am frühen Morgen, bevor die anderen aufstehen, eine Stunde der Kontemplation. Natürlich nur dann, wenn es mir gut geht. An dem fraglichen Morgen war das der Fall.«

»Sie haben also gesehen, was sich ereignet hat?«

Lächelnd schüttelte er den Kopf. »Nein, ich habe gar nichts gesehen.«

»Sie lügen.«

»Schon möglich«, erwiderte er ganz ruhig.

»Haben *Sie* die Ikone beiseite geschafft?«

»Nein, natürlich nicht. Sie hat es nicht nötig, dass ich mich ihrer annehme.«

Argyll sah ihn forschend an, und Pater Charles deutete mit einer ausladenden Geste auf sein beinahe kahles Zimmer. »Sie können hier alles durchsuchen, wenn Sie wollen.«

»Ach, nein«, sagte Argyll.

»Sie ist in Sicherheit, es kann ihr nichts passieren. Die Polizei braucht sich eigentlich nicht mehr mit dieser Sache befassen.« Er sah Argyll an, als sei es völlig klar, dass der wusste, was er meinte. Argyll nickte.

»Ja«, sagte er. »Ich danke Ihnen.«

Argyll machte sich auf den Weg zum Archiv, wo er gleich seinen Platz aufräumen und die Urkunden wegpacken wollte, die er nun ja nicht mehr brauchte. Caravaggio würde trotzdem noch bis nächste Woche warten müssen. Als er die Treppe herunterkam, sah er Pater Paul in der Tür stehen und sehr bedrückt auf den Hof hinausblicken. Er sah völlig erschöpft aus, man hätte meinen können, er wäre in den letzten Tagen um dreißig Jahre gealtert.

Als Argyll hüstelte, drehte der Pater sich rasch um und trat dann höflich zur Seite.

»Machen Sie doch nicht so ein Gesicht«, sagte Argyll. »So schlimm kann es doch gar nicht sein.«

»Doch, Mr. Argyll«, antwortete er müde. »O doch.«

»Man lässt Sie nicht in ihre Heimat zurückkehren? Das tut mir Leid.«

»Nein, man lässt mich nicht zurückkehren. Nie mehr.«

»In einem Jahr sieht doch sicher alles anders aus ...«

»Als wir im Konvent waren, kam ein Schreiben von Pater Xavier. Er tritt zurück.«

»Sehr vernünftig. Es wird ziemlich lange dauern, bis er wieder auf den Beinen ist.«

»Ja. Und dann hat man gleich einen Nachfolger gewählt.«

»Ah! Wer ist der Glückliche? Ich kann nicht behaupten, dass ich ihn beneide.«

»Ich.«

»Oh.« Argyll schaute ihn besorgt an. Es war deutlich zu sehen, dass die gequälte Miene echt war und nicht etwa eine Maske, hinter der sich der Ehrgeiz verbarg.

»O je. Das muss Sie ganz schön getroffen haben.«

Pater Paul sah ihn einfach nur traurig an.

»Können Sie nicht ablehnen? Können Sie nicht sagen, dass Sie dafür noch zu jung sind?«

»Das habe ich gesagt.«

»Oder dass Sie über zu wenig Erfahrung verfügen?«

»Auch das habe ich gesagt.«

»Oder dass Sie eine Frau und drei Kinder haben und Probleme mit dem Alkohol?«

Pater Paul lächelte – nur ein wenig, aber immerhin. »Das habe ich nicht gesagt, und ich bezweifle, dass selbst das etwas genützt hätte. Wir haben ja alle das Gehorsamsgelübde abgelegt. Da kann man nicht einfach ablehnen.«

»Wie lange dauert die Amtsperiode?«

»Lebenslänglich. Oder bis man gebrechlich wird und seinen Obliegenheiten nicht mehr nachkommen kann.«

»Sie scheinen kerngesund zu sein.«

Er nickte.

»Aber Ihnen liegt überhaupt nichts an dem Amt?«

»An nichts liegt mir weniger als an diesem Amt, Mr. Argyll.« Man sah ihm an, dass er den Tränen nahe war. »Ich will in meine Heimat zurückkehren. Da gibt es so viel zu tun. Hier bin ich nicht am richtigen Ort. Jeder Tag in Rom ist für mich eine Qual.«

»Wer hat noch gleich gesagt, dass man die Macht nur Leuten geben sollte, die sie nicht haben wollen? Ich komm jetzt nicht drauf. Aber ich glaube, dass Sie ein großartiger Superior sein werden. Für Sie persönlich mag es eine Zumutung sein, aber für den Orden hätte man keine bessere Wahl treffen können.«

»Ich fürchte, da irren Sie sich.«

»Sie kennen doch Flavia?«

Pater Paul nickte.

»Man hat ihr die Leitung der Abteilung Kunstraub angeboten. Sie schreckt davor zurück und hat seit Tagen miese Laune – was unter anderem auch daran liegt, dass sie meint, ich sei dagegen, weil sie dann *noch mehr* arbeiten muss. Wenn sie annimmt, hat sie jede Menge Verantwortung, wenn etwas schiefläuft, hat sie jede Menge Ärger, man wird sie ständig an ihrem Vorgänger messen. Aber sie wird das sehr gut machen, so sehr sie sich auch davor fürchtet.«

»Dann sind Sie der Meinung, dass sie annehmen sollte?«

»Ja. Sonst fühlt sie sich nachher sicher ganz erbärmlich. Im Grunde weiß sie ja selber, dass sie das Zeug dazu hat. Und Sie wissen es auch. Bottando weiß, was er tut. Und die Leute, die sich Sie als Superior ausgeguckt haben, wissen es auch.«

Pater Paul sah ihn mit einem matten Lächeln an. »Nett von Ihnen, dass Sie das sagen. Aber an sich bräuchte man an der Spitze des Ordens einen Politiker und einen Buchhalter und keinen wie mich.«

»Einen Politiker und einen Buchhalter kann man einstellen … Aber wieso eigentlich einen Buchhalter?«

»Offenbar hat Pater Xavier bei ziemlich törichten Transaktionen viel Geld eingebüßt.«

»Oh … Verstehe. Und Sie müssen die Suppe auslöffeln. Um was für Summen geht es denn?«

»Um ziemlich hohe.«

»Warum verkaufen Sie dann nicht irgendwas anderes? Zum Beispiel den Caravaggio. Der ist hier doch sowieso fehl am Platz. Sogar Menzies ist der Meinung, dass dieses Bild in der Kirche albern wirkt.«

»Wenn man bedenkt, was letztes Mal geschehen ist …«

»Diesmal wäre alles anders. Sie könnten einen Fachmann mit dem Verkauf beauftragen, und als Käufer käme nur eine angesehene Institution infrage – die dem Bild den nötigen Platz einräumen könnte. Sie würden eine ganze Menge dafür bekommen.«

»Wie viel?«

»Kommt drauf an. Man weiß ja gar nicht so genau, ob es wirklich ein Caravaggio ist. Wenn sich der Nachweis führen ließe, wäre es mehrere Millionen Dollar wert. Wenn nicht, käme man wohl auf ein paar hunderttausend. Die Klärung dieser Frage würde aber einige Arbeit erfordern.«

Pater Pauls Interesse war geweckt, das sah man ihm an, aber dann wirkte er plötzlich wieder ganz mutlos. »Wir brauchen das Geld ganz schnell, Mr. Argyll. Vor Ablauf einer Woche. So schnell lässt sich das Bild sicher nicht verkaufen.«

Argyll nickte. »Das ist nicht zu machen. Aber ich könnte schon mal ganz diskret ein paar Erkundigungen einziehen, wenn Ihnen das recht ist.«

»Sie?«

»Ja. Ich war mal Kunsthändler.«

Pater Paul ließ sich Argylls Vorschlag durch den Kopf gehen und sagte dann: »Das kann eigentlich nicht schaden. Ich fürchte allerdings, dass der Konvent sich stur stellen könnte. Ich bin skeptisch, ob man je wieder einem Vorhaben zustimmen wird, das mit Bildern zu tun hat.«

»Sie müssten eben die Ikone zurückbekommen.«

Pater Paul lachte auf. »Da wäre schon ein Wunder nötig.«

»Oh, ihr Kleingläubigen! Entschuldigen Sie, aber das wollte ich immer schon mal zu einem Priester sagen. Es ist ja nicht so, als würden keine Wunder geschehen.«

»Sie stellen sich aber nicht unbedingt dann ein, wenn man sie braucht.«

»So geht's mir mit Taxis. Aber irgendwann kommt dann doch eins.«

»Ich weiß gar nicht, ob wir ein Wunder verdient hätten.«

»Muss man sich Wunder verdienen?«

»Wollen Sie einen theologischen Disput beginnen, Mr. Argyll?«, fragte der Priester mit einem flüchtigen Lächeln.

»O nein. Ich will nur darauf hinweisen, dass Sie die Hoffnung nicht so schnell aufgeben sollten. Was würden Sie eigentlich mit der Ikone machen, wenn sie wieder da wäre? Auch gleich verkaufen?«

Pater Paul schüttelte energisch den Kopf. »Nein. Sie würde wieder ihren angestammten Platz einnehmen. Und die Türen würden offen stehen.«

»Ist das amtlich?«

»Ja«, sagte er lächelnd. »Warum eigentlich nicht? Mein erster Beschluss als Superior!«

»Gut. Könnten Sie heute Abend eine halbe Stunde für mich erübrigen? Gegen neun?«

Eine halbe Stunde später, als Argyll nach Hause kam, saß Flavia zusammengesackt im Sessel, einen Drink in der Hand. Sie sah erschöpft und bedrückt aus.

»Na, wie war's?«, fragte er.

»Grauenhaft.«

»Er ist euch entkommen? Ach, das tut mir Leid.«

»Nein, wir haben ihn.«

»Wieso war es dann grauenhaft?«

»Er ist tot. Jemand hat ihn vor meinen Augen kaltblütig erschossen.«

»Wer?«

Sie schüttelte den Kopf und nahm einen großen Schluck von ihrem Whisky. »Keine Ahnung. Ich weiß nur, dass es ein Profi gewesen ist. Ganz gelassen und sehr routiniert. Spaziert auf uns zu und spaziert wieder davon. Und nimmt auch noch die Ikone mit. Jetzt stehe ich doch da wie ein Volltrottel. Das alles ist nichts für mich. Morgen sage ich Bottando ab. Sie müssen jemand von außerhalb holen. Ich bin dazu nicht in der Lage.«

»Unsinn«, sagte er.

»Wieso?«

»Das ist doch nicht deine Schuld. Weiß der Teufel, warum Charanis erschossen wurde. Das hat doch nichts mit dir zu tun.«

»Und dann ist auch noch Mary Verney verschwunden.«

»Na und? Wenn man dir so zugesetzt hätte, dann hättest du auch das Land verlassen. Außerdem hat sie ja gar nichts gestohlen. Oder jedenfalls nur das, was du ihr extra vor die Nase gehalten hast. Jetzt denk doch mal so wie Bottando. Was würde er tun?«

Sie nippte an ihrem Drink. »Bottando würde jetzt nur noch Schadensbegrenzung betreiben. Er würde Charanis den Überfall auf Pater Xavier zuschreiben und den Mord mit dem Drogenhandel in Verbindung bringen oder irgendeinen anderen Unsinn verbreiten. Und er würde darauf hinweisen, dass man im Hinblick auf die Sicherstellung der Ikone einen großen Schritt vorangekommen wäre.«

»Damit hätte er ja völlig Recht«, sagte Argyll. »Und ich glaube, dass ich dir das beweisen kann. Im Übrigen wäre es für dich vielleicht ganz interessant zu hören, wie es wirklich gewesen ist – bevor Bottando verbreitet, Charanis habe Pater Xavier niedergeschlagen.«

»Und du willst das wissen?«

»Ich bin heute Nachmittag dahintergekommen. Man kann nirgends so gut denken wie in einem Archiv.«

»Heraus damit!«

»Nein.«

»Jonathan …«

»Nur unter einer Bedingung. Oder vielmehr unter zwei Bedingungen.«

»Nämlich?«, seufzte sie.

»Erstens hörst du auf, dich selbst zu bemitleiden und dir einzureden, du könntest Bottandos Angebot nicht annehmen. Du eignest dich viel besser als alle anderen für die Leitung dieser Abteilung. Und das weißt du auch.«

»Du hast doch gesagt, dass ein vernünftiger Mensch sich für die besser bezahlte Stelle entscheiden würde.«

»Stimmt. Aber du bist nicht vernünftig, ich kenne ich doch. Es ist mir lieber, nicht so oft mit dir beieinander sein zu können, als mitansehen zu müssen, wie du trübsinnig wirst. Und das wird ganz schnell passieren, wenn du dich mit Sachen befassen musst, die du für unsinnig hältst. Du wärst eine miserable Verwaltungsbeamtin. Du hast doch schon schlechte Laune, wenn die Spesenabrechnung auf dich zukommt. Bleib lieber, wo du bist, ja?«

Sie sah ihn zärtlich an, beugte sich zu ihm hinüber und gab ihm einen Kuss auf die Stirn. »Du bist lieb.«

»Weiß ich, weiß ich.«

»Aber ob du auch Recht hast?«

»Ich habe immer Recht.«

»Und deine zweite Bedingung?«

»Dass du mich ernst nimmst, wenn ich mich mal wieder bitter über mein einsames Leben beklage, und dass du dann alles tust, damit du dich mal wieder mir widmen kannst. Und dass du gleich damit anfängst.«

»Jetzt gleich?«

»Ich will mit dir übers Wochenende wegfahren.«

»Ich kann doch nicht …« Sie brach ab und dachte nach.

»Nun sag schon!«

»Okay. Fahren wir übers Wochenende weg.«

»Großartig.«

»Und jetzt sagst du mir, wo die Ikone ist. Seit wann weißt du es?«

»Ich habe es heute Nachmittag herausgefunden. Die Lösung des Rätsels hat mich allerhand Gehirnschmalz gekostet. Und außerdem hatte ich einen Tipp von einem Informanten.«

»Von was für einem Informanten?«

Argyll grinste sie an. »Von Konstantinos XI. Paleologos Dragases, Kaiser von Byzanz, Gottes Statthalter auf Erden, Erbe des Augustus und des Konstantin.«

Flavia neigte den Kopf zur Seite und sah ihn missbilligend an. »Ist ja gut, Jonathan. Ich weiß, du willst mich aufheitern …«

»Das ist mein voller Ernst. Ich habe lange Gespräche mit einem griechischen Kaiser geführt, der seit einem halben Jahrtausend tot ist. Soll ich dir davon erzählen?«

Er hatte zwar versprochen, Pater Charles' Geheimnis zu wahren, aber bei Flavia konnte er wohl schon eine Ausnahme machen. Sie hatte es wirklich bitter nötig, dass man sie aufheiterte. Außerdem würden sie ja bald heiraten, und dann hieß es ohnehin: Was mein ist, soll auch dein sein. Er erzählte ihr also die gesamte Geschichte.

»Offenbar ist sein ganzes Wissen über die Geschichte des Klosters in seine irrsinnige Erzählung eingegangen. Ich konnte natürlich längst nicht alles überprüfen, er hat ja die meisten Urkunden versteckt. Aber in allen Punkten, die sich nachprüfen ließen, stimmt seine Geschichte.«

»Warum hat das dann nie jemand erwähnt? Ich meine, wenn er im Kloster als Kaiser auftritt, hätte dir das doch sicher einer der Mönche gesagt.«

»Ich glaube nicht, dass er das tut. Ich glaube, dass ein Schock ihn in die Rolle des Kaisers katapultiert hat. Der Schock, den ihm der Überfall auf Pater Xavier versetzte. Er ist ein Priester alter Schule, er steht im Morgengrauen auf, um zu beten, manchmal auch schon mitten in der Nacht. Ich bin mir sicher, dass er an dem fraglichen Morgen schon in der Kirche war, als Pater Xavier hereinkam. Zuerst stritt er es ab, dann gab er zu, dass er gelogen hatte.«

»Hat er ihn vielleicht selber niedergeschlagen?«

»Nein. Aber er sah Pater Xavier in die Kirche kommen, das Portal aufschließen und die Ikone aus dem Rahmen nehmen.«

»Wer hat ihn dann niedergeschlagen?«

»Konstanin hat Gratian damit beauftragt, dafür Sorge zu tragen, dass die Ikone im Kloster bleibt, bis Konstantinopel wieder eine christliche Stadt ist. Daher fragen wir am besten seine jetzige Dienerin. Eigentlich ganz einfach. Und wenn man bedenkt, dass es an einem Markttag war, ist eigentlich alles klar.«

Flavia stieß Luft durch die Nase aus. »Bist du jetzt auch übergeschnappt? Was redest du da von einem Markttag?«

»Mittwochs und Freitags ist in der Nähe von San Giovanni Markt. Und Pater Xavier ist an einem Mittwoch niedergeschlagen worden.«

»Und was heißt das?«

»Argyll grinste sie an und warf sich eine Jacke über. »Das kannst du dir unterwegs überlegen. Ein herrlicher Abend für einen Spaziergang!«

Zumindest in diesem Punkt hatte Argyll Recht. Es war ein richtig schöner römischer Abend, die ideale Zeit zwischen der Hitze des Tages und der Kühle der Nacht. So ein Abend, an dem ein goldener Schimmer in der Luft lag, der sehr schön aussah, auch wenn er sich wohl weitgehend den Abgasen verdankte; ein Abend, an dem sogar der ständige Lärm der Motoren und Hupen eine beruhigende Geräuschkulisse bildete. Die Restaurants waren voll, die Gäste saßen fast bis auf die Straße, die Touristen freuten sich des Lebens, und die Wirte erst recht. Man hörte durch die offenen Fenster in den engen Straßen, dass in den Wohnungen die Fernseher liefen, dass gegessen wurde, dass man sich unterhielt. Jugendliche fuhren Vespa und versuchten so auszusehen, als säßen sie auf einer Harley Davidson. Oder sie lehnten an Mauern, oder sie spazierten Arm in Arm auf und ab und unterhielten sich leise, bis sie Freunden begegneten und einander mit lautem Hallo begrüßten.

Obwohl Flavia und Argyll den Abend ja nicht einfach nach Lust und Laune verbummeln konnten, gingen auch sie Arm in Arm und ließen sich vom Zauber der Stadt einfangen. An solchen Abenden erschienen die Sorgen des Tages unwichtig, selbst wenn sie in Wirklichkeit sehr bedrückend waren. Die laute, überfüllte Stadt verwandelte sich in einen der zauberhaftesten Orte auf Erden. Allein schon wegen dieser Abende würden sie sich beide heftig dagegen sträuben, jemals aus Rom fortzuziehen.

Sie gingen an der Mahnwache vorbei, die nach wie vor auf den Stufen der Kirche gehalten wurde. Argyll hatte den Eindruck, dass die Zahl der Teilnehmer eher noch größer geworden war. Er konnte sich an einige von ihnen erinnern, sah aber auch Paare, die sich wohl einfach nur so dazugesetzt hatten, herbeigelockt von der Menge, die hier bereits versammelt gewesen war. Und Rucksacktouristen, die hier vermutlich ihren Schlafsack ausrollen wollten, weil sie sich sagten, zu mehreren ist man sicherer. Jemand – Argyll tippte auf den Besitzer des Cafés auf der anderen Straßenseite – hatte ein paar von diesen runden schwarzen Öllampen organisiert, wie sie nach wie vor bei nächtlichen Straßenarbeiten eingesetzt wurden, und auf jeder zweiten Stufe eine aufgestellt. Die flackernden Flammen ließen unruhige Schatten über die Gestalten huschen und gaben der ganzen Szene eine geheimnisvolle, geradezu mittelalterliche Aura.

»Ganz beeindruckend, finden Sie nicht?«, sagte Pater Paul, als sie mit ihm wieder auf die Straße traten. »Es werden jeden Tag mehr. Sie beten und bringen Speisen als Opfergabe.«

»Speisen?«

»Ein alter Brauch, bei dem man eigentlich eher an Süditalien denkt als an Rom. Aber wie man sieht, ist er auch hier noch nicht ausgestorben. Man bringt dem Heiligen, den man um etwas bitten will, Opfergaben. Speisen oder Geld, manchmal sogar Kleider.«

»Und was machen Sie dann damit?«, fragte Flavia, als sie die Straße entlanggingen.

»Wir geben es natürlich den Armen. Einige von uns finden es schrecklich, dass dieser Brauch wieder auflebt, aber ich werde nicht versuchen, die Leute davon abzubringen. Wohin gehen wir denn?«

»Wir sind schon da«, antwortete Argyll. »In diesem Haus müsste es sein.« Sie standen vor einem hässlichen, heruntergekommenen Wohnblock, ein paar hundert Meter vom Kloster entfernt. Die Haustür war zwar mit einer Sprechanlage ausgerüstet, aber sie funktionierte schon lange nicht mehr. Stattdessen hielt ein Ziegelstein die Tür einen Spalt breit offen. Argyll ging die Namen neben den Klingelknöpfen durch. »Im dritten Stock.«

Der Lift schien auch nicht zu funktionieren, sie stiegen also die Treppen hinauf und gingen dann durch einen schmalen Flur, bis Argyll an einer Tür klingelte und sicherheitshalber auch noch kräftig anklopfte. Der Fernseher wurde ausgeschaltet, und ein Kind begann zu weinen. Dann öffnete sich die Tür ein Stück weit.

»Guten Tag«, sagte Argyll mit sanfter Stimme. »Wir kommen wegen der Muttergottes. Es wird ihr nichts mehr passieren.«

Signora Graziani nickte und machte die Tür ganz

auf. »Da bin ich aber froh«, sagte sie. »Kommen Sie doch herein.«

Flavia sah Argyll irritiert an, dann trat auch sie durch die Tür. Pater Paul folgte ganz gelassen. Das kleine Wohnzimmer war vollgestopft mit Wäsche und Enkelkindern und ramponierten Möbeln, die Wände waren mit Kruzifixen und Heiligenbildern bedeckt.

Flavia fand das alles ziemlich merkwürdig, aber da Argyll sich seiner Sache sicher zu sein schien, blieb sie im Hintergrund und hielt den Mund, um nichts Falsches zu sagen.

»Sind Sie sicher, dass ihr nichts passieren wird?«, fragte Signora Graziani besorgt.

»Ja«, antwortete er. »Die Muttergottes kommt wieder an ihren angestammten Platz, und da bleibt sie dann auch. Pater Paul gibt sie nicht her und erweist ihr die Ehre, die ihr gebührt. So ist es doch, Pater Paul?«

Pater Paul nickte.

»Da bin ich aber froh«, sagte sie noch einmal. »Als ich gehört habe, was mit ihr geschehen sollte, habe ich gedacht: Das ist nicht recht; und wenn Pater Xavier das wirklich tun will, ist er ein schlechter Mensch.«

»Haben Sie es gehört, als Sie zum Putzen in der Kirche gewesen sind?«

»Ja. Ich gehe am Mittwoch immer ganz früh in die Kirche, weil ich um acht auf dem Markt sein muss. Ich habe mein Gebet gesprochen und den Putzeimer geholt, und dann habe ich Stimmen vernommen. Pater Charles, dieser grundgütige Mensch, ist den Tränen nahe gewesen und hat den Superior angefleht, dass er das Bild nicht verkaufen soll. Aber Pater Xavier hat gesagt, ›das ist nicht mehr zu ändern‹, und dann ist er auch noch grob geworden und hat ihn einen abergläubischen und sentimentalen alten Mann genannt.« Sie warf Argyll einen erschrockenen Blick zu. »Ich habe die Muttergottes angefleht, dass sie sich zur Wehr setzen soll, und ich habe ihr meine Dienste angeboten, wie das meine Familie seit jeher tut. Das hat sie zu mir gesagt, dass ich diesen Mann aufhalten soll. Ich musste also etwas tun, ich hatte gar keine andere Wahl. Und da habe ich ihm einen Schlag versetzt. Mit dem Besenstiel. Ich wollte ihn nicht verletzen, aber die Hand ist mir geführt worden. Und dann ist er hingefallen und mit dem Kopf auf eine Stufe geschlagen. Verstehen Sie? Das war gar nicht ich. Ich habe ihn kaum verletzt. Das war *sie*. Wenn sie jemand züchtigt, dann kann sie sehr hart sein. Aber sie befand sich nicht an ihrem Ort über dem Seitenaltar und sie sah so einsam und verlassen aus. Und da wusste ich auf einmal, dass ich sie verstecken muss, bis ihr nichts mehr passieren kann. Es war fast so, als ob es mir jemand aufgetragen hätte.«

»Sie haben sie zu sich nach Hause mitgenommen?«, fragte Flavia. Signora Graziani sah sie entsetzt an.

»Nein! Sie soll das Kloster doch nie verlassen! Ich habe sie in einen Plastiksack gewickelt und über den Klosterhof in meine Besenkammer getragen. Da habe ich sie dann in einer leeren Seifenpulverpackung versteckt.«

»Und Sie haben Pater Xavier liegen lassen …?«

»Das bedaure ich sehr. Aber mir war nicht klar, dass er sich so schwer verletzt hatte. Ich bin nur schnell auf den Markt gegangen und habe dort gesagt, dass ich heute nicht kommen kann. Und dann wollte ich gerade nach ihm sehen ...«

»Sehr schön«, sagte Argyll. »Sie haben getan, was Ihnen aufgetragen worden ist.«

»Das glaube ich auch«, erwiderte sie im Brustton der Überzeugung. »Wir haben ihr schon immer treu gedient. Was hätte ich denn sonst tun sollen?«

»Gar nichts«, sagte Pater Paul. »Das war genau richtig. Ich werde sie selber wieder an ihren Platz bringen. Und morgen halten wir eine Messe zu ihren Ehren. Es würde mich sehr freuen, wenn Sie kommen könnten, Signorina.«

Sie nickte und tupfte sich die Augen. »Herzlichen Dank, Pater.«

»Verdammt noch mal«, sagte Flavia wütend, als die Wohnungstür sich hinter ihnen geschlossen hatte. »Soll das heißen, dass diese einfältige alte Frau mit ihren Wahnvorstellungen an allem Schuld ist?«

»So kann man es natürlich auch sehen. Aber ich glaube ihr.«

»Was?«

»Dass ihrer Familie aufgetragen worden ist, sich für alle Zeiten um das Bild zu kümmern. Als sein Herr gestorben war, hat Gratian das Kloster verlassen. Er kann durchaus ihr Vorfahr sein. Wie viele Generationen liegt das zurück? Zwanzig? Das ist für diese Stadt doch eine Kleinigkeit. Und sie wohnt ja in einem sehr alten Viertel. Doch, das ist gut möglich.«

»Jonathan ...«

»Es gibt in dieser Stadt eine Familie namens Tolomei, die sich auf den ersten Ptolemäer zurückführt, also auf einen Halbbruder von Alexander dem Großen.

Und das liegt fast siebzig Generationen zurück! Es ist durchaus möglich, dass eine Familie seit mehreren Jahrhunderten im selben Viertel wohnt. Wenn sie im Jahre 1520 heil durch die Plünderung Roms gekommen ist, war schon das Schlimmste überstanden. Seither hat es in dieser Stadt keine großen Katastrophen mehr gegeben. Und wenn es für die Familie eine tiefe Bedeutsamkeit hatte, gibt es eigentlich keinen Grund dafür, dass sie nicht an der traditionellen Aufgabe festgehalten haben sollte, auch wenn der Name Gratian mit der Zeit zu Graziani italianisiert wurde. Aber das ist dir zu schwammig, hab ich Recht?«

»Ja.«

»Trotzdem sind wir damit der Ikone auf die Spur gekommen.«

»Sofern sie tatsächlich dort ist.«

»Sie ist ganz bestimmt dort. Es stellt sich also die Frage, wie ihr Wiedererscheinen erklärt wird.«

Pater Paul zuckte die Schultern. »Ich kann nicht bekannt geben, wo wir sie gefunden haben. Sonst müsste ich erklären, wie sie dorthin gekommen ist, und das möchte ich vermeiden. Vielleicht wäre es am besten, wenn wir das Bild einfach wieder aufhängen.«

»Ich muss einen Bericht schreiben«, sagte Flavia.

»Hm«, machte Pater Paul enttäuscht. »Ist das unbedingt nötig?«

»Ja, natürlich. Wir können es doch nicht so einfach wieder auftauchen lassen.«

»Warum eigentlich nicht?«, fragte Argyll.

»Wie meinst du das?«

»Es ist doch so: Wenn du einen Bericht schreibst, wird bekannt, dass Signora Graziani das Bild gestohlen hat, dass Pater Xavier es eigenmächtig verkaufen wollte und dass der Orden bis über beiden Ohren in Schulden steckt. Und dann ist Pater Paul arm dran. Dann gibt es, ausgerechnet wenn er den Laden übernimmt, einen Riesenskandal. Und dann sagen sich womöglich die Leute, die Charanis erschossen haben, jetzt holen wir uns aber erst recht das Original. Da wäre es doch viel besser, wenn wir es einfach aufhängen und morgen früh wie alle anderen darüber staunen, dass es wieder da ist. Dann kannst du die ganze Geschichte vergessen. Vorher solltest du allerdings noch ausstreuen lassen, dass das Kloster das gestohlene Original offenbar durch eine Kopie ersetzt hat. Dann sind alle glücklich und zufrieden, und du kannst mit mir ein paar Tage wegfahren.«

Sie gingen schweigend weiter. Flavia ließ sich den Vorschlag durch den Kopf gehen und sagte nach ein paar Minuten: »Das ist mir nicht geheuer.«

»Wenn es ein großer Erfolg wäre, der deiner Abteilung zur Ehre gereichen würde, hätte ich dir niemals nahegelegt, dass du darauf verzichten solltest. Aber es geht doch bloß um ein verschmutztes Gemälde, das ein paar Tage lang verschwunden war. Das ist nun wirklich keine große Sache. Im Übrigen kannst du dann so tun, als hätte die Geschichte mit Charanis gar nichts mit deiner Abteilung zu tun.«

»Hmmm ...«

»Morgen ist ja Bottando wieder da. Frag doch einfach ihn. Überlass ihm die Entscheidung.«

Sie dachte noch einmal gründlich nach. »Meinetwegen! Hängen wir es auf. Irgendwo müssen wir es ja hinbringen.«

19

Und da war es dann auch wirklich?«, fragte Bottando.

»In einer leeren Seifenpulverpackung«, antwortete Flavia. »Nicht mal Bio-Seifenpulver. Aber es ist unbeschädigt. Was machen wir jetzt?«

»Ich glaube, Ihr Jonathan sieht das ganz richtig«, sagte er. »Wir sollten unsere Verwicklung in diese Geschichte herunterspielen. Es gibt Zeiten, in denen man die Arbeit der Abteilung groß herausstellen muss, und es gibt Zeiten, in denen es falsch wäre, viel Aufhebens davon zu machen. Diese Erfahrung werden Sie auch noch machen. Wollen wir es so undramatisch wie möglich zu Ende bringen?«

»Undramatisch?«, fragte Flavia ungläubig. »Ich habe gerade mit Pater Paul telefoniert. Das Wiedererscheinen der Ikone wirkt wie ein religiöses Erweckungserlebnis. Es war ja vorher schon schlimm genug, aber als die Ikone über Nacht wieder aufgetaucht war, ist das ganze Viertel verrückt geworden. Pater Paul hat die Türen öffnen lassen und eine Messe gelesen, und die Kirche war gerappelt voll. So viele Leute waren zum letzten Mal während der Cholera-Epidemie im 19. Jahrhundert in der Kirche.«

»Das tangiert uns nicht«, sagte Bottando. »Ich war schon immer der Ansicht, dass die Leute die Wunder erleben, die sie verdient haben. Und in diesem Fall ist es doch ein ganz sympathisches Wunder. Außerdem wird jetzt wenigstens auf die Ikone aufgepasst. Handelt es sich bei ihr wirklich um das Bild, für das Jonathan es hält?«

»Ich habe das Material noch nicht gesehen, auf das er sich stützt. Und Sie wissen ja, dass ab und zu das Temperament mit ihm durchgeht. Aber es ist durchaus möglich.«

»Falls er Recht hat, ist es allemal besser, wenn das Bild seine Wunderkraft hier in Rom entfaltet und nicht um das Schwarze Meer herum. Lassen wir den Dingen ihren Lauf. Fragt sich nur, was die Carabinieri dazu sagen. Sie werden doch kein Theater machen?«

»Denen ist es ganz recht, wenn sie die Sache ad acta legen können.«

»Na, dann ist ja alles in Ordnung. Kommen wir zu Wichtigerem. Wissen Sie schon, was Sie machen wollen?«

»Hier bleiben und die Abteilung leiten.«

Bottando strahlte sie an. »Das freut mich! Ich hätte die Leitung nur sehr ungern an jemand anderen abgegeben. Sie werden das großartig bewältigen.«

»Da bin ich mir nicht so sicher.«

»Doch, doch. Sie müssen nur noch ein paar Tricks lernen, die man in diesem Geschäft beherrschen muss. Zum Beispiel, wie man die Leute hinters Licht führt. Aber ich bleibe ja in der Nähe. Sie können mich jederzeit um Rat fragen. Nominell bleibe ich ja sogar Leiter der Abteilung.« Er strahlte sie noch einmal an und sagte: »Ich danke Ihnen.«

Flavia erwiderte sein Lächeln. »*Ich* habe zu danken.

Ob es ein sehr schlechter Anfang wäre, wenn ich jetzt erst mal das Wochenende freimachen würde?«

»Das können Sie halten, wie Sie wollen.«

»Aber Sie könnten mir doch einen Rat geben?«

»Ich hielte es für einen sehr guten Anfang. Fahren Sie ein paar Tage weg und lassen Sie es sich richtig gut gehen.«

Flavia schüttelte ihm die Hand und gab ihm dann auch noch einen Kuss auf die Wange. Sie hätte schwören können, dass er feuchte Augen hatte, als sie ging.

Da Flavia ganz früh aus dem Haus gegangen war, um so bald wie möglich mit Bottando zu sprechen, und da die Post erst viel später kam, entging ihr die neueste Entwicklung.

Argyll entging sie nicht, weil er jeden neuen Tag auf dieselbe geruhsame Weise begann: Er stand auf, trank einen Kaffee, ging unter die Dusche, trank dann noch einen Kaffee, holte die Zeitung, trank wieder einen Kaffee und aß dazu eine Scheibe Toast. Und nach dem zweiten Kaffee, als er die Zeitung holte, schaute er auch in den Briefkasten. Zwei Rechnungen, eine Wurfsendung und ein dickes weißes Kuvert, adressiert in einer Handschrift, die ihm unbekannt vorkam. Da er grundsätzlich der Meinung war, dass man die schlechten Nachrichten zuerst hinter sich bringen sollte, öffnete er zunächst das weiße Kuvert. Er fand darin einen Schlüssel und ein kurzes Schreiben auf einem Blatt mit dem Briefkopf des römischen Flughafens:

Lieber Jonathan,

verzeihen Sie die Eile, in der ich Ihnen schreibe, aber ich will Rom so schnell wie möglich verlassen und muss Sie vorher noch um einen kleinen Gefallen bitten. Ich fliege nach Griechenland und mache erst mal richtig Urlaub. Die Ikone ist jetzt bei ihrem rechtmäßigen Besitzer, der mit Pater Xavier schon vor den ganzen Verwicklungen handelseinig geworden war. Um die Angelegenheit zum Abschluss zu bringen und etwaigen Beschuldigungen oder Ermittlungen vorzubeugen, drängt der Käufer darauf, dass der Orden die vereinbarte Kaufsumme in voller Höhe erhält. Sie beläuft sich auf 240 000 Dollar und hätte eigentlich längst überbracht werden sollen, aber wegen des Überfalls auf Pater Xavier hat Peter Burckhardt das Geld in der Stazione Ostiense deponiert, und jetzt befindet es sich in einem Schließfach im Hauptbahnhof. Wie ich zu dem Schlüssel gekommen bin, ist jetzt nicht so wichtig. Ich wäre Ihnen sehr dankbar, wenn Sie die Tasche mit dem Geld so schnell wie möglich in das Kloster bringen könnten. Dass ich Ihnen schreibe, liegt daran, dass die Anonymität des Käufers gewahrt werden soll.

Sie halten jetzt sicher noch weniger von mir als bei meiner Ankunft in Rom vor einer Woche. Das bedaure ich sehr. Es ist jetzt nicht die Zeit, ihnen zu erläutern, wie und warum ich in diese Geschichte verwickelt war. Hoffentlich kann ich das später einmal nachholen. Ich habe mich aus sehr guten Gründen auf diese Sache eingelassen und war dabei in keiner Weise auf meinen eigenen Vorteil bedacht. Und ich bin sehr froh, dass alles so gut ausgegangen ist, wie ich es mir nur wünschen konnte, und dass ich mich jetzt wieder zur Ruhe setzen kann – diesmal hoffentlich endgültig.

Grüßen Sie Flavia ganz herzlich von mir und sagen Sie Ihr doch bitte, dass es mir sehr Leid tut, wie viel Ärger sie mit mir hatte. Ich wäre hilfsbereiter gewesen, wenn es in meiner Macht gestanden hätte.

Liebe Grüße,
Mary Verney

P.S. Die Tasche müsste spätestens am Mittwoch um elf Uhr aus dem Schließfach im Bahnhof geholt werden. Könnten Sie darauf achten, dass Sie rechtzeitig dort sind? Sonst öffnet womöglich jemand die Tasche und stiehlt das Geld. Sie wissen ja, wie unehrlich manche Leute sind.

Argyll las den Brief ein zweites Mal und verzog die Lippen zu einem breiten Grinsen. Er hatte den Verdacht, dass Mrs. Verney vorgehabt hatte, das Geld mitzunehmen, aber vor ihrer fluchtartigen Abreise aus Rom nicht mehr dazu gekommen war, die Tasche abzuholen. Und dann hatte sie aus der Not eine Tugend gemacht. Sehr geschickt. Er sah auf seine Uhr und schreckte hoch. Schon fünf nach halb elf. Mit ein bisschen Glück konnte er es gerade noch schaffen.

Hastig eilte er aus der Wohnung. Jetzt konnte er Pater Paul endgültig beweisen, dass es Wunder gab.